Mein Leben auf Persisch

Gisela Khodamoradi-Röhm wurde 1940 in Schwäbisch Hall geboren. Ein Freiwilliges Soziales Jahr führte sie 1965 an die Universitätskliniken in Tübingen. Die Begegnung mit einem persischen Studenten veränderte ihr Leben und führte sie in den Orient. Als ausgebildete Gymnastiklehrerin leistete sie dort Pionierarbeit im sportlichen Bereich sowohl für deutsche wie auch persische Frauen in Teheran.

Die Deutsche Nationalbibliothek verzeichnet diese Publikation in der Deutschen Nationalbibliografie; detaillierte bibliografische Daten sind im Internet über http://dnb.ddb.de abrufbar.

Khodamoradi-Röhm, Gisela
Mein Leben auf Persisch
Wie mich die Liebe von Schwäbisch Hall nach Teheran führte
Mit einem Porträt von Jürgen Stegmaier
ISBN 978-3-948696-83-2
Satz und Gestaltung: Molino Verlag GmbH

GISELA KHODAMORADI-RÖHM

Mein Leben auf Persisch

Wie mich die Liebe von Schwäbisch Hall
nach Teheran führte

molino

Vorwort

Mehr als 50 Jahre ist es jetzt her, dass ich meiner Liebe folgte in ein Land, das mir zunächst völlig fremd war, ein Land, in dem ich mit großer Freundlichkeit willkommen geheißen wurde.

Ganz besonders denke ich hier an meine Schwiegermutter, meinen Schwiegervater und an meine Schwägerinnen Feri, Sohre, Mahbube, Farideh und Shole, die jetzt in den USA leben, und an meinen Schwager Davood, der nach wie vor im Iran lebt.

In dankbarer Erinnerung an unsere gemeinsame Zeit habe ich dieses Buch geschrieben.

Die politische Situation in Persien – heute Iran genannt – hat sich inzwischen sehr geändert, die Freundlichkeit und die Gastfreundschaft seiner Bewohnerinnen und Bewohner aber besteht weiter.

Mit Herzklopfen in ein fremdes Land

26. Dezember 1966 – 7. Januar 1967

Mein Bruder, der neben mir sitzt, ist auffallend blass um die Nase und ungewohnt wortkarg. Er hat mit Sicherheit mehr Angst als ich, als wir an einem grauen Wintertag auf dem Weg zum Flughafen München sind.

Zwei aufwühlende und anstrengende Tage liegen hinter mir. Meine Eltern haben noch einmal alles versucht, mich in letzter Minute doch noch von meinem Plan abzuhalten. Ihre junge Tochter will in den Orient fliegen! Alleine! Welch eine Ungeheuerlichkeit! Damals, Ende 1966. Das kann in ihren Augen nur eine Reise ins Verderben werden. Und was, wenn ihre Tochter für immer dort bleibt?

In einem haben sie sicher recht – vertraut ist mir das Land, in das ich will, nicht. Und Persisch spreche ich auch nicht. Dazu ist der Mann, den ich liebe und den ich unbedingt besuchen will, mittlerweile als politischer Gefangener in Teheran inhaftiert worden.

Zugegeben, etwas mulmig ist mir schon. Aber mich von meinem Plan abbringen lassen? Nein, niemals!

Am Flughafen dann eine letzte stumme Umarmung mit meinem Bruder. Kurze Zeit später sitze ich im Wartesaal, alle Formalitäten liegen hinter mir und ich atme auf. Geschafft! Jetzt gibt es kein Zurück mehr. Kühle Luft strömt mir entgegen, als ich sechs Stunden später mit etwas weichen Knien das Flugzeug verlasse. Stimmengewirr, europäisch gekleidete Geschäftsleute, Frauen mit Schleier und Familien mit kleinen Kindern in der Empfangshalle. Immer wieder Blicke: Männer und Frauen, die mich neugierig mustern. Eine blonde, junge Frau – offensichtlich allein – scheint hier eindeutig aufzufallen.

Etwas ratlos stehe ich später mit meinem Koffer vor der Glasseheibe, die mich von der wartenden Menschenmenge draußen trennt. Wie soll ich Sohre finden? Einmal nur haben wir uns gesehen, als Abbas noch in Tübingen lebte und sie ihren Bruder besucht hat.

Winken und Lachen hinter der Scheibe. Ist das jemand, der mich meint? Da, das muss sie sein! Ich winke zurück. Ja, das ist Sohre. Ich atme auf. In diesem Strudel von fremden Menschen habe ich mich nun doch etwas verloren gefühlt.

Die Glastür öffnet sich, langsam schiebt sich die Menge der Ankommenden durch. Dann steht Sohre vor mir. Sie lacht und umarmt mich herzlich. Doch was ist das? Noch mehr Menschen, die mich umarmen. Fast die ganze Familie, so stellt sich nun heraus, ist mitgekommen, um mich zu empfangen: die Eltern von Abbas, seine Geschwister. Ein Blumenstrauß aus Gladiolen wird mir in die Hand gedrückt. Einen solch herzlichen Empfang habe ich nun wahrlich nicht erwartet. Niemand – mal abgesehen von Sohre – kennt mich hier bis jetzt.

Ein Taxi wird herbeigerufen. Mittlerweile ist es schon Mittemacht. Breite und hell erleuchtete Chausseen, glänzende Fassaden, bunte Reklametafeln – eigentlich so wie in unseren Großstädten auch. Nach und nach ändert sich aber das Bild. Der Verkehr ebbt ab, nur noch spärliche

In Sohres Wohnung.

Straßenbeleuchtung, keine Fußgänger mehr. Hier scheint schon alles zu schlafen. Irgendwann biegt das Taxi dann in eine kleine Gasse ein. Düster ist es hier, fast unheimlich, rechts und links hohe Mauem. Von Häusern ist nichts mehr zu sehen.

Unvermittelt hält das Taxi vor einer geschlossenen Holztür, die sich inmitten der Mauerwand befindet. Der Fahrer wird bezahlt, wir steigen aus und der Vater von Abbas schließt das Tor auf. Schemenhaft erkenne ich einen dunklen Innenhof vor mir und folge den anderen, bis wir zu einer steinernen Treppe kommen, die in ein kleines Haus führt, das dem Tor gegenüberliegt. Eine kleine Lampe beleuchtet die Stufen. Wir steigen hinauf und gelangen in einen Flur.

Jetzt erst merke ich, wie müde ich bin. Essen und Trinken möchte ich jetzt nichts mehr, nur noch ins Bett. Sohre führt mich noch eine Treppe höher, dies scheint das Gästezimmer zu sein.

Wir durchqueren einen Raum mit Sofa, Sesseln und einem kleinen Tisch. In der anderen Raumhälfte steht für mich ein schlichtes Holzbett bereit und ein kleines Öfchen, das angenehme Wärme verströmt. Kein Schrank, kein Stuhl, keine Kommode, kein Nachtischchen, keine Vorhänge.

Zu meiner Überraschung legt sich Sohre vor mir auf eine ausgerollte, dünne Matratze auf den Boden. Obwohl sie bereits verheiratet ist und nicht mehr hier lebt, sondern bei den Eltern ihres Mannes, bleibt sie heute Nacht bei mir, damit ich mich nicht allein fühle in meiner ersten Nacht im fremden Land. Dies wird mir erst am nächsten Tag klar und es rührt mich noch heute.

Lange kann ich nicht einschlafen, so müde ich auch bin. So viele Bilder gehen mir durch den Kopf. Gedanken kreisen unablässig. Ich fühle mich ernüchtert. Und dabei wird mir zugleich klar, dass ich davon geträumt habe, eines Tages mit Abbas hier zu leben. Und wo ist jetzt dieser Traum? Zerbröselt? Kann ich mich in dieser fremden Kultur wohlfühlen? Hier leben? Nein, das kann ich bestimmt nicht! Zu diesem Schluss komme ich letztendlich in dieser Nacht. Zu vieles ist fremd und ungewohnt hier.

Am anderen Morgen nehme ich meine Umgebung erst richtig wahr. Besonders die bunten, großen Teppiche mit den verschlungenen Motiven faszinieren mich. Diese Art von Teppichen kenne ich bisher noch nicht. Inzwischen ist Sohre aufgewacht, wir ziehen uns an und gehen nach unten zur Familie.

Alle sitzen bereits beim Frühstück. Doch nicht, wie ich es kenne, auf Stühlen um einen Tisch. Nein, im Schneidersitz um ein ausgebreitetes Tischtuch. Sie bitten mich, Platz zu nehmen. Ob ich das auch kann, im Schneidersitz? Es klappt, ist aber noch etwas mühsam!

Sie reichen mir ein Glas duftenden Schwarztee mit Würfelzucker. Die Teekanne wird zum

Warmhalten oben auf den Samowar gestellt. Das Fladenbrot, frisch vom Bäcker geholt, verströmt einen köstlichen Duft. Mit Butter bestrichen, dazu Schafskäse – eine Köstlichkeit. Auch Honig und Kürbismarmelade fehlen nicht.

Ich fühle mich wohl, trotz der Sprachprobleme. Abbas Vater und Sohre können etwas Englisch, doch die Mama und die Geschwister nicht. Mit Händen und Füßen wird gesprochen und viel gelacht. Es ist wie in einem Stummfilm, nur mit Mimik und Gestik wird kommuniziert.

Die persische Oma väterlicherseits gehört ebenso zur Familie. Sie sitzt in einer Ecke auf einer Matratze und hört aufmerksam zu, denn sie ist seit längerer Zeit blind. Ein kleiner Ölofen verbreitet eine wohlige Wärme.

Wann besuchen wir Abbas? Die wichtigste Frage für mich! Ich erfahre, dass nur zweimal in der Woche pro Person 15 Minuten Besuchszeit ist. Dieser langersehnte Tag ist also morgen. Endlich werde ich Abbas sehen. Was für ein Schock war es damals, als dieser Brief ankam: Abbas Vater hatte mir geschrieben, dass sein Sohn nach seiner Rückkehr im September 1966 inhaftiert worden war. Der Grund: Abbas hatte sich einem persischen Polizeioffizier gegenüber regimekritisch geäußert und die soziale Ungerechtigkeit in seinem Land angeprangert. Dieser konnte als Staatsdiener diese Äußerungen nicht so einfach hinnehmen. So lieferte er Abbas ans Messer. Spitzel gab es im ganzen Land genug. Zu Schahs Zeiten gab es keine Meinungsfreiheit in Persien.

Trotz Winter scheint die Sonne vom blauen Himmel, die Luft ist frisch. Oma wird mit Hilfe der Eltern mit ihrer Matratze und einer Decke nach draußen an einen warmen, sonnigen Platz an der Mauer des Innenhofes gebracht. Ich setze mich neben sie. Wie wohltuend die Sonne auf meinem Gesicht ist. Ich schließe meine Augen. Eine Unterhaltung ist ja nicht möglich. Doch was ist das? Eine Hand berührt mich! Vorsichtig streicht die Hand den Arm entlang nach oben zu meinem Gesicht. Es fühlt sich für mich komisch an, aber auch angenehm. Auf diese Weise wurde ich noch nie berührt. Es kitzelt mich.

Ich muss lachen, dann lachen wir beide aus vollem Herzen. Gerührt betrachte ich ihr vom Leben gezeichnetes, runzeliges Gesicht. Ihr Haar ist unter einem Kopftuch verborgen.

Sohre sagt mir später, ich hatte die Prüfung der Sittlichkeit bei Oma bestanden: »Gisela ist eine gute Frau, sie hat ihre Arme bedeckt!«

Allein die Umgebung zu erkunden – ohne Sprachkenntnisse und Orientierung –, ist nicht möglich. Ich fühle mich total abhängig. Der Tag ist lang. Die zweite Nacht schlafe ich schon etwas ruhiger, auch ohne Sohre. Sie ist nun wieder bei ihren Schwiegereltern in einem anderen Stadtteil. Heute ist Besuchstag. Ich warte ungeduldig auf Sohre. Es klingelt, sie ist da! Endlich!

An der Straße winkt Sohre ein Taxi herbei, wir steigen ein und sie nennt dem Fahrer die Adresse. Er schaut verwundert!

Verständlich, wenn zwei junge Frauen zum Gefängnis wollen! Und auch noch eine Ausländerin! Die Fahrt nehme ich kaum wahr. Ich denke nur noch an Abbas. Wie sieht er wohl aus? Werden wir uns die Hände geben können?

Wir sind da! Vor einer hohen Mauer mit einem großen Eisentor hält das Taxi. Sohre bezahlt und wir steigen aus. Du meine Güte! Eine lange Menschenschlange, das bedeutet geduldiges Warten. Mich friert es trotz Sonnenschein in meinem Wintermantel. Nur langsam nähern wir uns dem Tor. Die Füße und Hände sind inzwischen kalt und steif. Jetzt stehe ich vor dem Tor, eine kleinere Tür wird von innen geöffnet. Ich folge Sohre. Mir ist mulmig. Es geht einen kahlen Flur entlang, Neonröhren verbreiten ein kühles Licht.

Ein Wärter befiehlt uns, die Taschen zu öffnen. Er durchwühlt den ganzen Inhalt. Nein, so etwas habe ich noch nie erlebt. Mit einem barschen Befehl geht er voraus bis zu einer Tür am Flurende, die ins Freie führt.

Und jetzt? Vor uns liegt eine Art Park mit hohen, kahlen Bäumen. Er deutet mit der Hand zu einem Gebäude inmitten des Geländes. Dort müssen wir hin. Sohre ist es aus früheren Besuchen schon vertraut.

Mein Herz fängt an zu pochen. *Was erwartet mich?* Wir betreten das Gebäude über Steinstufen. Jetzt kann ich meine Tränen nicht mehr zurückhalten. Sohre sagt: »Gisela, nicht weinen, das macht es Abbas noch viel schwerer!«

Wir befinden uns in einem Raum ohne Fenster, nur durch Neonrohren beleuchtet. In der Mitte durch zwei

Gitter getrennt im Abstand von ungefähr einem Meter. Ein Wächter mit aufgepflanztem Gewehr steht dazwischen, um für Ordnung zu sorgen.

Die gegenüberliegende Tür öffnet sich! Da! Ich sehe Abbas' Gesicht unter den anderen politischen Gefangenen, die in den Raum drängen. Er versucht, so nahe wie möglich ans Gitter heranzukommen. Ich kann ihn kaum verstehen. Jeder hier will seinen Angehörigen etwas mitteilen. Wir nicken und lächeln uns zu, mehr ist kaum möglich. Dann ruft der Wächter etwas! Alle raus! Die Besuchszeit ist zu Ende! Ein letztes Winken.

Die Anspannung lässt langsam nach. Was habe ich hier gerade erlebt? Ich kann es noch kaum fassen! Ein Taxi bringt uns wieder nach Hause. Sohre verabschiedet sich. Ich spüre das Mitgefühl in Abbas' Familie. Ein Teller mit Reis, Gemüse und Fleisch reicht mir die Mama und dazu ein Glas warmen Tee. Dankbar nehme ich es an.

Das Wiedersehen mit Abbas habe ich mir ganz anders vorgestellt. Jetzt erlebe ich es hautnah: Hier gibt es keine politische Meinungsfreiheit.

Das Klingeln an der Haustür reißt mich aus meinen Gedanken. Ich höre Stimmen, es ist Feri, Abbas' große Schwester. Sie bespricht sich mit den Eltern. Ich verstehe kein Wort. Doch Gott sei Dank spricht Feri auch Englisch und ist von Beruf Lehrerin. Heute Nachmittag hat sie unterrichtsfrei. Sie nimmt mich zum Tischtennisspielen in ihrer Schule mit. Diese Abwechslung kann ich gut gebrauchen.

Wir halten eines der orangefarbenen Taxis an und steigen ein. Rote Doppeldeckerbusse, die meistgenutzten Verkehrsmittel hier, fahren an uns vorbei. Privat ein Auto zu besitzen, ist noch ein Privileg der Besserverdienenden. Frauen mit Kopftuch, Schleier und europäischer Kleidung eilen die Straßen entlang. Jetzt erst nehme ich dies alles so richtig wahr. Auch Abbas' Mutter trägt beim Verlassen des Hauses und wenn sie Besuche macht immer ihren Schleier. Die Tochter und Kusinen hingegen nicht. Es ist kein Muss in Abbas' Familie und Verwandtschaft.

Heute ist der zweite Besuchstag bei Abbas. Ich bin ganz aufgeregt. Dieses Mal begleiten mich seine Eltern. Ich spüre, wie schwer es ihnen fällt, ihren Sohn in dieser Lage zu sehen. Dasselbe Ritual wie beim ersten Mal. Ich weine nicht. Einige Worte können wir miteinander wechseln. Abbas sagt mir, dass Herr Bazargan von der Nationalen Front und Ayatollah Montasseri die Gefangenen neben ihm sind. Niemand versteht uns. Das ist prima! Wir lachen sogar miteinander. Schon ist die Zeit wieder um. »Bis bald!«, rufen wir uns zu. Langsam verlassen wir das Gebäude.

Am Nachmittag kommt Mansure, Abbas' Kusine. Sie möchte mit mir einen Stadtbummel machen. Oh ja, bewegen tut gut! Warm eingepackt in Wintermantel und Stiefel verlassen wir das Haus. Unsere Gasse mündet in eine Hauptstraße. Die Häuser grau, die Straße an manchen Stellen mit

Abfall übersät. Nur gut, dass die Sonne scheint, sonst würde diese Gegend mich sehr bedrücken. Das Bild der Straße verändert sich Richtung Stadtzentrum zusehends. Ich staune. Teppichhändler stehen vor ihren Geschäften und bitten die vorbeieilenden Menschen freundlich lächelnd herein. Mit einer einladenden Geste bitten uns Händler in ihren Laden, um die wunderschönen Stoffe zu bestaunen. Gladiolen und Nelken sind die beliebtesten Blumen, die zum Kauf angeboten werden. Da, eine Menschenschlange, am Duft erkenne ich eine Bäckerei. Daneben eine Teestube, die nur für Männer zugelassen ist. Geldwechselstuben, hier könnte ich meine D-Mark oder Dollar umtauschen. Doch die Gastfreundschaft lässt dies nicht zu.

Die vielen neugierigen Blicke der Männer sind mir unangenehm. Ich fühle mich nicht wohl in meiner Haut. Ehrlich gesagt bin ich froh, bald wieder in der gewohnten Umgebung bei der Familie zu Hause zu sein. Die sozialen Unterschiede zwischen Reich und Arm spüre ich sehr deutlich, obwohl ich erst einige Tage in diesem Land weile.

Abends im Bett gehen mir nochmals die vielen Eindrücke des Tages durch den Kopf. Ich, das wohlbehütete Schwabenmädle, liege hier in Persien im Bett und träume von der Zeit in Tübingen, wo alles begann.

Mein Grund, nach Tübingen zu gehen, war eine Ausschreibung im evangelischen Gemeindeblatt über das Freiwillige Soziale Jahr. In meiner derzeitigen kaufmännischen Tätigkeit fühlte ich keine innere Zufriedenheit. Hier bot sich eine neue Herausforderung, die ich freudig ergriff. Im September 1964 zog ich mit fünfzehn weiteren jungen Frauen ins Mädchenwohnheim. Wir traten unseren Dienst im einheitlich, dunkelblauen Hemdblusenkleid und weißer Schürze in den Kliniken an. Der Pflegebereich wurde im dreimonatigen Rhythmus gewechselt. Ein Taschengeld von 50 Mark reichte uns bei freier Kost und Unterkunft.

Mir machte die Arbeit trotz der oft schwerkranken Patienten Freude. Ich fühlte eine innere Zufriedenheit. Die Monate gingen ins Land. Beim Fasching im Februar begann dann alles. Unsere Heimleitung arrangierte eine Faschingsfete im Männerwohnheim. Eine Abwechslung, prima! Da gehen wir hin! Beim Eintreffen war das Fest schon in vollem Gange. Die ausländischen Studenten mit ihren dunklen Augen und schwarzen Haaren stachen besonders hervor.

Wie so üblich am Fasching wurde geschunkelt, gelacht, getanzt und natürlich auch geflirtet. Trotz Sprachschwierigkeiten versuchte ein irakischer Student mit mir ins Gespräch zu kommen, was auch so lala gelang.

Und nun bin ich hier in Teheran. Meine Augen sind müde und ich bin schläfrig. Was werde ich morgen erleben? Jeder Tag bringt etwas Neues.

Als ich am Morgen die Treppe herunterkomme, ist Abbas' Mutter beim Saubermachen. Sie kehrt die Teppiche mit einem Besen aus gebündelten, dünnen Ästen. Da sich das Leben auf dem Boden abspielt, müssen die Schuhe im Flur ausgezogen werden. Die Wäsche wird im Hof in einem großen Zuber von Hand gewaschen, eine Knochenarbeit.

Ich erinnere mich an meine Großmutter und Mutter, an die Waschküche, den Kochkessel, die Spülwannen und die Handpresse, den wöchentlichen Waschtag in meinen Kindertagen. Die Parallele von hier und dort ist ähnlich – mit zwanzig Jahren Unterschied.

Heute geht Abbas' Mutter mit mir ins Kino. Ich bin sehr gespannt! Wir nehmen – wie schon gewohnt – ein Taxi. Vor einem großen Gebäude mit bunt beleuchteter Reklame, dem Kino, hält das Taxi. Oh je, welch eine Menschenmenge! Und die wollen alle hinein? Unvorstellbar! Der Innenraum gleicht einer großen Halle mit Kippsesselstühlen zum Sitzen. Wir finden gerade noch zwei freie Plätze.

Was sehe ich da als Film auf der Leinwand? Amerikanische Damen präsentieren auf dem Laufsteg ihre Hunde. Diese tragen Schleifchen am Kopf, Schmuck um den Hals, das Fell in Form geschnitten. Das darf doch nicht wahr sein! Was denken all die Menschen um mich herum wohl? Dieser Hundeluxus in Amerika und hier so viel Armut! Ich bin schockiert. Leider kann ich mich mit Abbas' Mutter darüber nicht austauschen. Die Tage vergehen wie im Flug. Ich fühle mich inzwischen recht heimisch in der Familie. Heute steige ich die Stufen hoch auf das Flachdach, breite die Decke aus und setze mich an die Wand in die Sonne. Wohltuende Wärme durchströmt mich. Von hier oben sehe ich weit über die vielen Flachdächer, alles grau in grau. Ich empfinde es nicht so trist wie es ausschaut, die Sonne und der blaue Himmel lassen alles freundlicher erscheinen. Ich schließe meine Augen und meine Gedanken kehren zurück nach Tübingen.

Der irakische Student lud mich zum Germanistenball ins Schloss ein. Allein mit ihm? Nein! Ich fragte eine unserer Mitbewohnerinnen, sie war allerdings erst siebzehn Jahre alt und musste sich bei der Heimleitung die Erlaubnis holen.

Wir zogen uns festlich an und los ging's zum Schloss. Der irakische Student wartete schon auf uns – in Begleitung eines persischen Studenten, den ich vom Fasching her flüchtig kannte.

Beide Studenten hießen Abbas. Zu später Stunde forderte mich der persische Abbas zum Tanz auf. Mein lieber Schwede, konnte der tanzen! Walzer rechts- und linksherum, es war ein purer Genuss. Ich als leidenschaftliche Tänzerin war unglaublich beeindruckt von ihm. Ebenso von seiner höflichen, galanten und fröhlichen Art. Der Abend verging wie im Flug. Die beiden Herren begleiteten uns nach Mitternacht zurück zum Mädchenwohnheim. Der irakische Student lud mich für den kommenden Sonntag ins Kino ein. Wir wollten uns dort um 17.00 Uhr an der Blauen Brücke treffen.

Pünktlich wartete ich vor dem Kino, doch er kam nicht. Ich stand dort wie bestellt und nicht abgeholt, aber plötzlich wurde ich von hinten angesprochen. Ich drehte mich um und erkannte den persischen Abbas in Begleitung eines Deutschen.

»Warten Sie auf jemanden?«

»Ja, aber ich wurde versetzt.«

»Nun, zur Entschädigung laden wir Sie zu einer Tasse Kaffee ein.«

Bei einer angeregten Unterhaltung verging die Zeit wie ein Wimpernschlag. Der Deutsche verabschiedete sich nach einiger Zeit. Ich merkte, dass der Perser Feuer gefangen hatte, doch ich war noch weit davon entfernt. Dennoch war es sehr interessant mit ihm. Weitere Treffen folgten und so langsam gefiel er mir immer besser. Besonders beeindruckten mich sein Humor und sein Witz – die schwarzen Haare und das sichere Auftreten taten das Übrige dazu.

Wie er mir später gestand, wollte er mich unbedingt treffen, deshalb hatte er dem irakischen Abbas eine falsche Uhrzeit angegeben, da dieser noch nicht so gut Deutsch konnte. So ein Spitzbub! Er war 31 Jahre, ich 25 Jahre alt und eine junge Frau aus der Kleinstadt. Unsere Treffen waren unbeschwert und lustig, wir lachten viel. Er erzählte von Persien, ich hörte begierig zu. Orient – fern, fremd und unbekannt. Wie konnte das zusammenpassen?

Trotz allem ließ ich mich nicht beirren. Die Perser wurden auch »Die Franzosen Asiens« genannt. Nasreddin Schah besuchte 1873 Berlin. Am 31. Mai 1873 hießen Wilhelm I. und Kanzler Otto von Bismarck den Regenten am Potsdamer Hof willkommen. Im offenen Wagen fuhren sie gemeinsam nach

Berlin. Dieser Besuch löste eine wahre Hysterie und Begeisterung aus. Hunderte von Zuschauern säumten die Straßen. Fahnen und Banner wehten im Wind. Zum ersten Mal reiste ein persischer Herrscher durch Europa.

Diese Verbundenheit mit Persien setzte sich fort. Deutschland war für die Perser das erstrebenswerte Land zum Studieren, nicht selten ohne Deutschkenntnisse. Persische Familien brachten oft große finanzielle Opfer, um ihren Söhnen das Studium zu ermöglichen. Die elterliche Erwartungshaltung bedeutete für die jungen Perser nicht selten eine innere Belastung. Ausländische Studenten waren noch eine Seltenheit. Die Perser belegten an den Universitäten hauptsächlich die Fächer Medizin, Landwirtschaft, Ingenieurwesen und Volkswirtschaft.

Ja, diese persischen Studenten beeindruckten uns junge Mädchen sehr, ganz besonders die schönen schwarzen Haare, die dunklen Augen und ihre sorgfältige Kleidung. Sie begegneten uns höflich und zuvorkommend. All dies blieb nicht ohne Wirkung. Eventuelle Schwierigkeiten, die andere Religion, all dies Unbekannte lag wie unter einem Schleier – im wahrsten Sinne des Wortes.

Heute ist der letzte Besuchstag bei Abbas, morgen fliege ich nach Deutschland zurück. In Deutschland hatte ich unsere gemeinsamen Fotos in ein Album geklebt und in persischer Schrift seinen Namen – wenn auch nicht ganz korrekt, aber immerhin lesbar – auf den Umschlag geschrieben. Zusammen mit einer Kerze will ich es ihm heute überreichen. Ob das möglich sein wird? Bei den Mitgefangenen und Wärtern hat es sich herumgesprochen, dass ich heute das letzte Mal komme.

Es geschehen noch Wunder. Plötzlich kommt er durch den Park auf mich zu. Unfassbar! Wir liegen uns in den Armen, wie lange habe ich auf diesen Augenblick gewartet. Er darf meine Geschenke nach einer genauen Untersuchung in Empfang nehmen. Auch im Gefängnis gibt es Menschlichkeit und Mitgefühl. Sie sind beeindruckt, dass ich aus Deutschland komme, um meinen Verlobten im Gefängnis zu besuchen. Der Abschied ist bitter, nur schwer kann ich die Tränen zurückhalten.

Meine Einstellung zum Leben in Persien hat sich sehr geändert. Als einstiges Kriegskind, geboren 1940, fällt es mir nicht allzu schwer, mich auf das einfache Leben einzustellen.

Am 7. Januar 1967 muss ich abreisen. Mir fällt es schwer, Abschied zu nehmen. Ich fühle, den Eltern und Geschwistern geht es ähnlich. Wie bei meiner Ankunft fahren wir mit dem Taxi zum Flughafen. Die Umarmungen fühlen sich jetzt inniger und verbundener an. Ich nehme meinen Koffer, gehe zum Schalter, zeige meinen Pass und mein Flugticket. Alles ist in Ordnung. Ein letztes Winken. Ich begebe mich in die Wartehalle, setze mich in einen Sessel und warte, bis es in englischer Sprache heißt: »Get ready for the flight to Frankfurt!«

Die Fluggäste reihen sich ein, eine letzte Kontrolle der Bordingcard, dann treten wir ins Freie und gehen weiter über das Rollfeld zum Flugzeug. Ich schaue noch einmal zurück und denke: ›Adieu Teheran, adieu Persien! Wann werde ich dich wiedersehen?‹ Jetzt ist es mir nicht wichtig, wo ich sitze. Sechs Stunden habe ich Zeit, von den ereignisreichen, vergangenen Tagen zu träumen. Hoffentlich kommt Abbas bald frei. Das ist mein sehnlichster Wunsch.

Tübingen taucht wieder in meinen Gedanken auf und der Besuch zu Hause. Ich erzählte meinen Eltern von meiner persischen Bekanntschaft. Mein Vater sagte nur: »Mach deiner Mutter keinen Kummer!«

Ich überlegte kurz und sagte mir: ›Nun gut, mache ich halt Schluss. Auch nicht schlimm.‹

Zurück in Tübingen sagte ich zu Abbas, unsere Freundschaft hätte keinen Sinn, da wir zu verschieden seien und meine Eltern es auch nicht wollten.

Für ihn war es wie ein Schlag ins Gesicht, doch er musste es akzeptieren. Jeder ging seinen eigenen Weg. Ich in den Kliniken, er beim Studium der Volkswirtschaft. Nebenbei jobbte er im Labor der Frauenklinik.

Und wieder stand der Germanistenball im Schloss an. Ich ging mit einer Gruppe junger Leute dorthin. Es war schwierig, einen freien Tisch zu finden. Endlich konnten wir uns setzen. Doch oh Schreck, wer hatte da bereits Platz genommen? Die beiden Abbas mit noch einem Perser. Ich würdigte die Herren keines Blickes. Was für eine verzwickte Situation. Doch um Mitternacht forderte mich der persische Abbas höflich lächelnd zum Tanzen auf. Mein Herz klopfte bis zum Hals, doch ich folgte ihm auf die Tanzfläche. Mit ihm zu tanzen war einfach wunderbar. Ich verhielt mich sehr zurückhaltend, er sollte sich ja keine neuen Hoffnungen machen.

Bald darauf begegneten wir uns auf der Straße, er war in Begleitung eines persischen Schwagers. Dieser studierte in Florenz in Italien Kunst und Bildhauerei und besuchte ihn gerade. Wir unterhielten uns angeregt, ein Treffen wurde vereinbart, dem weitere Treffen folgten.

Der Spaziergang zum gemütlichen Lokal Schwärzloch zur Mostbowle blieb mir unvergesslich. Wir stapften durch hohen Schnee, bewarfen uns mit Schneebällen, lachten ausgelassen wie zwei kleine Kinder. Es war einfach toll.

»Wie finde ich eine Wohnung? Wo ist die Universität? Was benötige ich zur Aufnahme an der Uni? Mein Abitur wurde problemlos anerkannt, Gott sei Dank! Wir ausländische Studenten wurden oft in deutsche Familien eingeladen und lernten so die Sitten und Gebräuche kennen. Eine Tübinger Familie nahm mich unter ihre Fittiche, ganz besonders die beiden Töchter.«

Doch dann trat plötzlich ich in Abbas' Leben und die beiden Töchter wurden ganz schön eifersüchtig, besonders die Jüngere. Abbas gab ihnen unmissverständlich zu verstehen, dass ich jetzt an erster Stelle stehe, was sie längere Zeit nicht akzeptieren wollten. Die Spannungen und Auseinandersetzungen bei mir zu Hause nahmen natürlich wieder zu. In der Zwischenzeit hatte es bei mir gefunkt und ich ließ mir nicht mehr dazwischenreden. Das Freiwillige Jahr war zu Ende. Ich arbeitete für weitere sechs Monate als Schwesternhelferin und verdiente mein eigenes Geld.

Silvester 1965/1966 brachte die Wende. Bei der Silvesterfeier in einem Hotel in Tübingen traf ich eine einstige Schulkameradin aus Schwäbisch Hall. Sie erzählte mir, dass sie die Gluckerschule für Sport und Gymnastik in Stuttgart besuche, um dann später an Schulen zu unterrichten. Mein Herz machte einen Satz. Genau das ist es! Die Liebe zum Sport! Diese hatte ich von meiner Mutter, die auch eine begeisterte Sportlerin war.

Ganz euphorisch erzählte ich Abbas von diesem Gespräch. »Ich werde diese Ausbildung machen.«

»Was? Ich in Persien und du hier?«

»Nun ja, in dieser Zeit werden wir dann sehen, ob unsere Verbindung hält oder nicht. Das ist mein Traumberuf.« Abbas musste sich wohl oder übel geschlagen geben.

Ich meldete mich zur Aufnahmeprüfung Ende Januar 1966 an und bestand. Am 18. April 1966 begann meine schönste Schulzeit.

Die Stewardess reißt mich aus meinen Gedanken. »Bitte anschnallen, wir landen in Kürze!«

Zurück in Deutschland!

Frühjahr 1966 bis Herbst 1968

Ich bin froh, wieder zu Hause zu sein und freue mich auf mein Studium. Jetzt kann ich das Erlebte mit Abstand betrachten. Meine Eltern hoffen bestimmt insgeheim, dass ich vernünftig geworden bin.

Es geht zurück in meine »Bude« nach Stuttgart in einem alten, mehrstöckigen Haus in der Vogelsangstraße unter dem Dach. Utta bewohnt das Zimmer nebenan. Sie ist bereits Lehrerin und macht eine Zusatzausbildung für die Berufsschule.

Mein Zimmer misst gerade mal zwei auf vier Meter, ein kleines Dachfenster schenkt mir etwas Licht. Ein Bett, ein Schrank, ein kleiner Tisch mit Stuhl bilden das Mobiliar. Ein kleiner Elektroofen beheizt mein Zimmer im Winter – für 45 Mark im Monat ein Schnäppchen.

In der Waschküche nebenan stehen auf einem Tisch unsere Kochplatte, das nötige Geschirr und Besteck im Regal und zwei Stühle. Gewaschen wird in einer Waschschüssel aus Omas Zeiten, die auf einem Stuhl unterhalb des Wasserhahns steht. Um ganz unabhängig von zu Hause zu sein, wollte ich mein eigenes Geld verdienen.

In der Zeit von April bis September fahren Abbas und ich nach Kiebingen bei Tübingen, um in einem Hotel am Wochenende Geld zu verdienen: ich als Zimmermädchen und er als Kellner. Wir haben ein freundschaftliches Verhältnis zu den Hotelbesitzern. Nach Abbas' Abreise im September suche ich in Stuttgart nach Möglichkeiten, Geld zu verdienen.

Jetzt gebe ich in einem Verein Kinderturnen, mache Babysitting in einer Familie mit drei Kindern und am Wochenende arbeite ich als Bedienung im Café Schappmann in der Königstraße. Den ganzen Tag auf den Beinen zu sein, ist schon heftig. Doch auf diese Weise kann ich mein Zimmer und das Schulgeld (90,- DM im Monat) gut bezahlen Es reicht gerade so zum Leben. Doch ich bin zufrieden und stolz über meine Selbstständigkeit.

Sohre hält mich brieflich auf dem Laufenden. Telefonieren ist nicht möglich. Im März 1967 erreicht mich die lang ersehnte Nachricht: Abbas ist frei! Ich kann es kaum fassen. Viele lange Briefe fliegen jetzt hin und her.

Er versucht, Arbeit zu finden, was sehr schwierig ist. Sein Kapital sind Sprachen, damit könnte er etwas erreichen. Tourismus ist dafür sehr geeignet. Bei INTO (Iranische Nationale Touristik Organisation) in Zusammenarbeit mit dem Touristenministerium gibt es eine Ausbildungsmöglichkeit zum Reiseleiter, die ein Jahr dauert.

Die Aufnahmeprüfung in Deutsch und Englisch hat er gut bestanden. Die Studienreisen führen durch das ganze Land zu den historischen Stätten. Intensives geschichtliches Lernen über Persien ist jetzt bei Abbas angesagt.

Die Märchen aus »1001 Nacht« sind mir wohl bekannt. Die »Klatschpresse« informiert mich, dass Persien einen Kaiser und eine Kaiserin hat.

Schah Pahlavis zweite Frau, Soraya, hat eine deutsche Mutter und einen persischen Vater. Dies stellt eine gewisse Verbundenheit zu Deutschland her. Sie ist eine schöne, wunderbare Frau und Schah Pahlavis große Liebe. Leider ist das Leben an der Seite des Kaisers begrenzt, da sie ihm nicht den langersehnten Kronprinzen schenken kann. Das bedeutete für sie viel Schmerz und Leid. Die große Liebe steht in diesem Fall an zweiter Stelle. Das Land Persien braucht einen Nachfolger. Sie muss das Land verlassen.

Diese tragische Liebesgeschichte berührt auch uns in Deutschland sehr. Deutschland und Persien verbindet schon durch Vater Schah eine große Sympathie.

In den 60er-Jahren besucht Schah Pahlavi Frankreich und unter anderem auch die dort studierenden Perserinnen und Perser. Eine junge persische Studentin schildert ihm die Anliegen ihrer persischen Kommilitonen. Ihre Unerschrockenheit und ihr sicheres Auftreten beeindrucken ihn sehr. Nach seiner Rückkehr leitet er Nachforschungen ein, um alles über diese Studentin, Farah Diba, und ihre Familie zu erfahren. So wird die Verbindung zwischen ihm und ihrer Familie hergestellt. Einer Hochzeit steht nichts mehr im Weg. All diese Ereignisse können wir damals den Illustrierten entnehmen. Für uns

Nachkriegskinder ein romantisches, orientalisches, wirkliches Märchen. Nach einem Jahr schenkt Farah Diba Persien den langersehnten Kronprinzen. Es folgen zwei Töchter und noch ein Sohn.

Utta und ich gehen öfters in die Mensa zum Mittagessen. Neugierig beobachte ich die ausländischen Studenten und frage mich, woher sie wohl kommen. Am liebsten würde ich jeden nach seiner Herkunft fragen! Ich gehe zum Schwarzen Brett, dort werden immer die Mitteilungen der Studenten bekannt gegeben. Die Perser veranstalten ein *Neujahrsfest* am 21. März hier in der Mensa im Festsaal. Warum am Frühlingsanfang? Wie ich erfahre, ist dies der Jahresbeginn in Persien. Gemeinsam mit Utta mache ich mich auf den Weg zum Fest! Ich bin ja so gespannt! Ein persisches Fest, wie wird es wohl gefeiert?

Festlich gekleidet machen wir uns auf den Weg. Der Saal ist schon ziemlich gefüllt. Auf der Empore finden wir noch Platz. Jeden Tisch ziert eine Schale mit frisch gesprossenem Gras. Was mag dies bedeuten? In der Saalmitte sind verschiedene Perserteppiche ausgebreitet, drei persische Musiker spielen Geige und andere persische Saiteninstrumente. Einige persische Studenten halten kurze Ansprachen – wir verstehen kein einziges Wort.

Ein junger Mann sieht aus wie Abbas. Diese Ähnlichkeit ist verblüffend, ich kann meine Augen nicht von ihm wenden. Doch es ist ein Trugschluss. Die Sehnsucht nach

Persien bleibt. In Gedanken plane ich meine zweite Reise. Der Monat August in den Sommerferien ist dazu bestens geeignet. In meinem nächsten Brief schreibe ich Abbas diese Neuigkeit. Da wird er große Augen machen – und so ist es auch. »Ich kann es kaum erwarten, bis ich dich in meine Arme schließen kann«, schreibt er in seinem Brief.

Nun stelle ich mir die Frage, ob ich für immer dort leben könnte. Eigentlich ja. Es fühlt sich gut an, frei und ungebunden Entscheidungen treffen zu können. Kein Muss, keine Heirat und kein Kind sind der Grund, mich langsam mit dem fremden Land Persien zu befassen. Geschnuppert habe ich ja schon. Jetzt werde ich Abbas in seinem Heimatland kennenlernen. Eine ganz neue Situation.

Er ist Moslem, eine Religion, die mir total fremd ist. Betet er auch dreimal am Tag, wie es Vorschrift ist? Wer hat in der Familie das Sagen? Muss er tun, was die Eltern bestimmen? Welchen Stellenwert habe ich? Kann er sich seinen Eltern gegenüber behaupten? Dürfen wir als unverheiratetes Paar im selben Zimmer schlafen? Fragen über Fragen!

Doch voll Zuversicht und Vorfreude plane ich meine zweite Persienreise. Zu Hause herrscht eine gedrückte und angespannte Atmosphäre. Sie merken, dass es mir ernst ist.

Meine zweite Persienreise

August 1967

Es ist so weit! Heute fliege ich nach Teheran. Suse, eine Mitstudentin, bringt mich mit dem Auto zum Stuttgarter Flughafen. Flug nach Frankfurt, dann in Beirut im Libanon Zwischenlandung.

Was erwartet mich wohl in Beirut? Von dieser Stadt werde ich nichts sehen. Die zwei Stunden Aufenthalt verbringe ich innerhalb des Flughafens im Transitbereich. Es wird mir gesagt, dass diese wunderschöne, am Meer gelegene Stadt auch die französische Riviera genannt wird. Im Transit herrscht ein reges Treiben. Araber in weiten, weißen, wallenden Gewändern, die Frauen alle tief verschleiert. Auch sie warten auf ihren Weiterflug. Natürlich falle ich mit meinen blonden Haaren, der langen Hose und dem T-Shirt besonders auf. In deren Vorstellung bin ich mehr oder weniger unbekleidet. Mir ist etwas unbehaglich. Nur gut, dass in Persien keine solche Kleiderordnung herrscht. Das könnte ich nicht ertragen.

Der Aufruf zum Weiterflug nach Teheran reißt mich aus meinen Betrachtungen. Nur noch wenige Flugstunden trennen mich von Abbas. Ich kann es kaum mehr erwarten.

Ich muss eingeschlafen sein. Die Stimme der Stewardess kündigt den Anflug auf Teheran an. Als ich aus dem

Fenster schaue, sehe ich unter mir das schon bekannte Lichtermeer. Etwas holprig setzt das Flugzeug auf. Ich bin da!

Die ganze Abfertigung ist mir schon bekannt. Was für eine Menschenmenge in der Flughalle! Wo ist Abbas? Meine Augen suchen und suchen. Ist er allein gekommen oder mit der ganzen Familie? Dort wird ein Blumenstrauß heftig geschwenkt! Er ist es! Die Glastür öffnet sich, wir bahnen uns einen Weg durch die Menge aufeinander zu, endlich liegen wir uns in den Armen mit Lachen und Weinen. Es ist ein überwältigender Augenblick. Herzlich und vertraut umarmen mich auch die Eltern und Geschwister.

Im Freien trifft mich die trockene Wärme wie ein Schlag. So kannte ich Teheran noch nicht. Bis zu 40 Grad sollen es am Tag sein.

Zu Hause angekommen, gibt es keine Diskussion: Abbas und ich übernachten ganz selbstverständlich zusammen im oberen, mir schon bekannten Zimmer. Diese Großzügigkeit der Eltern ist in einem islamischen Land bewundernswert.

Wie ich es mitbekomme, sind Freundschaften zwischen Jungen und Mädchen offiziell nicht erlaubt.

Mädchen werden von den Eltern und Brüdern intensiv beobachtet. Sie müssen sagen, wohin sie gehen, mit wem und wann sie wieder nach Hause kommen. Doch die Jugendlichen sind erfinderisch und finden Wege, sich heimlich zu treffen. Liebe überwindet alle Hindernisse.

Schwierig wird es, wenn ein Mädchen schwanger wird. Wenn ihr Zustand bekannt wird, bedeutet das eine große Schande für ihre Familie. Falls ihr Freund sie nicht heiraten will oder die Familie ihn als Schwiegersohn nicht akzeptiert, wird es für sie sehr schwer, einen Ehemann zu finden. Persische Männer legen großen Wert darauf, dass ihre Braut unberührt in die Ehe geht.

So bleibt ihr nur der Weg zum Arzt, der eine Abtreibung in die Wege leitet. Zu ihm kann sie jedoch nicht allein gehen, sie muss eine Person finden, der sie voll und ganz vertrauen kann. Manchmal steht ihr die Mutter bei oder die Schwester oder vielleicht eine Freundin.

Der Arzt bringt alles wieder in Ordnung. Für die junge Frau ein wahrer Leidensweg. Doch später in der Hochzeitsnacht ist das Betttuch der Beweis ihrer Keuschheit. Das Ansehen der Familie bleibt gewahrt.

Ganz langsam findet auch hier ein Wandel statt. Der westliche Lebensstil zeigt sich in der Kleidung und in den Freundschaften zwischen Jungen und Mädchen, vor allem in den Großstädten. In den Dörfern ist davon jedoch nichts zu spüren.

Wird auch hier die Antibabypille ihren Einzug finden wie bei uns in Deutschland in den 1960er-Jahren?

Wie hätten wohl meine Eltern reagiert? Vor der Ehe ein Zusammenschlafen im elterlichen Haus wäre unmöglich gewesen.

Die große Temperaturumstellung fesselt mich drei Tage mit Durchfall und Schwäche ans Bett. Alle sind sehr besorgt um mich. Kandiszucker in kochendem Wasser aufgelöst gibt mir Energie. Reis mit Joghurt gemischt bringt meinen Magen wieder zur Ruhe. Noch etwas schwach, doch wir planen einen Ausflug ans Kaspische Meer. Abbas' Onkel mit Frau und Kinder verbringen dort ihre Ferien. Die Schulen sind im Sommer drei Monate geschlossen. Viele persische Familien entfliehen der Hitze in Teheran.

Wir schnüren unser Bündel, eine handgefertigte Matratze und eine leichte Decke. Badesachen, Handtücher, ein paar T-Shirts und eine lange Hose reichen für den Kurzurlaub.

Mit einem Überlandtaxi beginnt die abenteuerliche Fahrt. Sie führt uns von Südteheran über Nordteheran weiter in die Berge. Mir wird beinahe schlecht bei dem oft riskanten Fahrstil. Die Straße schlängelt sich, links tiefe Schluchten und rechts hohe Felsen, durch die Berge. Vor jeder Kurve ein kräftiges Hupen, um entgegenkommende Autos zu warnen.

Wie erleichtert bin ich, endlich in Babolsar angekommen zu sein. Die Landschaft ist vollkommen anders, beinahe wie in Deutschland. Welch ein Unterschied zu Teheran. Saftige, grüne Wiesen, Bäume und Sträucher in voller Blüte. Ich kann es kaum fassen. Die Luft ist angenehm feucht, eine Wohltat für die Nase. Die Frauen sind bunt gekleidet, ohne Kopftuch oder Schleier. Krasse Gegensätze.

Wie Abbas mir sagt, sind die Frauen hier sehr aktiv und arbeitsam, was von den Männern nicht behauptet werden kann.

Die Verwandten wohnen in einem kleinen Haus, das sie als Lehrer im Sommer kostenlos mieten können. Jetzt ist die Frage, wo wir schlafen. In der Nähe steht ein altes, ungenutztes Schulgebäude, die Türen und Fenster sind nicht abschließbar. Wir beziehen einen Raum im oberen Stock, rollen unsere Matratze aus und legen die übrigen Habseligkeiten daneben. Wichtig ist, ein Dach über dem Kopf zu haben. Was brauchen zwei Verliebte mehr?

Das Meer lockt! Schnell umziehen und dann nichts wie rein ins Wasser. Wir planschen und lachen mit Onkels Kindern. Die Ausländerin im roten Bikini ist schon eine kleine Sensation. Onkel ist ganz aufgeregt, denn einige Perser schauen neugierig zu uns. Das ist für ihn äußerst unangenehm.

Abbas lässt mich gewähren. Er ist schlicht froh, dass ich mich wohlfühle. Die Tante – mit Hose und weißer Bluse bekleidet – watet auch ins Wasser, um sich zu erfrischen. Oh je! Abbas und ich können uns das Lachen nicht verkneifen, denn die nassen Kleider kleben eng an ihrem Körper! Ein Badeanzug wäre vorteilhafter gewesen.

Die Nächte sind angenehm frisch. Eine Wohltat! Mitten in der Nacht stehen wir auf, verlassen unser Zimmer und gehen zum Strand. Über uns der sternenklare Himmel, keine Menschenseele. Eine wunderbare Ruhe umfasst uns. Das Meer wie ein großer Spiegel. Wir ziehen uns aus, springen splitternackt ins Wasser, lachen und planschen wie zwei ausgelassene Kinder.

Wie köstlich, etwas Verbotenes und Unschickliches zu tun, in einem islamischen Land, in Persien. Ein Glück, dass uns niemand sieht! Nach einigen Tagen fahren wir wieder per Taxi zurück ins heiße Teheran.

In meinem roten Bikini – kein Problem im damaligen Persien.

Um der Hitze zu entkommen, besuchen wir Abbas' Bruder im Dörfchen Damawand in den Bergen wie immer mit dem Taxi. Der gleichnamige, höchste Berg in Persien

Unbeschwerte Zeiten – mit Abbas in den Bergen.

Unterwegs mit dem Esel.

misst 5671 Meter Abbas' Bruder begutachtet im Auftrag des Landwirtschaftsministeriums die dortigen Ländereien. Seine Behausung ist klein und bescheiden. Unsere Unterkunft ist ein Zelt, das auf einem Holzgestell befestigt ist. Über eine kleine Leiter steigen wir hinein.

Über uns große Bäume. Das gemeinsame Wandern in den Bergen bringt uns einander immer näher. Auf manchem Felsen machen wir Pause und philosophieren über das Leben und speziell über unsere Vorstellungen von einer gemeinsamen Zukunft.

Der Esel ist in dieser bergigen Gegend ein wichtiges Transportmittel. Mein Wunsch, einmal auf einem zu reiten, geht in Erfüllung. Mit Hilfe von Abbas steige ich auf. Da sitze ich nun. Der Esel rührt sich nicht – egal, was ich auch anstelle. »Stur wie ein Esel!« Abbas schafft Abhilfe, er setzt sich hinter mich. Kaum zu glauben: Der Esel trottet los. Tja, gewusst wie!

Die Zeit verstreicht nur allzu schnell. Wir müssen wieder nach Teheran zurück. Die Nächte sind heiß. Eine Nacht schlafen wir auf dem Dach des elterlichen Hauses. Wie klein komme ich mir unter diesem weiten Sternenhimmel vor, unter dem ich das erste Mal in meinem Leben frei übernachte.

Heute ist ein ganz besonderer Tag. Wir fahren zum Bazar, um unsere Verlobungsringe zu kaufen. Ich liebe das Bummeln durch die vielen Gassen, die Gerüche der Kräuter, die Farbenpracht der Stoffe. Die Händler preisen ihre Ware an und dann wird kräftig gefeilscht.

In einem Schmuckgeschäft finden wir das Passende. Zwei schmale, schlichte Ringe aus Platingold gefallen uns besonders gut. Einfach so kaufen geht natürlich nicht. Jetzt wird noch gehandelt, gemütlich bei einem Glas Tee. Ja, die Uhren im Orient gehen anders, langsam gewöhne ich mich daran. Frohgelaunt fahren wir nach Hause.

Heute Abend wird Verlobung gefeiert. Wir sitzen mit Eltern und Geschwistern gemütlich beisammen, die Ringe hat Abbas Mutter in einer Schale versteckt, die mit zuckerbeschichteten Nüssen gefüllt ist.

»Gisela und Abbas, sucht die Ringe!« Unsere Hände suchen und finden sie. Unter Klatschen und Lachen stecken wir uns gegenseitig die Ringe an die Finger. Eine Verlobung ganz besonderer Art. Jetzt gehören wir offiziell zusammen, ich bin von der Familie akzeptiert und wohlwollend aufgenommen worden. So eine Verlobung hat einen guten Sinn. Es ist eine Prüfungszeit, wie sie auch im Deutschland zur Zeit meiner Eltern noch üblich war.

An unserem letzten gemeinsamen Abend machen wir uns auf den Weg ins »German-Hotel«, das unter der Leitung einer Deutschen steht. Im Garten unter großen Bäumen stehen kleine Tische mit Stühlen. Auf jedem Tisch brennt eine Kerze. Die Luft ist lau und angenehm warm. Wie eine Oase mitten in Teheran, ich kann es kaum glauben. Ein großes Menü können wir uns nicht leisten, jedoch ein Gläschen Rotwein. Eine kleine Musikgruppe spielt zum Tanz.

Ich fühle mich wie im siebten Himmel. Unsere Beine bewegen sich im selben Takt, wohlbekannt aus Tübingen. Beschwingt, glücklich und müde gehen wir nach Hause. Die Nacht ist kurz, da ich bereits um 4.00 Uhr wieder aufstehen muss. Um 6.00 Uhr ist Abflug.

Der Abschied von Abbas am Flughafen ist mit Lachen und Wehmut verbunden. Jetzt werden wir uns ein Jahr nicht sehen, eine lange Zeit. Doch viele Briefe werden die Trennung überbrücken.

Entspannt lehne ich mich im Flugzeug zurück. Die vielen neuen Eindrücke, das Zusammensein mit Abbas ziehen nochmals wie ein Film durch meine Gedanken. Ja, für mich steht nun fest, dass ich in einem Jahr für immer nach Persien gehen werde. Mit jedem Besuch schätze und liebe ich Land und die Leute mehr.

Noch einmal Stuttgart

Meine Ausbildung nimmt mich jetzt voll in Anspruch. Die Verlobung ist das Gesprächsthema in der Klasse.

»Du bist aber mutig! Hast du keine Angst?«

»Musst du dich verschleiern?«

»Darfst du allein auf die Straße?«

Fragen über Fragen! Von zu Hause kommt keine Reaktion. Sie nehmen es einfach hin und fragen nicht weiter nach. Sehr bedrückend für mich. Meine Eindrücke und Erlebnisse kann ich nur mit Utta, meiner Zimmernachbarin, austauschen.

Jeder Brief von Abbas ist ein Feiertag für mich. Er berichtet von seinen Exkursionen quer durch Persien. Unglaubliche kulturelle Schätze, die er nie gesehen hat, bekommt er nun zu Gesicht. Jetzt heißt es, viel auswendig zu lernen.

Wir fühlen uns sehr nahe. Briefe sind etwas Schönes. Immer wieder kann ich sie lesen. Langsam stapeln sie sich. Abbas erzählt mir von den Städten Isfahan, Schiras, Hamadan und Persepolis. Auch Teheran bietet viele Moscheen, Museen, Paläste und Parks. Ich freue mich schon auf die Zeit, wenn Abbas mir all die Sehenswürdigkeiten zeigen kann.

Wo kann ich nur etwas mehr über die Geschichte Persiens erfahren? In einer Buchhandlung werde ich fündig. Das Buch heißt »Der Schah« von Gerard de Villiers, die einzig seriöse Biografie, wie mir gesagt wird. Ich verschlinge das Buch regelrecht.

Persien, ein Reich, das 2.500 Jahre alt ist. Der Vater des jetzigen Schah, Reza Schah Pahlavi, der Große genannt, wurde am 16. März 1878, als Sohn des Soldaten Abbas Ali und seiner Ehefrau Nooshafarin geboren.

Mit 15 Jahren, zwei Meter groß, wollte er unbedingt zum Militär. Durch seine Hartnäckigkeit nahmen sie ihn trotz seines jungen Alters in der Kosakengruppe auf. Seine Unerschrockenheit und sein Mut brachten ihn schnell nach oben zum Oberbefehlshaber der persischen Streitkräfte.

Am 21. Februar 1921 führte er die im Norden in Qazvin stationierte sogenannte persische Kosakenbrigade mit 2.500 Mann mit einigen Pferden nach Teheran. Dieser unblutige Putsch führte zum Rücktritt des bisherigen Premierministers.

Reza Chan wurde Verteidigungsminister und General. Bis zum diesem Zeitpunkt wurde Persien vom Gatscharen-König regiert. Seine Vorstellung von der Zukunft Persiens war eine Republik, die Monarchie sollte abgelöst werden. Die obersten Mullahs lehnten dies jedoch ab. Sie kannten nur die Monarchie als Regierungsform. Bei der Krönung von Reza Chan am 25. April 1926 nahm er· die Krone einem Mullah aus den Händen und krönte sich nach dem Vorbild Napoleons selbst. Er legte sich als Schah Reza den Dynastie-Titel Pahlavi – der Heroische – zu. Später erhielt er vom Parlament den Beinamen Reza Schah der Große.

Ich bin ganz gefesselt und muss mich zwingen, mich von der spannenden Geschichte zu lösen. Mein Alltag nimmt mich voll in Anspruch mit Studieren und Geldverdienen. Dazwischen die Briefe von Abbas. Am Samstagabend, ich liege auf meinem Bett und vertiefe mich wieder in die persische Welt.

Die Zeit der Reformen. Schah Reza wollte ein modernes Persien. Nur einige Beispiele: der Bau der Eisenbahn, das Schulsystem, das Rechtssystem, das Gesundheitswesen, die Wehrpflicht – all dies trieb er voran. Er versuchte, den Einfluss der Kleriker (Mullahs) zurückzudrängen. Wirtschafts-, Straf- und Zivilrecht wurden nach westlichem Vorbild umgestellt.

Die »Verwestlichung« in Bezug auf die Kleiderordnung begann 1928. Die Männer mussten westliche Anzüge tragen, für die Frauen galt das Schleierverbot. Die Durchsetzung wurde oft durch polizeiliche Gewalt erzwungen.

In Teheran wurde 1935 die erste Universität eröffnet. Der Name Persien wurde durch Iran ersetzt (Land der Arier). Die Geistlichkeit war jedoch gegen diese Reformen.

Das Auslandsstudium wurde eingeführt. Der Schah selbst lernte erst im Erwachsenenalter zu lesen und zu schreiben. Die französische Sprache wurde bei Hof eingeführt, ein Faible von ihm. Seinen Sohn Mohammed Reza schickte er auf Schulen in die Schweiz. Deutschland war Persiens größter Handelspartner. Aus diesem Grunde erklärte er den Alliierten beim Ausbruch des 2. Weltkrieges seine Neutralität zu Deutschland. Er lehnte eine Nachschublinie durch Persien ab. Daraufhin marschierten am 24. August 1941 Großbritannien und die Sowjetunion in das Land ein. Zu erwähnen ist, dass 51 Prozent des Öls in britischer Hand war und nur 16 Prozent in persischer.

Schah Reza wurde am 16. September 1941 von den Alliierten gezwungen, militärisch zu Gunsten seines Sohnes Mohammed Reza abzudanken. Er verließ Persien und starb im Exil in Johannesburg am 26. Juli 1944. (Sein Leichnam wurde später nach Persien überführt und in einem Mausoleum in Rey sechs Kilometer südlich von Teheran, beigesetzt. 1979 wird dieses Mausoleum während der Revolution auf Anweisung von Ayatollah Khomeini durch Sadegh Chalchali gesprengt werden).

Die Monate ziehen vorüber. Weihnachten 1967, Neujahr 1968 und Ostern 1968. In der Zwischenzeit haben sich meine Eltern mit meiner Entscheidung abgefunden, darüber geredet wird jedoch nicht. Doch mein Entschluss, im September für immer nach Persien zu gehen, steht fest.

Die Höhepunkte sind die Briefe von Abbas. Die geschichtlichen und sprachlichen Prüfungen hat er mit Erfolg im März abgelegt. Jetzt ist er staatlich anerkannter Reiseführer. Wie er mir schreibt, hat er eine gute Anstellung in einem Reisebüro gefunden. Ich spüre, wie glücklich er ist, für uns in Zukunft sorgen zu können.

Er schickt mir jeden Monat etwas Geld, damit ich mich unbelastet auf meine bevorstehenden Prüfungen vorbereiten kann. Das ist mir eine große Hilfe. Die diversen Jobs nebenbei sind mir oft zu viel. Ab Juni, nach den bestandenen Prüfungen, darf ich mich staatlich geprüfte Sport- und Gymnastiklehrerin nennen. Mein Traumberuf ist nun Wirklichkeit. Diese zweijährige Trennung hat unserer Liebe und Zusammengehörigkeit nichts anhaben können. Wir können stolz sein!

Um in innerem Frieden reisen zu können, verbringe ich die Monate Juli und August zu Hause. Dies teile ich meinen Eltern in einem Brief mit. Das Eis ist gebrochen und ich kann meine Vorbereitungen mit Freude angehen.

Mein Hausstand passt in eine große Holzkiste von einem Meter Länge und je einem halben Meter Breite und Höhe, die mir ein Schreiner anfertigt. Jetzt heißt es aussortieren. Was ist wichtig? Schuhe und Kleider für Sommer und Winter, etwas Bettwäsche, einige Handtücher, meine Sammeltassen von der Konfirmation, eine kleine, elektrische Kochplatte, kleine und größere Kochtöpfe und Besteck. Einige Bücher dürfen auf keinen Fall fehlen.

Diese Kiste schicke ich durch die Spedition Hapag-Lloyd in Hamburg nach Teheran. All die anderen Kleinigkeiten nehme ich in einem großen Koffer mit. Eine persische Ehefrau kann nur mit Einwilligung des Ehemannes das Land verlassen. Eine große Einschränkung meiner Freiheit. Ich sage lachend und unbekümmert: »Nun, ich kann ja im Ernstfall zu Fuß nach Deutschland gehen. Kein Ozean liegt dazwischen, nur eine Entfernung von 5.000 Kilometer.«

Das Wichtigste fehlt noch: das Flugticket. Mir ist bekannt, dass die Studentenorganisation ASTA in Stuttgart günstige Flugtickets organisieren kann. Das ist natürlich prima, denn mein Geldbeutel zeigt eine gewisse Leere!

Es wird mir dort vorgeschlagen, von Stuttgart über Ostberlin und Damaskus in Syrien nach Teheran zu fliegen. Der Preis ist akzeptabel. Es kann losgehen.

Der Abschied von meinen Eltern und meinem Bruder Gerhard fällt mir jetzt doch schwer. Ich verreise nicht nur – nein, ich bleibe dort! Doch die Freude auf ein Leben an der Seite von Abbas überwiegt.

Abenteuerliche Reise nach Persien

15. September 1968

Der Flug Stuttgart über Ostberlin nach Damaskus verläuft ohne Zwischenfälle. Beim Verlassen des Flugzeugs in

Damaskus empfängt mich ein sehr warmes Klima, obwohl es bereits September ist. Zu Fuß gehe ich mit den anderen Reisenden zum Flughafengebäude. Um das Gepäck brauche ich mich nicht zu kümmern, es wird direkt weiter nach Teheran geleitet.

Ich reihe mich in die lange Passagierschlange ein, nur langsam geht es voran. Jetzt bin ich an der Passkontrolle. Mein Pass und das Flugticket werden eingehend geprüft. Mir erscheint es wie eine Ewigkeit.

Da mein Weiterflug erst am nächsten Tag stattfindet, wird mein Pass einbehalten. An dessen Stelle erhalte ich einen Passierschein als Quittung. Morgen vor der Abreise kann ich meinen Pass hier wieder abholen. Ich stehe da wie versteinert. Das kann doch nicht wahr sein! Ich fühle mich total ausgeliefert. Mein Pass – das wichtigste Dokument in einem fremden Land. Doch es wäre sinnlos, dagegen zu protestieren. Ich nehme den Passierschein und meine Reisetasche. In der großen Flughafenhalle komme ich mir komplett verloren vor. Plötzlich steht ein gut aussehender, flott gekleideter Araber neben mir und spricht mich in perfektem Deutsch an. Er bietet mir seine Hilfe an. Ich lehne höflich ab und verabschiede mich.

Aufgrund meiner beiden Reisen nach Persien kenne ich die orientalische Mentalität ein klein wenig.

Viele Taxis warten vor dem Flughafengebäude auf Kundschaft. Ich muss mir ein Hotel suchen. Der Fahrer eines

Taxis ist ein alter, graubärtiger Mann. ›Ungefährlich‹, denke ich bei mir. Also steige ich ein und sage: »Hotel!«

Wir versuchen, in mehreren Hotels ein Zimmer zu bekommen. Doch vergeblich. Es stellt sich heraus, dass eine Messe der Ostblockstaaten hier in Damaskus stattfindet. Was nun? Der alte Mann gibt mir mit Händen und Füßen zu verstehen, dass ich bei ihm zu Hause übernachte könne.

Ich weiß mir nicht anders zu helfen und willige ein. Wie mir scheint, fahren wir etwas außerhalb des Zentrums und halten schließlich vor einem bescheidenen, einfachen Steinhaus in einer sehr armen Gegend. Kaum hält das Taxi, kommen auch schon seine Frau und vier kleine Kinder aus der Eingangstür. Sie betrachten mich neugierig, aber freundlich.

In dieser Familie zu übernachten, kann ich mir schon vorstellen. Da besteht keine Gefahr. Ich bin noch ganz mit der neuen Situation beschäftigt, da hält wie aus heiterem Himmel der besagte Araber vom Flughafen mit seinem großen, amerikanischen Auto neben dem Taxi. Er muss uns gefolgt sein.

Die Verständigung in der Muttersprache im fremden Land bedeutet mir in diesem Moment sehr viel. Er verspricht mir, eine Unterkunft zu finden. Ich verabschiede mich von der Familie und steige vertrauensvoll in dessen Auto.

Bald merke ich, dass wir die belebten Straßen verlassen und in weniger belebte Straßen einbiegen. Er hält vor einem Haus, bittet mich, auszusteigen und einzutreten. Das Haus ist kaum möbliert, die Fenster und Türen nur schlecht verschließbar. Mir wird ganz mulmig! Warum bin ich nur mit ihm gefahren? Es gibt kein Zurück mehr.

»Wer wohnt hier?«

»Mein Bruder und ich!«

Mein Gott, wo bin ich hier gelandet? Mir läuft es eiskalt den Rücken runter! Wie dumm und gutgläubig von mir, ihm zu trauen. Ich schreie und tobe wie verrückt, er soll mich auf der Stelle in ein Hotel oder eine Pension bringen. Mein Mann erwartet mich morgen in Teheran. Ich merke, dass ihn mein Wutausbruch schockt.

Er beschwichtigt mich und verspricht, für mich eine Unterkunft zu finden. Ich soll bitte jetzt einsteigen. Wir fahren zurück ins Zentrum. Vor einem mehrstöckigen Haus hält er an, geht hinein. Ich warte im Auto. Nach einiger Zeit kommt er mit einer Dame heraus. Sie empfängt mich freundlich auf Französisch und heißt mich in ihrer Pension willkommen. Der Araber verabschiedet sich.

Gott sei gedankt, ich hatte wirklich einen Schutzengel. Ohne Pass hätte ich überall landen können. Niemand hätte gewusst, wo ich bin! Vielleicht in einem Harem?

Die Dame zeigt mir mein Zimmer mit Dusche und WC. Ein Paradies nach dieser Irrfahrt. Zu später Stunde bereitet sie mir noch ein Abendessen. Noch nie habe ich ein Bett so genossen wie dieses. Wohlig und entspannt kann ich jetzt einschlafen.

Im Frühstückszimmer am Morgen höre ich andere Gäste Deutsch sprechen. Wie ich erfahre, kommen sie aus Ostberlin zur hiesigen Messe.

Während des Gesprächs fragt mich ein Gast, ob ich ihm beim Einkaufen behilflich sein könnte. Seine Frau trage dieselbe Kleidergröße wie ich, er wolle ihr etwas Schönes mitbringen. Wir nehmen ein Taxi und fahren zum Bazar. So sehe ich auch noch etwas bei Tag von Damaskus. Als blonde Ausländerin, in einem orientalischen, kommunistischen Land allein durch die Straßen zu bummeln, wäre mir zu gewagt. Mein Erlebnis mit dem Araber und der Unterkunft war ausreichend. Mit einem Mittagessen in einem Restaurant bedankt sich der Herr für meine Hilfe. Gegen 15.00 Uhr kehren wir per Taxi in die Pension zurück. Schnell unter die Dusche und die Haare waschen. Ich will hübsch in Teheran ankommen. Die Haare trockne ich an der Sonne, der Fön fliegt bereits im Koffer nach Teheran. Die Reisetasche ist schnell gepackt, die Rechnung bezahlt, mit einem freundlichen Dankeschön verlasse ich die Pension und steige in das wartende Taxi. Los geht‘s zum Flughafen.

Gegen 18.00 Uhr stehe ich an der Passkontrolle, lege den Passierschein vor. Mein Herz klopft vor Freude, als ich meinen Pass entgegennehmen kann. Bis zum Weiterflug habe ich noch zwei Stunden Zeit. Diese vergangenen zwei Tage werde ich mein Leben lang nicht vergessen. »Achtung! Achtung! Passagiere für den Weiterflug nach Teheran, bitte zum Abflug!«

Ankunft in Teheran

Der Flug nach Teheran dauert vier Stunden. Meine innere Unruhe und Freude verstärken sich, je näher ich dem Zielflughafen komme. In einem Brief hatte ich Abbas gebeten, er möge mich bitte allein abholen. Dieser besondere Moment des Wiedersehens nach einem Jahr soll ganz allein uns beiden gehören.

Dann geht alles ganz schnell. Wir landen auf dem Flughafen Mehrabad in Teheran. Die Formalitäten sind zügig erledigt. Ich sehe Abbas winkend mit einem Blumenstrauß – er ist allein. Wir fallen uns lachend und weinend vor Freude in die Arme, alles um uns herum vergessend. Jetzt kann uns nichts mehr trennen.

Vieles ist mir schon vertraut. Die Fahrt im Taxi. Die breiten beleuchteten Straßen. Die enge Gasse auf dem Weg zu Abbas' Zuhause. Dann der freudige Empfang von den Eltern und Geschwistern. Ich bin angekommen. Todmüde sinken wir auf unsere vertraute Matratze im oberen Zimmer.

Die Sonne weckt uns früh am anderen Morgen. Die Temperatur – etwa 20 Grad – ist sehr angenehm. Wir liegen nebeneinander und können es noch gar nicht so richtig fassen, dass wir jetzt für immer zusammen sind. Das Erzählen nimmt kein Ende. In einem Jahr hat sich viel angesammelt. Im Haus unten hören wir eifrige Schritte. Flott runter zum Frühstück.

Wie vertraut ist mir der Anblick: Alle sitzen am Boden um das ausgebreitete Tischtuch mit all den Köstlichkeiten, die zu einem Frühstück gehören.

›Jetzt bin ich ein Teil dieser Familie‹, denke ich! Es fühlt sich gut an! Oh je, aber ich verstehe ja kein Wort! Das muss sich so schnell wie möglich ändern. Nur Englisch zu sprechen, ist kein Dauerzustand.

Abbas hat sich einige Tage Urlaub genommen. Wir schlendern durch die Straßen und Parks und natürlich auch durch den Bazar. Nicht nur die Sprache, nein, auch die Straßennamen muss ich lernen. Zum Glück sind sie in lateinischer Schrift geschrieben. Händchenhalten auf der Straße geht jedoch nicht, was mir zunächst befremdlich ist. Ja, da beginnt schon die Anpassung an Sitten und Gebräuche.

Das Benützen der persischen Toilette bedeutet für mich immer wieder eine Herausforderung. Eine Art Porzellanschüssel mit zwei Fußtritten ist in den Boden eingelassen. In der Hocke kommt man seinen Bedürfnissen nach. Keine gemütliche Haltung. Von der sportlichen Seite betrachtet jedoch ein Oberschenkeltraining.

Anstelle des Toilettenpapiers steht ein mit Wasser gefüllter Krug mit einem langen »Schnabel« bereit. Diese Reinigung mit der linken Hand empfinde ich gewöhnungsbedürftig, jedoch wohltuend und erfrischend. Am Anfang kostet es mich schon eine gewisse Überwindung.

Diese Art der Hygiene ist in den heißen Ländern aber sehr vorteilhaft.

Meine Nase leidet unter der trockenen Luft sehr. Oft verursacht das Reinigen Nasenbluten. Die für mich wenig appetitlichen Geräusche in meiner Umgebung kommen vom Nasesäubern. Ich versuche es auch, nehme eine Handvoll Wasser und ziehe sie in die Nase. Die Schleimhäute werden befeuchtet und wieder geschmeidig. Eine sanfte und wohltuende Art der Reinigung.

Sehr praktisch finde ich, dass ein Raum als Schlaf- und als Wohnzimmer benützt werden kann. Die Matratzen werden abends zum Schlafen ausgerollt und am Morgen zusammengerollt, in einer Wandnische gestapelt und mit einem Tuch abgedeckt. Auch zusätzliche Gäste können so leicht für die Nacht beherbergt werden. Einfach, aber praktisch im Vergleich zu uns in Deutschland.

Jetzt weiß ich auch, was das Wort »Aladin« bedeutet. Ich kenne es seither nur aus dem Märchen »Aladin und die Wunderlampe«.

So wird die tragbare Heizung genannt. Ein Metallgestell, unten mit einem Behälter für das Heizöl, »Naft« genannt, darüber ein Glasbehälter mit Docht zum Anzünden. Aus der Ablage oben strömt die warme Luft in den Raum. Auch Kochen und die Teekanne warmhalten ist möglich. Etwa vergleichbar mit einer tragbaren Laterne, wie sie bei uns auf dem Land benützt wurde.

Einen Raum mit Straßenschuhen zu betreten, ist nicht gewünscht, da sich das Leben auf dem Boden abspielt. Also sollten die Strümpfe möglichst ohne Löcher sein.

Es überrascht mich, dass alle ehrerbietig aufstehen und grüßen, wenn eine ältere Person den Raum betritt. Sie bekunden damit Respekt und Achtung vor dieser Person. Wie mir Abbas erklärt, sprechen die Erwachsenen per »Sie« miteinander. Nur bei den Kindern wird das »Du« verwendet. Das erinnert mich an meinen Vater, der mir immer davon erzählte, dass er seine Eltern mit »Ihr« angesprochen habe. Mann und Frau saßen in der Kirche damals getrennt. Die Frauen besuchten eine Kirche stets mit Kopftuch oder Hut. Für mich sind das erstaunliche Parallelen zwischen Orient und Okzident.

Bei Hochzeiten, in der Moschee und auch in religiösen Familien, ist die räumliche Trennung von Mann und Frau auch heute noch üblich. Ich habe das Glück, in einer modernen Familie leben zu können. Meine Schwiegereltern beten drei Mal am Tag. Mein Schwiegervater ist ein Hadji, das bedeutet, dass er in Mekka war, dem wichtigsten Pilgerort aller Moslems. Er ist trotzdem seinen Töchtern und mir gegenüber sehr großzügig. Ich habe große Achtung vor ihm. Er ist ein kleiner, schlanker Mann mit kahlem Kopf. Seine dunklen Augen schauen ernst, doch manchmal sitzt ihm auch der Schalk in den Augen. Er ist freundlich, jedoch zurückhaltend, zeigt keine Überschwänglichkeit im Vergleich zu den persischen Frauen.

In jungen Jahren wurde er als Finanzbeamter des Ministeriums mit Frau und Kindern oft in andere Städte versetzt, wie zum Beispiel nach Bandar Abbas am Persischen Golf. Dieses Herumreisen und der ständige Schulwechsel waren für Abbas als Kind nicht einfach.

Abbas und ich essen mit der Familie zusammen, im Augenblick ist das für mich noch sehr angenehm. Doch irgendwie kann es nicht sein, dass die Mama für uns alle einkauft, kocht und spült.

Endlich teilt der Zoll uns mit, dass meine Umzugskiste eingetroffen ist. Abbas organisiert einen kleinen Lieferwagen für den Transport. Mit großer Freude öffne ich die Kiste in unserem Zimmer, hole die Kochplatte heraus, Tassen, Töpfe und das Besteck. Jetzt kann ich selbst eine Kleinigkeit für uns zubereiten. Das Frühstück und das Abendbrot genießen wir in trauter Zweisamkeit. Oft sehe ich Abbas den ganzen Tag nicht. Dann sind es für mich lange Tage.

Er arbeitet in einem Reisebüro als Reiseführer mit einer festen Anstellung, wir sind finanziell völlig unabhängig. Dies gibt mir ein gutes und sicheres Gefühl. Hätte ich diese Sicherheit nicht gehabt, wäre ich noch nicht nach Persien gekommen. Von seinen Eltern abhängig zu sein, ist für mich unvorstellbar.

Persisch lernen am Goethe-Institut

Der nächste Schritt heißt Persisch lernen. Doch wo? Wir erkundigen uns und stoßen auf das Goethe-Institut. Einmal in der Woche von 18.00 bis 20.00 Uhr unterrichtet uns ein Perser, der in Österreich studierte. Abbas bringt mich hin. Ich betrete das Klassenzimmer und nehme auf einem Stuhl Platz.

›Woher kommen die anderen Frauen wohl‹, frage ich mich! Bei der Vorstellungsrunde erfahre ich, dass einige aus Deutschland, Österreich und der Schweiz kommen. Zum Teil sind sie mit Persern verheiratet oder ihre Ehemänner sind aus beruflichen Gründen hier.

Hier lerne ich auch Uschi aus Hannover kennen. Wir freunden uns an. Mit viel Mühe versuchen wir, die völlig andere Schrift zu erlernen, die von rechts nach links gelesen wird. Die Schriftzüge besitzen einen besonderen Reiz, es ist, als male man sie.

Auch die Grammatik und Aussprache fordern meine ganze Aufmerksamkeit. Manche Laute wollen meine Zunge einfach nicht richtig formen. Es gibt Buchstaben, die nur durch die Stimmlage verschiedene Bedeutungen annehmen.

Nun ja, gut Ding will Weile haben. Abbas und ich sprechen nur Deutsch miteinander, was meiner persischen Sprache nicht allzu dienlich ist. An einem Abend treffe ich im Flur des Goethe-Instituts den deutschen Sprachabteilungsleiter, Herrn Rempis. Im Gespräch erfahre ich, dass er von Tübingen ist. Da klingeln bei mir die Glocken. Die Stadt, wo alles begann.

So schildere ich ihm unsere Geschichte in kurzen Worten. Er hört aufmerksam zu und sagt dann: »Wollen Sie nicht hier Deutsch unterrichten?« Für einen Moment bin ich sprachlos.

»Ich bin keine Deutschlehrerin, sondern Sportlehrerin«, antworte ich.

»Nun, das macht nichts. Das können Sie lernen. Kommen Sie morgen in mein Büro, dann besprechen wir alles Weitere.«

Freudestrahlend erzähle ich diese Neuigkeit Abbas. Am anderen Vormittag melde ich mich bei Herrn Rempis. »Wie kann ich Perser unterrichten, ohne selbst die Sprache zu kennen?«, ist meine erste Frage. Doch schnell sind meine Bedenken beseitigt, als er mir die Unterrichtsmethode erklärt. Es wird vereinbart, dass ich drei Monate hospitiere, dann einige Lehrproben gebe und anschließend selbst eine Klasse übernehme. Ich bin überglücklich. Noch kaum zwei Wochen hier in meiner neuen Heimat und nun dieses Angebot. Bin ich nicht ein Glückspilz?

So beginnt meine Tätigkeit am Goethe-Institut als Hospitantin. Die ersten paar Tage begleitet mich Abbas auf dem eine halbe Stunde langen Fußweg zum Goethe-Institut. Aufmerksam präge ich mir die Straßen ein, in Zukunft will ich den Weg allein gehen. Die Eltern sind skeptisch, doch Abbas sagt kurz und bündig: »Gisela kann das!«

Am anderen Morgen mache ich mich zu Fuß auf den Weg. Wenn ich ehrlich bin, ist mir schon etwas mulmig zumute – so ganz allein, ohne Sprachkenntnisse. Doch ohne Probleme erreiche ich zu Fuß das Goethe-Institut.

Im Lehrerzimmer werde ich freundlich begrüßt. Hier unterrichten Frauen, die mit Perser verheiratet sind und deutsche Frauen, deren Männer hier zum Beispiel bei Siemens arbeiten. Wie ich erfahre, werden wir nach Ortstarif bezahlt. Die von Deutschland entsandten Lehrkräfte erhalten jedoch ein weit höheres Gehalt bei gleicher Tätigkeit.

Die Hospitation findet bei verschiedenen Lehrkräften statt. Überwiegend nehmen Perser am Deutschunterricht teil, ganz selten Perserinnen.

Die Lehrbücher sind sehr anschaulich mit Bildern und Text darunter gestaltet. Die passenden Dias auf der Wand machen den Unterricht lebendig: vorsprechen und nachsprechen. Zu Hause befasse ich mich mit der Grammatik meiner Muttersprache. Gar nicht so einfach! Die Artikel und die Konjugationen sind ein großes Lernfeld.

Die Muttersprache lernt jedes Kind ganz selbstverständlich, doch diese Sprache dann zu unterrichten, ist eine Herausforderung.

Abbas erklärt seiner Familie, dass ich oben in unserem Zimmer in Ruhe für das Goethe-Institut zu arbeiten habe. Sie mögen mich bitte nicht stören. Zu viel Nähe kann stressig werden. Davor will er mich bewahren. Danke, Abbas!

Abbas erzählt mir, dass er mit seinem Vater eine Auseinandersetzung hatte. Er könne es nicht länger akzeptieren, dass wir unverheiratet im Haus wohnen – besonders wegen Abbas' Geschwistern.

Bis jetzt habe er ihnen gesagt, dass wir schon in Deutschland geheiratet hatten. Nun ja, er hat recht! Wir beschließen, am 20. Oktober 1968 zu heiraten.

Hochzeit

Jetzt beschäftigt uns die Frage, wie wir heiraten. Eine kirchliche Trauung ist in unserem Fall ganz ausgeschlossen. Abbas ist Moslem. Also nur standesamtlich. Mein Hochzeitskleid, das ich mitgebracht habe, bleibt wohlverpackt im Koffer. Eine große Hochzeitsfeier können wir uns nicht leisten. Wir wollen uns keine Schulden aufladen, um sie dann lange Zeit abzubezahlen. Unsere Trauzeugen sollen Abbas' Schwester Sohre und Ali, Abbas' Vetter, werden.

Heute ist unser Hochzeitstag. Ich fühle eine leise Traurigkeit. Im Stillen hatte ich von einer weißen Hochzeit geträumt. Nun ist es eben ganz anders.

Ein Taxi bringt uns vier zum Standesamt. Vor einem alten, etwas heruntergekommenen Gebäude hält das Taxi. Ich kann es nicht glauben: Darin soll das Standesamt sein? Wir betreten das Haus, steigen die Steintreppen hoch in die erste Etage und werden in einen spartanisch eingerichteten Raum gewiesen.

Das Mobiliar besteht nur aus einem alten Holztisch, vier Stühlen und einem Sessel hinter dem »sogenannten« Schreibtisch. Hier sollen wir uns das Jawort geben?

Auf dem besagten Sessel sitzt ein Geistlicher, ein Mullah mit Turban. Vor ihm auf dem Schreibtisch liegt ein großes, langes, breit aufgeschlagenes Buch. Ich verstehe kein Wort. Eine Dolmetscherin ist laut Vorschrift anwesend. Sie hat die Aufgabe, mir alles zu erklären und zu übersetzen, was der Mullah sagt. Er fordert mich auf, meinen deutschen Pass vorzulegen. Nun gut, das kann ich verstehen.

Er sagt: »Der Pass bleibt bei mir. Ich reiche ihn an die Deutsche Botschaft weiter, dort können Sie ihn abholen! Das Land können Sie nur mit einem persischen Pass verlassen, ihr deutscher Pass ist somit ungültig!«

Wieder muss ich meinen Pass abgeben, wie damals am Flughafen in Damaskus. Doch dieses Mal ohne Rückschein. Es ist, als ob einem die Identität genommen wird. Abbas schaut mich ratlos an, für ihn ist auch alles fremd und neu. ›Was kommt als Nächstes?‹, denke ich. Die Dolmetscherin gibt mir zu verstehen, den folgenden Satz auszusprechen: »Allah ...«

Das fordert der Mullah. Damit soll ich mich zum Islam bekennen. Nein, das kann ich nicht! Die Tränen schießen mir in die Augen. Ich kann mich nicht mehr beherrschen und sage laut und deutlich: »Nein!« Mit einem einzigen Satz soll ich meine Religion wegwerfen?

Für Abbas ist das keine einfache Situation. Er versucht, mit dem Mullah zu diskutieren und zu verhandeln. Abbas schiebt ihm 100 Tuman, also etwa 50 Mark unter dem Tisch zu. Der Mullah nimmt das Geld und im großen Buch bleibt der Vermerk der Religion frei. Was Geld doch bewirken kann, sogar bei einem Geistlichen.

Wir besiegeln unsere Heirat mit unserer Unterschrift im großen Buch. Von einer Morgengabe, genannt »Mehrije«, nehmen wir Abstand. »Mehrije« ist eine festgelegte Geldsumme, die der Ehemann im Falle einer Scheidung an die Ehefrau zu zahlen hat. Eine Sicherheit für die Ehefrau. Meistens wird diese Summe von den Vätern der Braut und dem Bräutigam ausgehandelt. In unserem Fall ist dies nicht möglich. Ein Zuckerhut und ein Koran füllt diese Stelle aus. Die Heiratsurkunde kann Abbas später im zuständigen Notariat abholen, ebenso meinen persischen Personalausweis, wie ihm der Mullah mitteilt. Bei Vorlage dieses Personalausweises kann dann mein Reisepass beantragt werden. Endlich sind die Formalitäten erledigt. Erleichtert verlassen wir das Büro.

Ab jetzt bin ich Perserin und kann nur mit Einwilligung meines Mannes das Land verlassen.

Jetzt haben wir Hunger. Da ist das German-Hotel der richtige Ort, um zu feiern. Zusammen mit Sohre und Ali genießen wir in fröhlicher Runde das Mittagessen. Zu

Hause gratulieren sie uns alle ganz herzlich. Jetzt hat alles seine Richtigkeit.

Beim Abholen meines persischen Passes im Passamt gibt Abbas eine Dauerausreisegenehmigung schriftlich zu Protokoll. Ich hatte in dieser Hinsicht nie Bedenken, er hat mein volles Vertrauen.

Am selben Tag gehen wir auch zur Deutschen Botschaft. Wie uns bei der Heirat gesagt wurde, kann ich meinen deutschen Pass dort abholen.

Ein trauriges Gefühl steigt in mir hoch, als ich in der Botschaft meinen deutschen Pass mit dem Vermerk »ungültig« in den Händen halte. Mit diesem Pass kann ich also Persien nicht mehr verlassen. Der Beamte teilt mir mit, dass ich in Deutschland einen neuen Pass beantragen könne. Somit besitze ich ab jetzt die Doppelstaatsbürgerschaft. (Dieses Abkommen zwischen Deutschland und Persien ab 1960 endete mit der Revolution 1978.) Ein persischer Beamter, der dort arbeitet, kommt mit Abbas ins Gespräch und gibt ihm den Rat, voll und ganz zu seiner deutschen Frau zu stehen, möglicherweise auch gegen die Familie. Nur so könne unsere Ehe glücklich werden. Dies sagt ein wildfremder Mann zu uns beiden.

Jetzt kann ich mich wieder voll und ganz auf meine Vorbereitung des Hospitierens und der Lehrproben am Goethe-Institut konzentrieren.

Mein Schwiegervater

Beim gemütlichen abendlichen Plaudern erzählt mir Abbas von Arak. Sein Vater ist in dieser Kleinstadt (heute eine große Industriestadt) geboren. Der Großvater besaß Ländereien mit Weintrauben und Mandelbäumen. Er war eine geachtete, autoritäre Persönlichkeit, im ganzen Ort sehr geschätzt und Abbas ein großes Vorbild.

Mein Schwiegervater ist eher ein zierlicher und sehr wendiger Mann. Meist sehe ihn im Schneidersitz auf einem Bodenkissen im Wohnzimmer in seinen Lehrbüchern arbeiten. Mit Mitte 50 war er dabei, an der Abendschule das Abitur zu machen – Schwerpunkt Englisch – und das neben seinem Beruf. Er ist an vielem interessiert und will seinen Kindern in nichts nachstehen.

Immer gegen 14.00 Uhr kommt er vom Finanzamt heim und zieht seine bequemen Hauskleider an. Meine Schwiegermutter serviert ihm das warmgehaltene Mittagessen und setzt sich zu ihm – beide ganz entspannt im Schneidersitz. In der Zimmerecke gluckert das Wasser im Samowar. Nach dem Essen reicht sie ihm ein Glas schwarzen Tee, ganz fürsorgliche Ehefrau.

Es folgt das Mittagsschläfchen. Ab und zu bekommt er Besuch von einem Freund, dann wird das Backgammon-Spiel hervorgeholt. Viel habe ich nicht mit ihm zu tun. Hin und wieder hilft er mir beim Übersetzen vom Persischen ins Englische.

Ansonsten war da der respektvolle Abstand zwischen uns, der in Persien zwischen Schwiegervater und Schwiegertochter üblich ist. Das zeigt sich auch darin, dass ich ihn nicht Papa nenne, sondern »Aga djan«, was übersetzt so viel heißt wie: »Herzlich, familiär verbundener Herr.« Auch wurde er ehrerbietig »Hadji« genannt. Diese Anrede gilt jenen Menschen, die schon nach Mekka gepilgert sind. Diese Reise ist für jeden Moslem das höchste Ziel seines Lebens. Der islamische Glauben beruht auf 5 Säulen:

1. Das Glaubensbekenntnis.
2. Das rituelle Pflichtgebet: Fünfmal am Tag beten die Sunniten, dreimal am Tag beten die Schiiten. Davor erfolgt die Waschung von Gesicht, Händen und Füßen.
3. Das Fasten im Monat Ramadan richtet sich nach dem islamischen Mondkalender, dessen Jahr nur 354 Tage dauert. Ramadan beginnt somit jedes Jahr elf Tage früher. Im Lauf von 33 Jahren durchläuft er auf diese Weise alle Jahreszeiten. In dieser Zeit ist einiges zu beachten. Auf den Straßen darf weder gegessen noch getrunken noch geraucht werden. Die Menschen sind hungrig und dadurch sehr reizbar. Im Straßenverkehr merkt man dies an der Fahrweise und dem oft aggressiven Hupen. Die langen Tage im Sommer sind für Fastende sehr anstrengend. Erst nach Sonnenuntergang und früh am Morgen vor Sonnenaufgang darf gegessen werden. Kranke, Schwangere, stillende Frauen, Minderjährige und Reisende sind vom Fasten befreit.

4. Die Mildtätigkeit oder Armensteuer.
5. Die Hadsch-Wallfahrt nach Mekka zum Heiligtum der Moslems.

Meine Schwiegermutter

Auch meine Schwiegermutter ist eine gläubige Muslima. Morgens, mittags und abends breitet sie im Wohnzimmer ein Tuch aus, verhüllt ihren ganzen Körper, inklusiv Kopf, mit ihrem Schleier und kniet nieder. Ich höre sie leise sprechen. Es sind Texte, sogenannte »Suren« aus dem Koran. Sie neigt ihren Oberkörper nach vom und richtet ihn wieder auf und steht auf. Dies geschieht in einem regelmäßigen Rhythmus, ein Ritual, das Ruhe verbreitet. Sicher schöpft sie daraus auch Kraft für den Alltag.

Wenn sie das Haus verlässt, trägt sie ihren Schleier. Auf alten Fotos kann ich meine Schwiegermutter in jungen Jahren als verheiratete Frau unverschleiert sehen. In den Dörfern ist das Tragen des Schleiers, des »Tschador«, damals nicht üblich. Hauptsächlich tragen die älteren Frauen den Schleier, wie auch in unserer Verwandtschaft. Meine Schwägerinnen und deren Kusinen kleiden sich ganz im westlichen Stil. Es gibt vom Staat keine festgelegte Kleiderordnung; jeder trägt, was er möchte.

So ein Schleier hat auch praktische Seiten, schnell übergeworfen und ohne großes »Styling« kann schnell um die

Ecke eingekauft werden. Frauen, die sonst keinen »Tschador« tragen, gehen so schnell mal am Morgen zum Bäcker. Auch bietet der Schleier beim Einkaufen im Bazar der Frau Schutz vor Männerblicken und Anpöbeleien. Er bewirkt eine Anonymität und Sicherheit.

Ich frage mich, wann das Kopftuchgebot überhaupt entstand und mache mich daran, die Entstehungsgeschichte der muslimischen Religion zu erforschen. So viel weiß ich bereits: dass Mohammed der Gründer dieser Religion ist. Auch Jesus wird im Koran erwähnt, jedoch als Prophet. Wie begann dieser Glaube? Da ich den Koran nicht lesen kann, versuche ich, durch Fragen einiges zu erfahren.

Wie es heißt, arbeitete Mohammed in jungen Jahren bei der tüchtigen, erfolgreichen Geschäftsfrau Khadidscha. Sie war ca. 40 Jahre alt und Mohammed angeblich 15 Jahre jünger. Sie fragte ihn, ob er sie heiraten würde. Er willigte ein und sie hatten zusammen sechs Kinder. Sie führten 25 Jahre lang eine gleichberechtigte Ehe mit Respekt und Liebe.

Khadidscha trug keinen Schleier und wurde in ihrer Heimatstadt geachtet. Sie war die Erste, die den sich langsam entwickelnden Glauben ihres Mannes annahm, und unterstützte ihn gegen die Anfeindungen von außen. Ihr Tod nach 25 Jahren Ehe ist für Mohammed ein tiefgreifender Schlag.

Jetzt beginnt eine ganz neue Phase. Das patriarchalische Denken bestimmt immer mehr die neue Religion.

Der Schleier und seine Geschichte

Ich wollte beim Schreiben dieser Zeilen einfach mehr wissen über den Schleier beziehungsweise über diese alte Tradition: Der Schleier ist bereits für das frühe dritte Jahrtausend vor Christus in Mesopotamien sowohl für Männer und Frauen als auch für Gottheiten belegt.

Im antiken Griechenland und im Römischen Reich trugen die Frauen einen Schleier über ihrem Haar als Symbol des Anstandes. Vor rund 2000 Jahren drang der Schleier auf die arabische Halbinsel vor, als Kleidungsstück der Aristokratie.

Zu Mohammeds Zeiten war es nicht üblich, dass sich die Frauen verhüllten. Erst im Kalifat im 9. Jh. wurde er obligatorisch eingeführt. Auch im Alten Testament wird der Schleier an verschiedenen Stellen erwähnt. Im Christentum stand er für Jungfraulichkeit.

In Europa des 14. und 15. Jahrhunderts trugen die Frauen der Vornehmen ihr Haar durch eine Haube oder einen Schleier bedeckt. 1917 war in der katholischen Kirche die Kopfbedeckung Vorschrift bei der Heiligen Messe. 1983 wurde diese Verpflichtung dann abgeschafft. Der Brautschleier ist in der heutigen Zeit noch ein Symbol aus früheren Zeiten. Es gibt verschiedene Formen des Schleiers, wie zum Beispiel den Kommunionsschleier, den Trauerschleier oder den Witwenschleier. So gibt es viele Beispiele, wie muslimische Frauen selbstbewusst ihren Weg gehen. Wir finden viele Akademikerinnen in Persien und Pakistan, die Schleier tragen. Es gibt in Pakistan mehr weibliche Richterinnen als männliche. Indien wurde lange von einer Frau regiert.

Es ist wichtig, genau hinzuschauen und diese Frauen nicht als rückständig zu betrachten.

Winter in Teheran

Bei Sohres Schwiegereltern lerne ich den »Korsi« kennen. Es ist ein niederer, rustikaler Holztisch, der mit einer dicken Decke, die bis zum Boden reicht, bedeckt ist. Rundherum sind Kissen, »Postis« genannt.

Unter dem »Korsi« steht ein Essensbehälter mit Holzkohle, die nur so heiß sein darf, dass kein Brand entsteht. Im Winter ist dies in manchen Haushalten die einzige Heizung. Die Familie sitzt gemütlich beisammen, die Beine unter der Decke, angelehnt an die Sitzkissen. Auch die Mahlzeiten werden hier eingenommen. Bei strengen Wintern wird auch auf diese Art geschlafen.

Eines Morgens, ich kann es kaum glauben, liegt Schnee in Teheran. Damit habe ich hier nie und nimmer gerechnet. Ich höre auf der Straße Männer »Barfi« (Schneemann) rufen. Schneemann hat hier aber nicht die deutsche Bedeutung. Die Männer gehen mit einer Schippe durch die Straßen, um auf

Wunsch der Hausbesitzer die Flachdächer von der Last des Schnees zu befreien. Sie werfen den Schnee dann auf die Straßen – für die Passanten nicht ganz ungefährlich. Ganze Berge von Schnee säumen die Straßen. Dieses Schneeschippen ist für viele Männer im Winter ein kleiner Nebenverdienst.

Im Haus der Schwiegereltern

Unsere erste Anschaffung ist ein Kühlschrank. Bei diesen oft hohen Temperaturen ist er wichtiger als Bett und Möbel.

Auf vieles kann ich verzichten, jedoch nicht auf eine Waschmaschine. Ich weiß, dass dies hier ein großer Luxus ist. Was mich besonders freut, ist, dass auch meine Schwiegermutter jetzt ihre Wäsche nicht mehr von Hand waschen muss. Die Waschmaschine findet ihren Platz in einem nichtgenutzten Toilettenraum, wo schon Abfluss und Wasseranschluss vorhanden sind. Von einem Elektriker werden noch die notwendigen Leitungen verlegt.

Glücklich stehen meine Schwiegermutter und ich vor der Waschmaschine, ganz versunken beim Betrachten der Trommelbewegungen. Was für ein Geschenk!

Schränke gibt es im ganzen Haus nicht. Kleidung und Wäsche werden in Truhen aufbewahrt. Ich brauche eine Kommode für unsere Pullover und Wäsche. Auf ein Stück

Papier male ich das Möbelstück. Mit Hilfe von Abbas erkläre ich dem Schreiner um die Ecke meine Vorstellung. In der Mitte drei Schubladen und seitlich Fächer mit Türen. Das Ganze weiß, glänzend lackiert mit Griffen in goldener Farbe. Als die Kommode in unserem Schlafzimmer steht, freue ich mich darüber wie ein Kind an Weihnachten.

Bettgestelle brauchen wir nicht. Das Schlafen auf dem Boden ist viel gemütlicher. Doch Deckbetten für den Winter wären nötig. Mir schwebten mit Federn gefüllte Steppdecken vor. So etwas gibt es aber nicht zu kaufen. Abbas erklärt Mama meine Vorstellung. Sie findet auch schnell eine Lösung.

Mit dem Taxi fahren wir beide zum Bazar. Dort kaufen wir Hühnerfedern, die wir in einem Plastiksack per Taxi nach Hause transportieren. Beim Öffnen des Sackes schlägt uns ein furchtbare Gestank entgegen. Die Federn sind nicht gewaschen, sondern frisch gerupft von den Hühnern. Wir waschen sie in der Badewanne und tragen sie dann in Eimern nach oben auf das Flachdach. Auf einer Plastikfolie breiten wir sie aus, um sie von der Sonne trocknen zu lassen. Ich gehe öfters nach oben, um sie zu wenden und zu lockern. Die getrockneten, flaumigen, weißen Federn stecke ich dann in einen Plastiksack. Jetzt fehlen nur noch die Bezüge.

Ein weiterer Gang zum Bazar ist nötig. Weißer, dichter Baumwollstoff ist genau das Richtige.

Zu Hause setze ich mich an Mamas Nähmaschine – Fußbetrieb mit Pedal – und nähe Längsbahnen, fülle sie mit Federn, dann die Querbahnen. Gleichmäßige Quadrate entstehen. Meine Steppdecken sind fertig – ein beglückendes Gefühl. Die erste Nacht unter diesen Steppdecken lässt mich und Abbas besonders gut schlafen. Es ist kuschelig und warm. Diese Steppdecken bedeuten mir sehr viel, meine ganze Liebe und Geschicklichkeit nähte ich in sie hinein.

Mein erstes Weihnachten in Persien 1968

Die Wochen vergehen wie im Flug, und schon steht Weihnachten vor der Tür. Wie werden wir es wohl feiern? Ich habe vorgesorgt. Aus Deutschland habe ich Strohhalme mitgebracht, um Sterne zu basteln und Formen für die Ausstecherle – das Weihnachtsgebäck. Wie wird die Verwandtschaft auf mein christliches Fest reagieren?

Abbas sagt ganz zuversichtlich: »Du brauchst dir keine Gedanken zu machen. Es wird ein schönes Weihnachten. Ich werde nach einem Baum Ausschau halten!«

Ich kaufe alle Zutaten für das Weihnachtsgebäck. In Mamas Küche mache ich mich ans Werk. Der Teig ist schnell hergestellt, doch mir fehlt das Wellholz. Nicht schlimm, ich nehme eine leere Flasche und rolle den Teig damit aus.

Die ausgestochenen Plätzchen lege ich auf ein Blech und schiebe es in den Ofen. Die Küche durchströmt ein weihnachtlicher Duft. Die abgekühlten Ausstecherle verstaue ich in einer Dose bis Heiligabend. Zwei Tage vor Weihnachten – welch eine Freude – bringt mir Abbas einen Christbaum. Jetzt kann es Heiligabend werden.

Am anderen Tag bin ich mit Mama allein zu Hause. Wir tragen den Baum nach oben in unser Zimmer. Ja, und jetzt? Wie stellen wir den Baum auf? Mama hat eine Idee: Sie bringt einen leeren Blecheimer, wir füllen ihn mit Erde und stecken den Baum hinein. Mein Bäumchen steht nun sicher und fest. Stolz betrachten wir unser Werk.

Ist es nicht wunderbar? Meine Schwiegermutter, eine gläubige Muslima, hilft mir, einer Christin, den Christbaum aufzustellen? Für diese großzügige Geste liebe ich sie ganz besonders. Sie hat ein großes, gütiges Herz. Wir können zwar nicht miteinander reden, doch mit den Augen und Händen verständigen wir uns prima. Unsere Wellenlänge stimmt. Ich genieße die Herzlichkeit der Frauen mir gegenüber. Nie habe ich das Gefühl, nicht angenommen zu sein. Voll und ganz lasse ich mich auf mein neues Leben ein – ohne Bedenken oder Angst, es nicht zu meistern. Mit jugendlicher Frische, Mut, Unerschrockenheit und Zuversicht packe ich meinen Alltag an.

Einige Vorbereitungen für das Fest stehen noch an. Die Strohsterne entstehen, aber Kerzen und Kerzenhalter fehlen noch. Wo kann ich diese finden? Ja, beim Armenier sicher. Auf meinem Weg zum Goethe-Institut komme ich immer an seinem kleinen Geschäft vorbei. Armenier sind auch Christen, die jedoch erst am 6. Januar Heiligabend feiern. Ich hoffe,

hier bei ihm fündig zu werden Siehe da: Er hat Kerzen und Kerzenhalter. Wieder zu Hause schmücke ich das Bäumchen.

Auf unserem kleinen Tisch stehen Schalen mit meinen Ausstecherle, daneben persische Süßigkeiten, Pistazien und Orangen. Ich bin etwas aufgeregt. Abbas geht nach unten und kommt mit seinen Eltern und den vier Geschwistern nach oben. In fröhlicher, gemütlicher Runde feiern wir mein Fest. Ich würde sagen, ein kleines Wunder, oder? Abbas hat viel zu tun mit dem Übersetzen, meine Sprachkenntnisse sind noch gering. Es ist trotzdem so heimelig, von Heimweh keine Spur. Silvester, eine Woche später, verschlafen wir vollkommen. Jetzt schreiben wir das Jahr 1969.

Meine Arbeit beim Goethe-Institut

Die Hospitation am Goethe-Institut hat jetzt ein Ende. Die Lehrproben finden die volle Anerkennung von Herrn Rempis. Ich bekomme meine erste Klasse zugewiesen. Jetzt gibt es kein Zurück mehr. Mit Herzklopfen sehe ich der ersten Unterrichtsstunde entgegen.

Ich betrete das Klassenzimmer. Zwanzig dunkle, schöne Augenpaare blicken mir erwartungsvoll entgegen. Nun stehe ich also vorn an der Tafel, um den jungen, attraktiven Persern die deutsche Sprache beizubringen. Von einer jungen, deutschen Lehrerin, die gerade mal 28 Jahre alt ist, unterrichtet zu werden, ist für sie schon etwas Besonderes.

Oh je, wie fange ich an, ohne persische Sprachkenntnisse? Die persische Schrift wird von rechts nach links geschrieben – ein total anderes Schriftbild im Vergleich zu unserem. Manchen, die bereits Englischkenntnisse haben, wird es etwas leichter fallen.

Die Lehrweise ist sehr anschaulich. Das erste Lehrbuch besteht aus einfachen Bildern mit Text darunter, zum Beispiel »die Frau« oder »der Mann«. Dazu die Fragestellung »Wer ist das?« bei einer Person.

Bei einer Sache, zum Beispiel »der Stuhl«, heißt die Fragestellung »Was ist das?«.

Unterstützend dazu die Dias, die durch einen Projektor an der Wand sichtbar werden. Jetzt heißt es Vorsprechen und Nachsprechen – immer und immer wieder.

Es ist ein lebendiges Lernen, alle sind mit großem Eifer dabei. Als Hausaufgabe sind die Wörter abzuschreiben, eine große Herausforderung für die Perser. Der Unterricht dauert täglich von 9.00 bis 13.00 Uhr.

Ein wunderbares Gefühl, diese erste Hürde bewältigt zu haben. Mit Begeisterung erzähle ich es abends Abbas.

Jeden Tag freue ich mich aufs Neue, zu unterrichten. Die Stimmung im Lehrerkollegium ist herzlich, es wird viel gelacht. Jeder ist bereit, mir bei eventuellen Fragen beizustehen. Für mich als Neuling ist alles ungeheuer aufregend und interessant.

Die Fortschritte meiner Schüler machen mich stolz. Nach circa einem Monat sprechen sie bereits kurze Sätze. Ein kleiner Dialog zwischen mir und ihnen ist jetzt möglich. Hausaufgaben, Tests und Diktate vertiefen das Gelernte. Dem ersten Buch folgt das zweite, jetzt mit Grammatik und ganzen Sätzen.

Manchmal komme ich mir vor wie eine Schauspielerin: mit Fantasie, Gestik und Mimik versuche ich, so manches Wort verständlich zu machen. So auch bei dem Monat Juni. Ich versuche, es über die englische Sprache zu erklären,

Meine persischen Schüler am Goethe-Institut.

benutze nicht das Wort Juni, sondern »June«. Die ganze Klasse bricht in schallendes Gelächter aus, aber warum? Dann wird es mir klar: Im Persischen heißt Liebling »Djun«. Nun kann ich auch aus vollem Herzen mitlachen. Ja, Lachen kennt keine Grenzen, es ist die Weltsprache.

Ich blicke in die Gesichter der jungen Männer, die noch nie im Ausland waren, und wünsche mir, dass sie in meinem Heimatland geschätzt und geachtet werden. Natürlich müssen sie sich auch dementsprechend verhalten. So versuche ich, ihnen zu erklären, dass sie die Mädchenherzen nicht durch plumpe Anmache erobern werden, sondern mit Höflichkeit und Charme. Sie repräsentieren ja schließlich ihr Land Persien.

Als Frau in Persien

Für mich als Frau im fremden Land verhält es sich gerade umgekehrt. Um die Männer auf der Straße nicht auf falsche Gedanken zu bringen, gewöhne ich mir ein zügiges Gehen an, ohne viel nach rechts und links zu schauen.

Ein freundlicher Blick würde falsch gedeutet werden. Trotzdem hindert es die Männer nicht, mich im Vorbeigehen anzusprechen. Ich nehme keine Notiz und gehe meines Weges. Manchmal jedoch koche ich innerlich vor Wut, da ich die Worte inzwischen zum Teil verstehen kann.

Ich beobachte die Perserinnen. Auch sie müssen sich manche Anmache gefallen lassen. Doch sie kennen ihre Landsleute und wissen zu reagieren. Es ist die Zeit der Miniröcke, die modebewussten Perserinnen machen jeden neuen Trend mit. Für die Männerwelt ist das eine Herausforderung. Doch das Spießrutenlaufen mit Minirock will ich mir ersparen. Ich falle schon genug auf, meine Röcke bedecken deshalb die Knie.

Um nicht allzu blass neben den Perserinnen zu erscheinen, habe ich begonnen, mich etwas dezent zu schminken.

Der Lippenstift besitzt übrigens eine besondere Bedeutung in meinem Leben. Ich erinnere mich daran, wie meine Tante aus Stuttgart uns nach dem Krieg besuchte. Sie war eine elegante Erscheinung. Modisch immer auf dem Laufenden. Und sie hatte ihre Lippen rot geschminkt! Für mich damals etwas nie Gesehenes. Ich mit meinen fünf Jahren starrte sie mit großen Augen an und sagte laut und deutlich: »Mama, schau, Tante Ella hat ja ganz rote Lippen!«

Meine Mutter trat mich auf den Fuß, was Schweigen bedeutete. Keine weiteren Fragen waren erlaubt.

Dann mit sechzehn stand die Tanzstundenzeit und der Abschlussball bevor. Ich kaufte mir zu diesem Anlass einen Lippenstift und trug ihn auf.

Mein Vater schaute mich an: »Wisch das sofort wieder weg! Du bist jung und brauchst so etwas nicht, deine Jugend ist deine Schönheit.«

Meine Schwägerinnen kleiden sich schick, jedoch nicht zu auffällig. Sohre, meine Lieblingsschwägerin, lernte ich ja bereits in Tübingen kennen.

Sohre besuchte Abbas und traf auch dort ihren Mann, der in Florenz Bildhauerei studierte – ermöglicht durch ein Stipendium der persischen Regierung.

Für sie war es der erste Auslandsaufenthalt und für mich die erste Perserin, die ich kennenlernte. Sie war gerade mal 18 Jahre und ich 24. Wir mochten uns vom ersten Augenblick an. Ihre dunkelbraunen Augen, umrahmt mit schwarzen Wimpern, und die fein geschwungenen Augenbrauen, gaben ihrer hellen Gesichtshaut ein markantes Aussehen. Ein Gesicht wie gemalt. Sie ist etwas kleiner als ich. Ihre langen, schwarzen Haare waren in einem Pferdeschwanz zusammen gehalten oder manchmal auch hochgesteckt. Sie ist Muslima und trotzdem modern und zugleich konservativ. Sie fühlt sich den alten persischen Traditionen verpflichtet, was sie jedoch nicht hindert, auch das Moderne zu akzeptieren und anzunehmen.

Ja, die persischen Frauen wissen, was sie wollen, verfolgen ihr Ziel und erreichen es auch. Diese Reise konnte sie nun nach bestandenem hauswirtschaftlichem Abitur so richtig genießen.

Jetzt in Teheran ist sie für mich eine Schwester, die ich nie hatte, aber mir immer gewünscht habe. Es ist schön, wie gut wir Frauen uns verstehen.

Reza Schah, der Große genannt, gab 1936 ein Gesetz heraus, das das Tragen des »Tschador« verbot. Er war bestrebt, den westlichen Kleidungsstil einzuführen. Es war ein unkluger, unüberlegter Schritt. Eine jahrhundertealte Tradition glaubte man mit einem Federstrich beseitigen zu können. Die Mehrheit der Bevölkerung war dagegen, die Frauen hatte man nicht darauf vorbereitet. Die Entschleierung wurde, vielfach mit Polizeigewalt, in kürzester Frist durchgesetzt.

Für die überwiegende Zahl der Frauen in den Städten – auf dem Land und bei den Nomaden war die Verschleierung nie strikt eingehalten worden – bedeutete die Anordnung, statt des Schleiers in der Öffentlichkeit westliche Kleidung zu tragen. Dies wäre vergleichbar damit, wenn man der Europäerin von 1850 vorgeschrieben hätte, sich im Minirock oder gar im Bikini zu zeigen.

Sehr allmählich – spürbar erst nach dem Zweiten Weltkrieg mit dem Aufkommen des Tourismus in beide Richtungen, mit Filmen und Fernsehen – freundete sich die städtische Perserin der Mittel- und Oberschicht mit der ihr zugedachten neuen Rolle als Partnerin des Mannes und ebenso im Beruf an.

Sie begannen, zu studieren, was bis 1930 undenkbar war. Sie wurden Schul- und Universitätslehrerinnen, Ärztinnen, Richterinnen, Anwältinnen und auch das Bankwesen gehört zu ihrem Wirkungskreis. Doch die Zahl dieser Frauen war verhältnismäßig gering. Perserinnen der Unterschicht waren diese Möglichkeiten nicht vergönnt.

Die Einführung des Wahlrechts 1963 war ein weiterer Fortschritt für die Frau. Kaiserin Farah Diba setzte sich sehr für die Frauen ein. Durch ihr Wirken wurde das Gesetz der Einehe verabschiedet. Somit konnte der Mann die Frau nicht einfach verstoßen. Ein Gericht hatte zu entscheiden. Eine Zweitfrau konnte der Mann nur mit Einwilligung der ersten Frau nehmen.

Kleidung der persischen Frauen in den verschiedenen Landesteilen

Als Außenstehender stellt man sich die Frauen in Persien immer mit Kopftuch oder Schleier vor. Doch dem ist absolut nicht so. Es kommt immer darauf an, wo die Frauen leben. Auf meinen Reisen mit Abbas bin ich überrascht, wie vielfältig die Bekleidung der Frauen ist.

Bei Gorgan besuchen wir turkmenische Nomaden (Sunniten). Sie leben in stabilen, runden Zelten, die mit selbstgeknüpften Teppichen ausgelegt sind. Die Frauen tragen trachtenähnliche Kleidung und bunte Kopftücher. Ihre Haare sind zu langen Zöpfen geflochten. Wir werden freundlich und zuvorkommend begrüßt. Die Touristen sind neugierig und interessieren sich für ihr Essen, es ist Mittagszeit. Sie bieten uns Reis mit Fleisch an, sozusagen ein »Versucherle«. Auch haben sie keine Scheu, fotografiert zu werden.

Die Frauen am Kaspischen Meer gehen unverschleiert durch die Straßen. Ihre Kleidung ist farbenfroh, manchmal im Stil einer Tracht, nur ein buntes Kopftuch bedeckt ihre Haare. Die an den Knöcheln geschlossenen Hosen, lange Röcke und Umhangtücher werden kunstvoll zusammengehalten. Ein schöner Anblick ist diese andere bunte Vielfalt, im Vergleich zu Teheran.

Auf den Feldern beim Reisstecken oder Ernten sehe ich überwiegend Frauen. Sie scheinen sehr fleißig zu sein – im Vergleich zu den Männern. Man sagt, dass die Frauen hier die Hosen anhaben.

Kommen wir nach Teheran, Isfahan oder Schiras präsentiert sich uns ein vollkommen anderes Bild der Frauen.

Hier finden wir einen bunten Mix auf den Straßen. Manche Frauen sind sehr schick, europäisch gekleidet und geschminkt, bummeln durch die Straßen. Nach meinem Geschmack sind sie oft etwa zu aufgedonnert. Dann gibt es Frauen mit Kopftuch und etwas weniger auffälliger Kleidung.

Auch Frauen mit Schleier sind vereinzelt zu sehen. Jeder Frau ist es freigestellt, wie sie sich kleiden möchte. Ich brauche meine Kleidung hier überhaupt nicht verändern.

Der Anblick der Frauen ändert sich, je südlicher man kommt. Die Stadt Bandar-e Abbas liegt an der Straße von Hormoz, die den Golf von Oman mit dem Persischen Golf verbindet. Eine wichtige Handelsstraße.

Wie mir Abbas erzählt, werden in Bandar-e Abbas von einigen alten Frauen noch Masken getragen, die über Augen und Backenknochen gelegt die Nase bedecken. Der Ursprung liegt in der portugiesischen Besatzungszeit. Damals nutzten die Damen die Maske als Schutz gegen die Sonne oder um unerkannt zu bleiben.

Die Vielfalt der persischen Landschaft

Es ist für mich nicht einfach, Persien in seiner landschaftlichen Vielfalt kurz zu beschreiben. Manche Gegenden kenne ich nur vom Hörensagen oder aus Prospekten.

Die Kette des Elburz-Gebirges im Norden trennt wie eine hohe Wand die Gegend des Kaspischen Meers vom übrigen Land.

Das Kaspische Meer liegt 26 Meter unter dem Meeresspiegel. Das günstige Klima, der Wechsel von Sonne und Regen, lässt die Vegetation an der 630 Kilometer langen Küste reichlich gedeihen. Reis und Baumwolle werden auf großen Flächen angebaut, ebenso Weizen, Gerste, Zuckerrüben und Tee.

Der Störfisch tummelt sich in diesem Meer. Er liefert den wertvollen Kaviar. Ganz selten gibt es auch goldfarbenen Kaviar. Dieser ist für die kaiserliche Familie bestimmt.

Mit Touristengruppen besuchen wir später manchmal die Kühlhäuser, wo der Stör gelagert wird. Dicke, gefütterte

Jacken schützen uns dann gegen die Kälte. Im Bus zählt Abbas die Touristen, um sicher zu sein, niemanden im Kühlhaus vergessen zu haben.

Ein weiterer Gebirgszug heißt die Zagros-Kette und durchzieht Süd- und Westpersien. Weitere Berge und Hügel bilden im Osten eine natürliche Grenze zwischen Persien, Afghanistan und Pakistan. Weite Wüsten und Steppen breiten sich im persischen Hochplateau aus, durch die Sonne trocken verbrannt und ausgedörrt. Die Zentralwüste umfasst rund das Doppelte der Bundesrepublik.

Das Bergsteigen wird immer beliebter bei den Persern. An den Wochenenden wandern zahlreiche Ausflügler in die Berge nördlich von Teheran. In der wohltuenden Kühle dort finden die Menschen in den heißen Sommermonaten Erholung. Kleine Imbissstände sorgen für das leibliche Wohl.

Schon im Jahre 1931 begann das Bergsteigen in Persien. Die erste organisierte Expedition aus Persern und Ausländern bestieg den Gipfel des Damawand.

Er ist ein erloschener Vulkan mit einer ganzjährigen Schneedecke, 5671 Meter hoch, der höchste Berg Persiens, ca. 100 Kilometer im Nordosten von Teheran. Die beste Zeit der Besteigung ist Ende des Sommers. Vereinzelt sind auch Winterbesteigungen durchgeführt worden.

1970 scheiterte Reinhold Messner aufgrund der widrigen Wetterverhältnisse. Der Damawand ist eine hochalpine Herausforderung.

Ja, auch das Skifahren wird immer beliebter. Doch diese Sportart können sich nur die besser situierten Perser leisten. Das Skigebiet Ab-e-Ali liegt circa 62 Kilometer von Teheran entfernt. Zwei weitere sind Schemschak und Dizin.

Ich kann es kaum glauben: Auch Wasserski ist auf den Staudämmen möglich. Drei Staudämme wurden zur Herstellung von Strom und zur Bewässerung der Landschaft gebaut. Einer bei Teheran, ein zweiter 250 Kilometer von Teheran entfernt und der dritte im Süden von Persien.

Wie ich erfahre, gibt es am Persischen Golf in einer Felsschlucht eine heiße Quelle. Aus einem Felsen quillt kochend heißes Wasser hervor. Es sei auffällig grün gefärbt und gibt schwefelhaltige Dämpfe frei. Die Quelle ist berühmt für die Behandlung von Hautkrankheiten.

Einige Kilometer weiter führt eine Straße durch eine merkwürdige Landschaft. Die Felswände, der Talboden und die Ufer eines Baches sollen aussehen, als ob sie mit Schnee bedeckt seien. Es handelt sich in Wirklichkeit um Natron, das in der Sonne durch seine weiße Farbe den Betrachter blendet.

Dieses große Land mit dem Rucksack zu erkunden, wäre einmalig.

Warum nur lernen junge Perser Deutsch?

Ein Abkommen zwischen Deutschland und Persien gibt ihnen die Möglichkeit, eine Fachausbildung, wie zum

Beispiel im Metallbereich, zu absolvieren. Dazu sind gute Deutschkenntnisse nötig. Auch ein ärztliches Attest ist Vorschrift. Ihr gesundheitlicher Zustand muss stabil sein. Das andere Klima und Essen muss der Körper verkraften können. Die deutsche Arbeitsweise ist für Perser auch eine erhebliche Umstellung.

Einer meiner Schüler lernt einfach nichts. Auf seine Hausaufgaben warte ich täglich vergeblich, die Diktate sind unleserlich. Was soll ich nur mit diesem Schüler machen? Statt Deutsch zu lernen, malt er im Unterricht – und zwar mich! Ich muss zugeben, sehr treffend. Er ist ganz eindeutig ein Künstler. Für eine praktische, handwerkliche Arbeit in Deutschland ist er jedoch kaum geeignet.

Die Abschlussprüfung wird er wohl kaum bestehen und eine Ausbildung in Deutschland wird nicht möglich sein. Viele Jahre später werde ich im Farah-Park einem jungen Mann begegnen. Als er mich mit Namen anspricht, schaue ich ganz überrascht.

»Kennen wir uns?«, frage ich ihn.

Er lacht und antwortet: »Oh ja, ich bin der Maler aus Ihrer damaligen Deutschklasse!«

Welch ein Zufall. Jetzt können wir uns in persischer Sprache unterhalten. Ob er als Künstler seinen Weg gemacht hat, frage ich ihn nicht. Er macht einen fröhlichen und zufriedenen Eindruck.

Persisches Neujahrsfest

Die Suche nach einer eigenen Wohnung geht weiter, doch wir können einfach nichts Passendes finden. Für mich ist es wichtig, dass ich das Goethe-Institut wie jetzt auch zu Fuß erreichen kann.

Wir wohnen bereits vier Monate bei den Schwiegereltern. Ich fühle mich hier wohl, doch ich sehne mich nach meinen eigenen vier Wänden. Die Wohnung muss aber auch finanziell erschwinglich sein. Je nördlicher in Teheran die Wohnung liegt, desto teurer ist sie.

Die Wintermonate neigen sich ihrem Ende zu. Der März ist für die Perser ein ganz besonderer Monat: Frühlingsbeginn!

Das persische Neujahr beginnt am 21. März, »Noruz« genannt, »neuer Tag«. Es ist das wichtigste Fest und uralt, bereits 600 v. Chr. wurde es schon gefeiert. Es hat in etwa denselben Stellenwert wie bei uns der Heiligabend. Schon am Mittwoch vorher geht es los. Auf den Straßen und in den Gassen brennen kleine Feuer, über die gesprungen wird. Dabei spricht man traditionsgemäß folgende Worte: »Meine Blässe möge dir, dem Feuer, gehören und deine Röte möge mir gehören.« Dabei steht Blässe für das Dunkle und Schädliche, die Röte für das Gute.

Kurz vor Jahreswechsel erscheint in den Städten ein rotgekleideter Narr mit hohem Magierhut, der »Hadji-

Firus«. Er bringt die Menschen zum Lachen und wird mit einer Geldspende belohnt.

In jeder Familie – ob bei den Moslem, den Christen oder den Armeniern – wird ein Tisch zu Neujahr liebevoll dekoriert. Auch in Afghanistan, Tadschikistan und Zentralasien findet dieser Brauch noch heute statt. Meine Schwiegermutter ist eifrig am Putzen und Backen, damit wir das Fest traditionsgemäß feiern können.

Festlich gedeckter Tisch zu »Noruz«, dem persischen Neujahr.

Ich schaue ihr zu, wie sie einen kleinen Tisch richtet. Zuerst breitet sie eine Decke darüber, dann stellt sie eine Schale auf, in der sie Gerstenkörner zum Keimen gebracht hat. Dann folgen Knoblauch, ein Apfel, Essig in einem kleinen Gefäß, ein besonderes Gewürz vom Essigbaum, eine Goldmünze und die Mehlbeere. Das sind also die sogenannten »Sieben S«, die Gutes für das neue Jahr bringen sollen.

Das saftige Grün »Sabseh« steht für Lebendigkeit, Munterkeit. Der Knoblauch, »Sir«, bedeutet Schutz, um böse Geister zu vertreiben. Essig, »Serkeh«, in dem kleinen Gefäß bringt Fröhlichkeit und ist ein Symbol der Gärung. Der rotbackige Apfel, »Sib«, verheißt Gesundheit. Die Mehlbeere, »Senjed«, ist die Saat des Lebens. Ein Gewürz des Essigbaums, »Somagh«, ist der Geschmack des Lebens. Und eine Goldmünze, »Sekeh«, bringt Wohlstand.

Weitere Symbole können dazu gestellt werden. Der Goldfisch im Glas bedeutet zum Beispiel Glück. Bunte Eier verheißen Fruchtbarkeit, die Hyazinthe steht für Freundschaft, der Spiegel für Reinheit und Ehrlichkeit, ein Buch bedeutet Weisheit.

In vorislamischer Zeit wurde in Persien übrigens auch Wein aufgestellt. Es war ein besonders schmackhafter Wein aus der Rosen- und Dichterstadt Schiraz, wo auch der berühmte Dichter Hafez begraben ist.

Die Kinder haben zwei Wochen schulfrei. Sie freuen sich ganz besonders über ihre neuen Kleider. Auch die Erwachsenen kleiden sich neu ein. In vielen armen Familien bedeutet das, im kommenden Jahr sehr sorgsam mit diesen Kleidern und Schuhen umzugehen. Sie müssen bis zum nächsten Neujahr halten. Von Eltern und Verwandten erhalten die Kinder Geschenke in Form von Goldmünzen oder neugedruckten Geldscheinen.

Verwandte und Freunde besuchen sich gegenseitig. Nach einer herzlichen Umarmung und guten Wünschen für das neue Jahr plaudern wir bei unseren Besuchen bei Tee und Gebäck, auch Orangen und Pistazien werden angeboten.

Es ist ein Fest des Neubeginns in der Natur und oft auch im eigenen Leben. Alte Unstimmigkeiten werden begraben. Bei diesen Besuchen gelte ich als eine Besonderheit, die Gisela aus Deutschland. Eine Verwandte fragt mich, warum ich nach Persien gekommen sei, wo ich doch in Deutschland so ein gutes Leben hatte. Ich versuche ihr zu erklären, dass alles zu haben, noch lange nicht glücklich macht.

»Ich bin aus Liebe zu Abbas gekommen und wir werden unser Leben gemeinsam gestalten. Er wird mich unterstützen und mir beistehen, sollte ich einmal nicht zurechtkommen!«, antworte ich ihr.

Ihr Gesicht wird nachdenklich. Sie gibt mir aber keine Antwort.

Zurück von den Verwandten schaue ich meiner Schwiegermutter zu, wie sie das Festessen zubereitet. Weißen

Lachs, »Mahi sefid« vom Kaspischen Meer. Sie brät ihn im Fett knusprig zusammen mit vielen Kräutern, anschließend mischt sie ihn unter den gekochten Reis. Das ganze Haus duftet. Mir läuft das Wasser im Mund zusammen. Kleingeschnittene Gurken, Walnüsse und Pfefferminze mit Jogurt gemischt werden in Schälchen gereicht. Auf einem Teller liegen Stücke des noch warmen Fladenbrots. Zum Essen trinken wir Wasser. Ich genieße dieses Zusammensein.

Die Feiertage enden mit dem 13. Tag nach Neujahr. Die Familien fahren mit Freunden in die Natur, meistens an einen Fluss. Dort wird gemeinsam gepicknickt, gesungen und getanzt.

Wer sich von etwas Schwerem in seinem Leben befreien will, der nimmt einen der frischgekeimten Gerstenstängel und bindet einen Knoten hinein, der sein Problem symbolisieren soll. Die Gerstenstängel mit ihren Knoten werden dann dem Fluss übergeben. Das Wasser soll das Schwere mit sich forttragen und das Herz wieder leicht machen.

Eine Führung in Teheran

Jetzt beginnt auch die Zeit des Tourismus. Abbas hat nun alle Hände voll zu tun. Er ist einer der besten und gefragtesten Reiseführer. Mithilfe seiner englischen und deutschen Sprachkenntnisse bringt er den Reisenden die persische Welt nahe.

Wenn es meine Zeit erlaubt, nehme ich an den Stadtführungen teil und lerne dadurch, von Abbas anschaulich geschildert, die persische Geschichte und Sehenswürdigkeiten kennen. Ich bin besonders fasziniert von den wunderschönen, farbenprächtigen Kacheln an den Moscheen und Palästen. Das leuchtende Marineblau und das Türkis in seinen verschiedenen Nuancen lässt mich immer wieder staunen.

Die Kuppeln der Moscheen, diese ungewöhnliche Bauweise ohne moderne Berechnungen und Technik gebaut, ist bewundernswert. Ich sehe nach oben in die Kuppel der

Mit Abbas und seiner Reisegruppe.

Moschee und bin verzaubert. In der Bank Melli gegenüber der Deutschen Botschaft in der Ferdovsistraße sind die Kronjuwelen im unterirdischen Trakt untergebracht.

Wir treten durch den Haupteingang der Bank ein. Eine breite Treppe führt nach unten. Hier werden wir von Sicherheitsbeamten kontrolliert. Die Handtaschen und Fotoapparate müssen abgegeben werden. Durch eine eiserne Tür betreten wir den klimatisierten Innenraum. Die Augen gewöhnen sich langsam an das gedämpfte Licht. Wir sehen wertvolle Schätze hinter Glasvitrinen – gesichert durch Alarmanlagen.

Hier der Pfauenthron aus purem Gold, bestückt mit Edelsteinen; die Kaiserkrone in ihrer ganzen Pracht; Farah Dibas Krone; eine Weltkugel glänzt mit ca. 51.000 Juwelen. Von ganz besonderem Wert ist der größte geschliffene Diamant der Welt mit 182 Karat. Er wird »Meer des Lichts«, »Daria-e-Nour« genannt. Wir sind ganz gefangen von all der Schönheit. Plötzlich ertönt ein Alarm, die Stahltüren schließen sich. Niemand kann raus. Es fröstelt mich. Erinnerungen aus meiner Kindheit steigen aus meinem Innersten empor. Die Kriegsjahre!

Was ist geschehen? Irgendjemand stieß gegen eine Vitrine und löste somit den Alarm aus. Die Vitrinen werden kontrolliert. Nichts ist beschädigt. Die Türen öffnen sich wieder, ein Aufatmen.

Die Tour geht weiter. Im Fine Art Museum schauen wir den Persern beim Herstellen von Einlegearbeiten zu. Zwei

Millimeter starke Stäbchen in verschiedenen Materialien, wie zum Beispiel Elfenbein, werden gebündelt, geleimt, scheibchenweise abgeschnitten und als wunderschöne Motive auf hölzerne Teller, Schalen und Kästchen geklebt.

Ich kann mich nicht sattsehen, wie eine andere Gruppe filigrane Motive aus Gedichten von Hafez und Saadi mit feinen Pinseln aus Katzenhaaren und weißer Tinte auf schwarzes Papier malt. Nicht selten stehen Frauen, die einen Kelch mit Wein halten oder ein Saiteninstrument spielen, im Mittelpunkt der Bilder. Wein, Weib und Gesang prägen die Malereien.

Die berühmten Perserteppiche sind jedem Touristen bekannt. Jeder Teppich ist ein Unikat und eigentlich unbezahlbar. In Monaten, ja Jahren werden Millionen Knoten von Männern, Frauen und Kindern in gebückter Haltung mit der Hand geknüpft. Sie verewigen als Motiv ihre Gedanken, Gefühle, ebenso Gedichte und Geschichten. Oft ist dies der einzige Lebensunterhalt einer Familie.

Jetzt wollen wir die Teppiche in ihrer Vielfalt bewundern. Der Bus hält vor einem Teppichgeschäft, wir steigen aus. Der Teppichhändler begrüßt uns freundlich lachend und bittet uns herein. Höflich werden wir gebeten, auf den Teppichstapeln Platz zu nehmen. Ein Bediensteter reicht uns allen auf einem Tablett ein Glas Tee mit Würfelzucker.

Ein Verkäufer breitet mit Schwung große und kleine Teppiche vor uns aus. Die Augen der Touristen beginnen zu leuchten, jeder wäre gerne im Besitz so eines Schatzes. Die Preise schrecken aber so manchen von einem Kauf ab.

Zeigt ein Tourist Interesse, so wird für den nächsten Tag ein Treffen vereinbart. Einen Teppich zu erwerben, ist mehr als nur ein Kauf. Es ist eine Zeremonie. Es wird gehandelt, gefeilscht, Tee getrunken, gelacht und über Gott und die Welt philosophiert.

Wie erstaunt bin ich über die Großzügigkeit und das Vertrauen, das der Teppichhändler einem Käufer entgegenbringt. Dieser hat nicht genügend Bargeld dabei. Was nun?

»Kein Problem, sie überweisen mir das restliche Geld auf mein Konto!«, sagt der Teppichhändler.

Besiegelt wird der Handel mit einem Handschlag wie in alten Zeiten. Dieses Vertrauen wurde, soviel ich weiß, nie missbraucht.

Thorsten Oltmer schreibt in seinem Artikel »Paradies der Knoten«: »Was wäre Persien ohne Teppiche? Unter den Safawiden erreichte die Knüpfkunst 1500 ihren Höhepunkt. Schon seit Jahrtausenden sind Teppiche im nomadischen und bäuerlichen Alltag Persiens geläufig – als Gebetsunterlage, Bodenbedeckung im Nomadenzelt, als Wandbehang oder Kissenbezug bei Hofe. (...) Wie in Persien zahlreiche Sprachen und Dialekte gesprochen werden, gibt es auch in Stil und Motivik, bei Formen und Farben große regionale Unterschiede. (...) Je höher die Zahl der Knoten pro Fläche, desto feinere Motive werden möglich. Das Grundgewebe besteht aus robuster Baumwolle, für den Flor kommt überwiegend Schafwolle, seltener Kamelhaar zum Einsatz. (...) Aber dann kommen die Farben: Verwendet werden natürliche Stoffe, für Schwarz und Dunkelbraun etwa Walnussschalen und Tabak. Safran oder Granatapfelschalen geben schönste Gelbtöne, das tiefe Blau liefern die Blüten des Indigostrauches, sattes Rot gewinnt man aus Kirschsaft oder aus gekochten Schildläusen. Ihre genaue Rezepturen halten die Färbermeister streng geheim.«

Mein spezielles Teppicherlebnis

Die Kontrolle am Frankfurter Flughafen ist etwas aufregend. Die Zollbeamten öffnen den Koffer und breiten die Teppiche aus. Mit großen Augen begutachten sie die wunderschönen Perserteppiche. Sie beratschlagen hin und her. Endlich, nach ungefähr einer halben Stunde, kommen sie zu einem Ergebnis. Der Zoll wird auf 1.000 DM festgelegt. Für mich ist das ein Schock, mit so viel habe ich nicht gerechnet. Was jetzt? So viel Geld habe ich nicht bei mir.

Sie nehmen den Koffer in Verwahrung und werden ihn weiter nach Stuttgart zum dortigen Flughafenzoll schicken. Ich kann ihn dort gegen Bezahlung der Zollgebühr abholen. Mir bleibt nichts anderes übrig, als zuzustimmen. Trotz des Zollzuschlags freuen sich meine Bekannten über ihre Perserteppiche. Sie sind immer noch billiger, als wenn sie sie hier gekauft hätten. Ich schildere ihnen, wie ein Teppich kunstvoll geknüpft wird, oft in monatelanger Arbeit. Auf diese Weise verdienen viele Familien in Persien ihren Unterhalt. Diese wunderbare Handarbeit ist im Grunde unbezahlbar.

Ich kann mir vorstellen, dass diese Brücken von 1972 heute noch in den Wohnungen in Schwäbisch Hall liegen. Bei guter und sorgfältiger Pflege hält ein Perserteppich ein Leben lang.

Zurkhane – im Krafthaus

Bei einer Stadtführung darf der Besuch des Krafthauses nicht fehlen. Es ist ein einmaliges Schauspiel, das dort geboten wird.

Um den geschichtlichen Hintergrund zu verstehen, gibt Abbas eine Einführung: »Schon unter Darius wurden junge Männer in diesen Sportschulen ausgebildet. Leibesübungen in Kraft und Ausdauer waren und sind heute noch Mittelpunkt des Trainings. Ursprünglich waren dies Ausbildungsstätten für Krieger und später für Ritter. Nach der Islamisierung wurde der tapfere Ritter zu einer Gestalt des Nationalhelden, der das Land beschützte und zugleich über dem Glauben wachte. Diese Kraftübungen nahmen die Form einer feierlichen Handlung an, und folgten einem Ritus.«

Ich bin gespannt, was wir jetzt sehen. Wir betreten eine Halle, die wie eine Arena – ein altes, antikes Theater – eingerichtet ist. In der Mitte unter uns eine kreisrunde Fläche, die von einer fast schulterhohen Steinmauer eingegrenzt ist. Daran schließen sich die Zuschauerränge an, die sich stufenweise nach oben ziehen. Darüber wölbt sich ein blaues Kuppeldach, das aus blauen Kacheln besteht und in der Mitte einen gelben Kreis besitzt.

Wir erfahren, dass das die Symbole für Himmel und Sonne sind. Als wir auf einem aus Marmor bestehenden Zuschauerrang Platz nehmen, bewegt sich eine Gruppe kräftiger Männer mit der Muskulatur von Athleten auf den Platz in der Mitte. Ihre Aufwärmübungen werden von einem Rezitator singend begleitet – mit Versen aus uralten Gedichten von Ferdows. Dazu erklingen Trommeln und Schellen.

Die Männer sind nur mit knielangen Hosen bekleidet. Diese sind mit wunderschönen persischen Ornamenten bestickt. Ihr schweißbedeckter Oberkörper glänzt.

Mit den Worten »Oh Gott, hilf mir!« beginnt jetzt das eigentliche Training: Bewegungen mit großen Holzschildern, in jeder Hand eines – 1,20 Meter lang und 60 bis 120 Kilo schwer. In der Mitte befindet sich ein Loch mit Griff zum Festhalten. Sie symbolisieren die früheren Schilder im Krieg. Anschließend werden auf schulterbreiten, schmalen Holzbrettern mit kurzen Füßen Liegestütze ausgeführt.

Dann folgen die Bewegungen mit den »Mil«, den Holzkeulen, einfach faszinierend. Die leichten, mit vier bis sechs Kilo, und die schweren, mit bis zu 40 Kilo das Paar, werden kunstvoll in alle Richtungen geschwungen und auch geworfen. Dies geschieht in einer unglaublichen Geschwindigkeit.

›Was kommt jetzt noch?‹, frage ich mich.

Drehungen! Der Athlet dreht sich am Rande des Platzes um seine eigene Achse. Er ist nur noch ein sich rasend drehender Kreisel. Die Schläge der Trommel werden immer schneller. Unfassbar!

Tief beeindruckt von diesem Schauspiel verlassen wir langsam die Sportstätte. Im Bus erzählt uns Abbas, dass die alten Mitglieder oft 80 Jahre alt sind.

»Wissen Sie, wir Perser sind exzellente Sportler in Einzeldisziplinen, wie im Ringen – unserem Nationalsport. Im Zusammenspiel in einer Mannschaft, wie zum Beispiel im Fußball, tun wir uns schwer. Jeder Einzelne möchte der Größte und Beste sein. Das steckt im Blut der Perser!«, meint Abbas abschließend.

Nationalgericht

Jetzt meldet sich bei uns der Hunger. Abbas bittet uns, in den Bus zu steigen.

»Meine Damen und Herren, wir werden jetzt ein typisch persisches Restaurant aufsuchen und unser Nationalgericht essen: ›Tschelo Kebab!‹«

Nach kurzer Fahrt halten wir vor einem Gebäude. Das Restaurant liegt eine Etage unter der Erde. Wir steigen die Treppen nach unten und betreten einen wunderschönen, orientalisch ausgestatteten Raum. Die Stühle sind kunstvoll aus Holz geschnitzt, die Tische bereits für uns gedeckt. Die Kellner eilen eifrig hin und her. Sie bringen uns etwas zu trinken, das aussieht wie Milch, doch weit gefehlt. Es ist ein Getränk aus Mineralwasser mit Jogurt und Salz gemischt, gut gekühlt und wird »Durg« genannt. Ein wahrer Durstlöscher in warmen Jahreszeiten. Das Salz gleicht den Mineralhaushalt im Körper wieder aus.

Gallant reichen uns Kellner Teller mit Fladenbrot, Schafskäse und verschiedenen Kräutern wie Dill und Petersilie als Vorspeise. Ich schaue in die Tischrunde und sehe zufriedene Gesichter. Doch es kommt noch viel besser, jetzt wird das Hauptgericht serviert: »Tschelo Kebab!«

Der Teller ist dekorativ angerichtet. Ein kleiner Berg mit flockigem, weißem Reis, in einer Mulde ein Eigelb, ein Stück Butter, und darüber liegen zwei Lammfleischspieße. Das auf Holzkohle gebratene Fleisch ist lecker gewürzt. Welch ein Duft liegt in der Luft! Gegessen wird mit Löffel und Gabel, ohne Messer. Wie angeblich überliefert, ist das Messer eine Waffe. Doch Essen ist ein friedliches Beisammensein.

Abbas gibt eine kurze Erklärung: »Liebe Gäste, mischen Sie das Eigelb und die Butter unter den Reis, Sie werden über das Ergebnis staunen. Auch das Teheraner Trinkwasser in den Karaffen ist von besonders guter Qualität, es kommt direkt vom Erzgebirge. Der Tee in Teheran schmeckt aus diesem Grund besonders aromatisch!«

Die Zeit fliegt nur so dahin. Es ist schon 16.00 Uhr und die Touristen sind müde von den vielen Eindrücken. Wir verabschieden uns vom Restaurantbesitzer mit einem herzlichen »Dankeschön.«

Der Bus bringt die Gruppe zurück zum Hotel. Abbas hat noch im Büro zu tun, sodass ich ein Taxi nehme und nach Hause fahre.

Endlich unsere eigene Wohnung

Morgen können wir einige Wohnungen besichtigen, hoffentlich ist eine Passende darunter.

Die erste Wohnung liegt im Erdgeschoss. Das Tageslicht kann die Räume wegen der umliegenden Häuser kaum erhellen. Die Wohnung wirkt auf mich dunkel und deprimierend.

Doch bei der nächsten haben wir Glück. Es ist ein Neubau, in einer Sackgasse gelegen. Die Wohnung befindet sich im zweiten Stock. Auf den ersten Blick verliebe ich mich in sie. Sie ist hell, mit großen Fenstern und einer großen Terrasse. Die Wohnungstür führt direkt ins erste Zimmer, der Mittelpunkt. Von hier aus betritt man die anderen Zimmer, die Küche, das WC und einen kleinen Duschraum.

In der Küche befinden sich zwei Wandschränke über der Spüle und zwei darunter aus braungestrichenem Blech, sehr modern für die Zeit von 1969.

Durch eine Glastür im großen Zimmer trete ich auf die Terrasse, mein Blick schweift über ein Häusermeer, dazwischen einige große Bäume. Ich fühle mich frei und nicht eingeengt. Auch das Küchenfenster befindet sich auf der Terrassenseite. Die Fenster der beiden anderen Zimmer liegen zur Gasse hin.

Wir werden mit dem Hausbesitzer schnell einig und der Mietvertrag wird per Handschlag besiegelt Die Miete beträgt 400 Tuman, das sind circa 200 DM. Wir können einziehen. Die Lage ist optimal, zentral gelegen, ungefähr 20 Minuten zu Fuß zum Goethe-Institut.

Abbas organisiert einen kleinen Lieferwagen mit zwei Helfern. Sie tragen die Kommode, den Kühlschrank, die Waschmaschine, zwei große Perserteppiche und meine Umzugskiste nach oben.

Die Kommode, ein Teppich und die Matratzen mit unseren Steppdecken finden im Schlafzimmer ihren Platz. Den zweiten Teppich legen wir ins mittlere Zimmer. Die Waschmaschine wird in der Küche aufgestellt. Fertig ist der Umzug!

Wir lachen und umarmen uns. Unsere erste eigene Wohnung! Ein tolles Gefühl. Wir sind glücklich. Das weitere Mobiliar werden wir Stück für Stück kaufen. Sehr angenehm empfinde ich die Ruhe in unserer Gasse. Die Nachbarhäuser sind zum Teil neu gebaut, daneben gibt es auch alte Gebäude. Unsere Gasse wiederum mündet in eine größere Straße.

Ein Gasherd mit angeschlossener Gasflasche und vier Flammen zum Kochen ist die nächste Anschaffung. Bei Bedarf tauscht ein Lieferant die Flaschen aus. Die Waschmaschine wird von einem Elektriker angeschlossen. Der Boiler im Kücheneck, mit Öl beheizt, spendet das nötige Warmwasser zum Duschen. Zum Geschirrspülen erwärme ich Wasser auf dem Herd.

Für unsere Kleidung und Wäsche lasse ich in der Nachbarschaft bei einem Schreiner einen Schrank herstellen. Passend zu meiner Kommode in Weiß. Wohn- und Kinderzimmer blciben vorerst leer.

Um mobil in dieser Großstadt zu sein, ist ein Auto notwendig. Günstig erwerben wir einen gebrauchten, dunkelblauen Opel Kapitän – deutsche Qualität.

Unser erstes gemeinsames Auto. Die in Persien hergestellten Autos, mit Motoren aus England, sind in ihrer Ausführung nicht so stabil. Die Autos werden hier so lange gefahren, bis sie buchstäblich auseinanderfallen. Ein TÜV ist hier unbekannt, ebenso der Wechsel von Sommer- auf Winterreifen. Die Karosserie setzt, bedingt durch das trockene Klima, keinen Rost an. Ganz in unserer Nähe hat ein alter, gebückter, grauhaariger Mann seinen kleinen bescheidenen Laden. Er verkauft Reis, Mehl, Milch, Butter und Joghurt. Bei ihm kaufe ich gerne ein. Er begrüßt mich immer sehr freundlich. Daneben liegt der Bäcker, der persisches wohlriechendes Fladenbrot in verschiedenen Sorten bietet. Sein Ofen ähnelt einem Pizzaofen. Nicht selten muss ich in einer Schlange warten, um mein Brot zu bekommen. Der Metzger in derselben Straße verkauft nur frisch geschlachtetes Lamm- oder Rindfleisch am Stück, das im Laden aufgehängt ist.

Größere Einkäufe erledigen Abbas und ich am Wochenende. In einer armenischen Metzgerei finden wir Wurst und sogar etwas speckiges Vollkornbrot . Manchmal gibt es auch runde Laibe Schwarzbrot, die vom Kaspischen Meer nach Teheran gebracht werden.

Niederlassungen ausländischer Firmen wie zum Beispiel Siemens, Bayer und Hoechst lassen immer mehr Ausländer in Teheran ansässig werden. Viele Deutsche, Österreicher, Schweizer und Amerikaner arbeiten in diesen Firmen. Das Angebot in den Geschäften wird immer vielfältiger. Die Geschäftsleute sind bestrebt, die neue Kundschaft zufriedenzustellen.

Auch hat jedes Land seine eigene Botschaft mit eigenem Personal und persischen Mitarbeitern.

Meine erste persische Hochzeit

Wir wohnen nicht allein im Haus. Im Erdgeschoss wohnt bereits eine persische Familie mit drei Kindern. Nach einigen Wochen bezieht ein junges persisches Paar die erste Etage. Ihre Hochzeit findet in den eigenen Räumen statt. Auch wir sind eingeladen.

Ich bin ganz aufgeregt. Festlich gekleidet gehen wir nach unten. Viele Gäste sind schon anwesend.

Das Brautpaar fehlt noch. Stühle stehen bereit. Eine Hochzeitsdecke aus Seide, mit Spitzen verziert ist auf dem Boden in der Mitte des Raumes ausgebreitet. Zwei Stühle stehen einem Spiegel gegenüber auf dieser Decke.

Das Brautpaar darf sich zum ersten Mal im Spiegel sehen. In früherer Zeit war es so Sitte. Jetzt kommt das Brautpaar und nimmt Platz. Jeder der beiden wird von einem älteren, männlichen, verheirateten Trauzeugen begleitet. Die Hochzeitsgäste werden gefragt, ob sie Einwände gegen diese Heirat hätten. Der geistliche Würdenträger liest Verse aus dem Koran vor. Zuerst gibt der Bräutigam das Jawort. Die Braut ziert sich. Erst nach dreimaligem Fragen: »Möchtest du diesen Mann heiraten?« gibt sie ihr Jawort.

Dann wird über dem Brautpaar ein Schleier gehalten und zwei Frauen reiben zwei Zuckerhüte aneinander, der Zucker rieselt auf den Schleier. Möge das Zusammensein immer süß bleiben.

Danach steckt sich das Brautpaar gegenseitig die Ringe an die Finger. Es wird geklatscht, Glückwünsche werden zugerufen, die Geschenke überreicht und Tee mit Gebäck angeboten. Dies ist die erste persische Hochzeit im kleinen Kreis, die ich miterleben durfte.

Als Gäste bei einer persischen Hochzeit.

Unsere Terrasse

Meine Terrasse wirkt so öde. Ich möchte sie verschönern. Doch wie? Ich kaufe große Blumentöpfe, Blumenerde und kleine Oleanderpflanzen. Ob sie gedeihen bei diesen hohen Temperaturen im Sommer? Ich will es auf jeden Fall versuchen.

Die Klimaanlage, »Cooler« genannt, ist von besonderer Art und steht auf der Terrasse. Ein vierbeiniges, circa drei Meter hohes Metallgestell, darauf ein viereckiger Metallbehälter mit kleinen Schlitzen an allen vier Seiten, innen mit Strohmatten ausgekleidet. Das Wasser fließt durch eine Leitung nach oben und berieselt die Strohmatten. Das Ganze wird angetrieben durch einen kleinen Motor, den ich in der Wohnung anschalte. Das Gebläse verbreitet kühle und feuchte Luft durch die Schächte in jedes Zimmer.

Wir schalten die Klimaanlage nur ein, wenn wir die Wohnung verlassen. Erkältung und Rheuma sind oft die Folge dieser Klimatisierung. Nachts öffnen wir Türen und Fenster, lieber schwitzen als krank werden.

»Abbas, lass uns doch auf der Terrasse schlafen!«

»Ja, warum auch nicht!«, meint er.

Doch so richtig entspannend ist es nicht. Wer weiß, ob die Nachbarn nicht neugierig sind und sehen wollen, wie eine Ausländerin mit ihrem Ehemann die Nacht verbringt. Keine angenehme Vorstellung. Es besteht zudem die Möglichkeit, von einem Flachdach auf das anschließende zu steigen. Die aufgehende Sonne lässt uns nicht mehr schlafen, so nehmen wir unsere Matratze und schlafen drinnen weiter. Wie angenehm.

Abendliches Ausgeben ins Gate

Heute gehen wir mit Abbas' Schwestern und deren Ehemännern aus. Wir treffen uns vor dem Lokal »Gate«. Viele Steinstufen führen nach unten und wir betreten einen Gewölbekeller, eingerichtet als persisches Speiselokal. Es ist angenehm kühl, die gedämpfte Beleuchtung lässt alles ein wenig geheimnisvoll erscheinen.

Wir suchen einen Tisch, von dem wir gut auf die Bühne sehen können. Ich bin ja so gespannt, was mich hier erwartet. Die bestellten Getränke und ein kleiner Imbiss werden von einem Kellner serviert. Jetzt betreten drei Musiker mit Saiteninstrumenten und persischen Trommeln die Bühne, ihnen folgt ein Sänger.

Plötzlich verstummen die Gäste. Alle schauen erwartungsvoll zur Bühne. Ich spüre eine Spannung im Raum. Jetzt beginnt der Sänger leise, mit tragender Stimme zu singen. Ich blicke in verklärte Gesichter um mich herum, voller Andacht und Hingabe lauschen sie dem Gesang. Ich jedoch verstehe nichts.

Ich fühle mich allein, traurig und nicht dazugehörig. Ich muss raus. Auf der Toilette verschließe ich die Tür und weine bitterlich. Es schüttelt mich richtig und ich kann kaum mehr aufhören zu weinen. Es fühlt sich wie ein großer Weltschmerz an. Werde ich diese Musik auch einmal verstehen können? Ich muss mit mir Geduld haben.

Langsam beruhige ich mich und kehre zu den anderen zurück. Ich setze mich und versuche so zu tun, als sei nichts gewesen. Doch Mahbube, Abbas' Schwester, schaut mich an und merkt, dass da etwas ist. Sie fragt mich und ich schildere ihr meine Gefühle. Wie sie mir sagt, kennt sie auch solche Gefühle aus der Zeit, als sie in England weilte. Unser Gespräch bringt mich wieder ins Gleichgewicht. Ich versuche, die Musik einfach auf mich wirken zu lassen.

Den traurigen Liedern folgen die lustigen, dies ist ein Merkmal der persischen Musik. So wird es doch noch ein fröhlicher Abend – trotz meines Gefühlsausbruchs. Ja, sich selbst treu bleiben, ist in einem anderen Kulturkreis nicht immer leicht, aber wichtig.

Inspiriert von einer persischen Parabel, in der es genau um diesen Konflikt geht, habe ich später dann einmal folgende kleine Geschichte geschrieben:

Zwei ungleiche Vögel
Unterschiedlicher konnten die Vögel nicht sein. Ein kleiner Piepmatz mit pfefferfarbenem Gefieder und kleinem Schnabel beobachtete, hoch oben auf einem Baum, neugierig das Treiben im Zoo unter sich. Ihn beeindruckten die Elefanten, Bären, Giraffen und all die anderen Tiere.

»Was gehen mich die Vierbeiner an, ich bin ein Vogel.«

Er breitete die Flügel aus und ließ sich auf einem anderen Ast nieder, genau über dem Gehege einer Pfauenfamilie. Vor Staunen blieb ihm der Schnabel offenstehen. Er konnte es kaum fassen, was er da sah. Der Pfau stolzierte majestätisch mit erhobenem Haupt umher. Seine Schönheit nahm dem Piepmatz beinahe den Atem.

›Ich möchte auch so schreiten können wie dieser Pfau‹, denkt er. Also übte er Tag für Tag.

Der Rabe, die Meise und das Rotkehlchen beobachteten ihn und wunderten sich über sein Gebaren. Manche lachten ihn auch aus. Unverdrossen übte er weiter, egal, was die anderen auch sagten. Allmählich verlor er an Gewicht und Energie. Es war aussichtslos. Schließlich kam er zur Einsicht: »Ich bin ich und der Pfau ist ein Pfau.«

Wie ich lernte, Persisch zu tanzen

Ich, eine begeisterte Tänzerin, finde mich zunächst im persischen Tanz ganz und gar nicht zurecht. Bei Familienfesten bewundere ich meine Schwägerinnen. Mit welcher Anmut und Grazie sie sich bewegen. Ein Spiel der Finger, die Arme wie Flügel, ein leichter Hüftschwung und diese Mimik und Fröhlichkeit in ihren Gesichtern. Es ist ein freies Bewegen, oft in kleinen Frauengruppen. Auch die Männer tanzen allein, es entsteht ein Kokettieren zwischen Mann und Frau. Die Männer bewegen sich geschmeidig, galant und ausdrucksstark, bewundernswert. Paartanz mit Körperkontakt wie bei uns ist hier nicht bekannt.

Schon kleine Mädchen lernen dieses Tanzen von den Erwachsenen. Durch Klatschen und Zurufen erfahren sie Bewunderung, Zuwendung und volle Aufmerksamkeit.

Schüchtern versuche ich gemeinsam mit meinen Schwägerinnen meine ersten Tanzbewegungen. Wie hölzern komme ich mir vor. Ganz langsam bekomme ich ein Körpergefühl für diese Art zu tanzen und verliere meine Scheu und Zurückhaltung.

Bei Verwandtschaftsbesuchen wird auch oft getanzt. Abbas sieht mein Mittanzen nicht so gern, denn alle Augen richten sich dann besonders auf mich.

Doch ich nehme Abbas einfach bei der Hand und wir tanzen. Es hat etwas Prickelndes, dieses gemeinsame jedoch freie Tanzen, ein Flirten der besonderen Art. Das Verführerische, Neckische wird hervorgelockt. Für mich ist das ganz neu und sehr reizvoll.

Weinen darf sein

Immer wieder begegnet mir hier etwas Neues. Einmal komme ich am Nachmittag nach Hause und öffne die Haustür. Viele Schuhe stehen vor der Wohnungstür im Erdgeschoss. Nanu, was ist das? Eine Frau, tief verschleiert, zieht gerade ihre Schuhe aus und stellt sie zu den anderen. Die Wohnungstür wird von innen geöffnet. Die Frau grüßt mich flüchtig und verschwindet in der Wohnung. Ich kann gerade noch einen kurzen Blick reinwerfen. Mehrere Frauen, in schwarze Schleier gehüllt, sitzen auf dem mit Teppichen bedeckten Fußboden im Kreis. Nachdenklich steige ich über die Schuhe und weiter nach oben zu unserer Wohnung.

Kurze Zeit danach höre ich lautes Weinen und Schluchzen. Wie seltsam. Ist jemand gestorben oder krank? Das Weinen ändert sich, mal ist es lauter, mal leiser. Dazwischen vernehme ich eine dunkle Männerstimme. Sie klingt etwas monoton und beschwörend, wie ein Sprechgesang.

Von unserem WC-Fenster aus schaue ich den Licht- und Luftschacht nach unten. Leider kann ich nichts sehen. Die Zeit vergeht. Plötzlich ist alles still. Doch dann, ich traue meinen Ohren nicht, wird gelacht. Ja, wirklich, die Frauen reden und lachen. Was passiert da unten nur?

Am Abend erklärt mir Abbas: »Das ist ein Brauch bei uns. Eine persische Ehefrau lädt hin und wieder mehrere Bekannte zu sich nach Hause ein, dazu einen Geistlichen, einen »Mullah«. Dieser erzählt singend traurige Ereignisse aus dem Koran und bringt die Frauen auf diese Weise zum Weinen. Diese »Suren« kennen sie schon in- und auswendig, doch ihre Wirkung verlieren sie nicht. Durch diesen Singsang lösen sich bei den Frauen die eigenen inneren seelischen Spannungen in einem befreienden Weinen.

Anschließend wird bei Tee und Gebäck in heiterer Runde noch geplaudert.«

Wenn ich heute darüber nachdenke, komme ich immer wieder zu dem Schluss: Das ist eigentlich die beste Therapie: Gemeinsam, in trauter Runde, ohne Scheu zu weinen, ist eine Wohltat.

Mein erster Gymnastikkurs

Ich vermisse meine sportliche Betätigung. Ob es wohl möglich ist, Gymnastikkurse anzubieten? Doch wo sollen sie stattfinden und wer wird teilnehmen? Unser großes Zimmer zur Terrasse hin ist noch unmöbliert, das wäre für den Anfang geeignet. Ein Teppich soll die gelenkschonende Unterlage für meinen Kurs sein.

Als Nächstes mache ich mich auf die Suche nach Teilnehmerinnen. Ich erzähle meinen Kolleginnen im Goethe-Institut von meinem Plan. Vier von ihnen sind interessiert.

Am Sonntagvormittag um 10.00 Uhr klingelt es. Ich öffne die Wohnungstür und begrüße meine Schülerinnen. Ich bitte die Damen, in meinen Gymnastikraum einzutreten und bin etwas aufgeregt. Wie wird dieser Kurs wohl angenommen?

Beschwingt durch die Musik einer Schallplatte, dehnen, strecken und kreisen wir unseren Körper, wie wohltuend. Auch ich genieße es. Dies habe ich in den vergangenen

Monaten sehr vermisst. Die Stunde vergeht wie im Flug. Danach setzen wir uns um den Tisch und erfrischen uns bei einem Glas Tee mit etwas Gebäck. Ein Schwätzle darf natürlich auch nicht fehlen.

»Wir werden wiederkommen, so ein Kurs hat hier schon lange gefehlt«, sind sich meine Kolleginnen beim Abschied einig. Fröhlich und gutgelaunt fahren sie nach Hause. Wie viele deutsche Familien wohnen sie in Nordteheran.

Teheran hat viele Gesichter

Im Süden der Stadt liegen der Bahnhof, die Buszentrale, das Postamt und der Bazar, um die wichtigsten Örtlichkeiten zu nennen. Wenn man weiter nach Süden fährt, erreicht man die Wüste.

Unsere Wohnung befindet sich ungefähr in der Mitte von Teheran. Ich würde sagen, die Mittelschicht ist hier angesiedelt.

Die wunderschön angelegten Parks, die vielen Hotels und die besser situierten Perser sind meist im nördlichen Teil von Teheran zu finden. Auch klimatisch ist es ein großer Unterschied. Im südlichen Teil ist es drückend heiß, je nördlicher man kommt, desto kühler wird es. Teheran liegt 1.200 Meter hoch und steigt an auf 1.700 Meter im Norden. Viele Perser wandern am Wochenende durch ein Tal in das nördlich gelegene Elburs-Gebirge mit den schneebedeckten Gipfeln. Ein schmaler Weg führt entlang eines Baches in die Berge. Das Wasser plätschert ins Tal. Die Perser genießen die Kühle am Rande des Baches. In den kleinen Lokalen werden persisches Essen und Getränke angeboten.

Die im Norden gelegene deutsche Schule wird hauptsächlich von Kindern deutschsprechender Familien besucht. Auch persische Kinder, die mit ihren Eltern von Deutschland zurückgekehrt sind, haben die Möglichkeit, hier weiter in die Schule zu gehen.

Ganz in der Nähe liegt auch die Evangelische Kirche, für die ein deutsches Pfarrerehepaar zuständig ist. Andere Konfessionen und Religionen wie die Katholiken, die Griechisch-Orthodoxen, die Armenier und die Bahais praktizieren ihren Glauben. Es herrscht eine totale Glaubensfreiheit in jener Zeit.

Ein Moslem aber darf seine Religion nicht wechseln, das ist gegen das Religionsgesetz. Sollte er es trotzdem tun und es wird bekannt, muss er damit rechnen, dass ihn irgendjemand tötet. Vom Gesetz her ist es nicht verboten.

Im nördlichen Teil von Teheran sind die Mieten weitaus höher als im Süden.

Was mir immer wieder auffällt, ist das luxuriöse Leben der ausländischen Familien. Sie wohnen in großen Häusern, meist mit Swimmingpool. Eine persische Frau führt den Haushalt und ein Gärtner pflegt den Garten. Die Firmen bezahlen ihre Angestellten sehr gut, oft kommt noch eine Auslandszulage hinzu. Wir haben jedoch nicht viel Kontakt zu den rein deutschen Familien.

Unser Bekanntenkreis ist eine Mischung aus deutsch-persisch, spanisch-persisch, englisch-persischen Ehepaaren. Wir sind alle in einer ähnlichen Lebenslage und verstehen uns dadurch besonders gut.

Unsere Hündin Blacky

An einem Sonntagvormittag, meinem freien Tag am Goethe-Institut, komme ich gegen 11.00 Uhr vom Einkaufen nach Hause. Ganz aufgeregt kommt mir Abbas bereits in unserer Gasse entgegen

»Wie froh bin ich, dass dir nichts passiert ist! Mir gingen die schlimmsten Gedanken durch den Kopf!«

»Was ist los?«

»Stell dir vor, in unserer Wohnung wurde eingebrochen. Ich komme gerade von der Arbeit nach Hause und finde die Wohnungstür gewaltsam geöffnet.«

Ich bin sprachlos, das kann doch nicht sein! Gemeinsam gehen wir nach oben. Die Türen des Kleiderschranks stehen offen und sämtliche Anzüge von Abbas sind verschwunden. Diese Anzüge hatte ich ihm aus Deutschland mitgebracht. Wir gehen von Zimmer zu Zimmer, um zu sehen, ob noch etwas fehlt. Auch mein Plattenspieler und der Fotoapparat sind nirgends zu finden. Wir fragen uns, wie sie die Sachen transportiert haben können. Ich schaue in unsere Dusche nach der großen Tischdecke, die ich dort zum Waschen hingelegt habe – sie ist weg. Jetzt ist uns klar, wie die Sachen befördert wurden. Auf diese Art und Weise fällt es auch nicht auf, denn viele Händler tragen ihre Ware so durch die Straßen und Gassen.

Irgendjemand muss unseren Tagesablauf beobachtet haben. Nun besitzt Abbas nur noch den Anzug, den er gerade anhat. Abbas' gut gekleidetes Auftreten war wohl aufgefallen, deutsche Anzüge haben nämlich eine gewisse Eleganz, die den persischen fehlt. Die Polizei nimmt alles auf, doch wo sollen sie suchen in einer Millionenstadt?

Wir überlegen, was wir zu unserem Schutz tun können. Abbas' spontane Idee: »Jetzt kommt ein Hund ins Haus.«

»Ist das wirklich dein Ernst?«, frage ich ihn.

Im Islam ist ein Hund unrein und ihn in einer Wohnung oder im Haus zu halten, ist ganz unmöglich. Auf dem Land haben viele Perser Hunde, die sich aber außerhalb des Hauses aufhalten. Wir wohnen aber in einer Stadt im zweiten Stock. Was werden die Nachbarn sagen? Einfach wird dies bestimmt nicht werden. Doch Abbas kümmert das alles wenig.

Durch Bekannte erfährt er, dass ein Offizier seinen sechs Monate alten Schäferhund verkaufen will. Meine Gedanken überschlagen sich. Werde ich der Verantwortung und Erziehung gewachsen sein? Hauptsächlich werde ich hier zu Hause für ihn zuständig sein. Doch ich habe keinerlei Erfahrung mit Hunden.

Aber alle Bedenken verfliegen, als Abbas mit dem Tier zur Tür hereinkommt. Es ist eine Hündin und sie heißt Blacky. Sie ist gut erzogen und stubenrein, wir schließen sie schnell in unser Herz. Die nächste Frage ist: »Was gebe ich ihr zum Fressen?«

Ich koche für sie Reis mit Abfallfleisch vom Metzger, zur Abwechslung ab und zu Karotten mit einem Ei. Ihren Fressnapf und die Wasserschüssel stelle ich auf die Terrasse, die ich mit einem Wasserschlauch jeden Tag reinige. Gassi gehen ist hier eher schwierig, denn weit und breit gibt es keine Grünflächen. Die Terrassentür steht meistens offen, so kann sie rein und raus.

Abends, wenn es abkühlt, gehe ich mit Blacky durch die Gassen. Für die Bevölkerung ist das ein besonderer Anblick – eine Ausländerin mit Hund. Nun ja, Ausländer haben oft verrückte Ideen, mögen sie gedacht haben. Ich aber fühle mich sicher und beschützt, alle haben einen Riesenrespekt vor Blacky.

Am Wochenende fahren wir mit Blacky raus. Außerhalb von Teheran wurde eine Art Wald aufgeforstet, gut geeignet für Spaziergänge. Hier kann Blacky rennen und toben.

An Tagen, wenn Abbas das Auto nicht braucht, fahre ich mit Blacky in den nahegelegenen »Parke Farah«, um spazieren zu gehen. Arbeiter, die Bodenplatten verlegen, finden uns interessant und sagen nicht gerade schmeichelhafte

Worte zu mir. Mich packt die Wut ob dieser Unverschämtheiten. Ich nehme Blacky von der Leine und sage: »Pack!«

Die Arbeiter rennen, so schnell sie können. Doch Blacky ist schneller und erwischt einen am Hosenbein, ich höre das Reißen des Stoffes. Mir ist es jedoch egal. Ich rufe: »Blacky, komm!« Folgsam rennt sie auf mich zu und ich streichle und lobe sie. Jetzt wird mir erst die Tragweite bewusst. Wäre der Mann ernstlich verletzt worden, hätte man mich zur Polizei gebracht. Nicht auszudenken.

Vom Spaziergang habe ich jetzt genug und kehre zum Auto zurück. Der Schreck sitzt mir noch in den Knochen. Abbas' reagiert zunächst etwas ärgerlich, aber schließlich muss auch er lachen.

Die Nächte im Sommer sind heiß, alle Fenster und Türen bleiben weit geöffnet.

Die Wärme lässt uns nicht so tief schlafen. Ein Geräusch weckt mich. Es klingt wie ein Kratzen und Knirschen auf Metall. Ich stehe auf und schaue aus dem Fenster in unsere Gasse. Im ersten Augenblick kann ich nichts Verdächtiges entdecken. Doch da, eine Bewegung. Hinter dem Auto unseres Nachbarn von gegenüber bewegt sich jemand. Er macht sich an dessen Auto zu schaffen. Ich rüttle Abbas wach.

»Abbas, da ist ein Mann. Er versucht, das Auto zu knacken!«

Abbas schlüpft schnell in Hose und Hemd, nimmt Blacky an die Leine und geht nach unten. Er sagt zu mir:

»Ruf die Polizei!« Abbas öffnet die Haustür und befiehlt Blacky: »Such!«

Blacky läuft zielgerichtet hinter das Auto und bellt. Ich beobachte von oben, wie der Mann sich langsam mit erhobenen Händen aufrichtet und wie eine versteinerte Säule stehen bleibt. Da höre ich auch schon ein Auto in die Gasse einbiegen, es ist das Polizeiauto. Sie fassen den Dieb und verpassen ihm eine Tracht Prügel. So etwas habe ich noch nie erlebt. In seinen Taschen finden sie weitere Autoradios. Sie nehmen ihn mit auf das Polizeirevier.

Ab diesem Zeitpunkt ist Blacky der King in unserer Gasse. Auch ich bin seit diesem Tag eine angesehenere Person. Unser Nachbar bringt beinahe jeden Tag Fleisch aus seiner Metzgerei für Blacky als Belohnung.

Es ist Winter geworden. Die Straßen sind leicht vereist und am Abend nicht so belebt wie am Tag, was für einen Spaziergang günstig ist. Blacky braucht noch etwas Auslauf. Ich nehme die Leine. Sie freut sich, dass es rausgeht. Wir biegen von unserer Gasse in die größere Straße. Ich spüre, wie uns jemand folgt und sagt: »Ist das dein Ehemann?«

Solche Anzüglichkeiten ärgern mich immer wieder aufs Neue, obwohl ich mir vornehme, einfach nicht hinzuhören. ›Na, dir werde ich's zeigen!‹, denke ich.

Ich schaue Blacky an und sage: »Blacky, horch!«

Blacky dreht sich nach hinten und bellt. Der Mann erschrickt und achtet nicht auf den vereisten Gehweg, rutscht aus und liegt langgestreckt auf dem Boden.

Ich kann mir das Lachen nicht verkneifen und sage zu ihm: »Ja, so kann es gehen!«

Er rappelt sich hoch und geht ohne ein weiteres Wort schnell seines Weges. Ruhigen Schrittes gehen wir weiter, um bei Uschi, die ganz in der Nähe wohnt, vorbeizuschauen. Ich erzähle ihr von der Begebenheit und wir lachen herzhaft darüber.

Weihnachten im eigenen Heim

Die Temperatur in Teheran fällt jetzt an manchen Tagen auf null. Der Winter hat sich angemeldet. Ab und zu schneit es. Wir kaufen uns einen kleinen elektrischen Ofen. Eine Zentralheizung oder Ölheizung wie in Deutschland ist hier nicht nötig. Unseren »Aladin«, ein kleiner Ölofen, zünden wir nur ab und zu an. Er entzieht der Zimmerluft Sauerstoff und ich bekomme manchmal Kopfschmerzen. Es ist sinnvoller, eine Strickjacke oder einen Pullover anzuziehen.

Meine Gedanken kreisen um Weihnachten. Die Kerzen, die Kerzenhalter und die Strohsterne vom vergangenen Fest liegen wohl verwahrt in einer Schachtel. Zwei Tage vor Weihnachten bringt Abbas ein Bäumchen nach Hause. Der aus Deutschland mitgebrachte Christbaumständer erleichtert das Aufstellen. Ich stehe vor dem Baum, betrachte ihn und freue mich darauf, das erste Weihnachten im eigenen Heim zu feiern.

Jetzt fehlt nur noch das Weihnachtsgebäck. Ich knete alle Zutaten zu einem festen Teig, welle ihn aus, steche mit den verschiedenen Förmchen zum Beispiel Sterne, Kreise und Monde aus. Dann lege ich sie auf das vorgefettete Blech und schiebe es in den Ofen. Als Abbas nach Hause kommt, schnuppert er, was wohl so gut riecht!

Wir besprechen, wie wir Heiligabend feiern wollen. So ganz allein? Nein, die Eltern und Geschwister gehören auch dazu, doch wo setzen wir alle nur hin? So viele Stühle haben wir nicht! Also beschließen wir, auf dem Boden zu essen. Ich breite ein großes Tischtuch aus wie früher bei den Eltern. Im Ofen brutzeln die Hühnerschlegel, dazu gibt es Reis und Salat. Mein Gebäck sowie Pistazien und Orangen in Schälchen stehen bereit. Die Gäste können kommen.

Es klingelt. Meine Schwiegereltern und Abbas Abbas' Geschwister betreten zum ersten Mal unser Zuhause. Für sie ist es natürlich interessant, wie ihre ausländische Schwiegertochter ihr Heim eingerichtet hat. In ihren Gesichtern sehe ich, dass sie angenehm überrascht sind. In fröhlicher Runde genießen sie mein Essen, es findet Lob und Anerkennung. Als Geschenk überreichen sie mir hübsch verpackte persische Süßigkeiten. Der Abend vergeht nur allzu schnell. Zum Abschied umarmen wir uns herzlich. Es war ein gelungener, fröhlicher Abend.

Unser Reisebüro »Moschee Reisen«

Eines Tages erzählt mir Abbas von seinem Wunsch, dass er sich selbstständig machen möchte.

»Ich habe inzwischen reichlich Erfahrung gesammelt, kenne Reisebüros, die gern mit mir zusammenarbeiten wollen und du könntest meine Sekretärin werden!«, sagt er. »Was meinst du dazu?«

Ich bin überrascht und nicht sehr erfreut. Immer wollen Männer selbstständig sein. Was das heißt, hatte ich zu Hause erlebt.

»Weißt du, ich bin in einem Geschäftshaushalt groß geworden. Da drehte sich alles ums Geschäft. Das Gleiche hatte nämlich auch meine Mutter erlebt. Abends wurde nicht selten bis 22.00 Uhr gearbeitet, oft auch am Wochenende. Kein geregeltes monatliches Einkommen. Für alles ist man selbst verantwortlich. Haben wir dann überhaupt noch Zeit füreinander?«, antworte ich ihm.

»Kannst du mich dann noch vom Goethe-Institut abholen? Was ist mit unseren gemeinsamen Spaziergängen mit Blacky am Wochenende? Werden wir noch gemeinsam ins Kino gehen?«, hake ich weiter nach.

Er schaut mich erstaunt an. Meine Bedenken kann er nicht nachvollziehen. Schließlich willige ich ein. Meine Skepsis schwindet langsam und seine Begeisterung überträgt sich auf mich. Wir beratschlagen. Wo richten wir unser Büro ein? Wir werden das leerstehende Kinderzimmer für den Anfang einrichten. Das Wichtigste ist, eine Broschüre mit unseren Angeboten zu erstellen, wie zum Beispiel Stadtrundfahrten, ein- bis zweitägige Touren in Teheran und anderen Städten.

Eine Druckerei ist schnell gefunden. Die gedruckten Broschüren verteilen wir in den Hotels in Teheran und erhalten Angebote für günstige Zimmerpreise. Mit einem Busunternehmen werden Preise für Busse und Minibusse ausgehandelt und vertraglich festgelegt. Ich verschicke außerdem unsere Broschüre an die Hotels in Isfahan, Schiras, Maschhad und am Kaspischen Meer. In einem beigefügten Schreiben bitte ich um günstige Preise der Hotelzimmer.

Es spricht sich schnell herum, dass sich Abbas selbstständig gemacht hat. Wir brauchen ein Büro in der Stadtmitte. Endlich, im Sommer 1970, finden wir die geeigneten Räumlichkeiten in einem Hochhaus in der zweiten Etage über der Bank Melli. Die Lage ist optimal, an einer Hauptkreuzung der Pahlavi- und Hafez-Straße.

Das Büro ist in zwei Räume aufgeteilt, eine kleine Küche, WC und ein kleiner Abstellraum. Ein schöner, hölzerner, großer Schreibtisch mit Bürosessel ist Abbas' ganzer Stolz. Zwei weitere Schreibtische und Bürostühle ergänzen die Ausstattung. Das Telefon wird angemeldet. Ich nähe Vorhänge aus glänzendem Stoff in einem hellen Braun. Jetzt kann es losgehen! Die Werbetrommel wird fleißig gerührt.

Es ist beruhigend, dass ich eine gutbezahlte Arbeit am Goethe-Institut habe, denn jetzt sind zwei Mieten zu bezahlen und Geld zum Leben brauchen wir auch etwas.

Ich unterstütze Abbas im Büro, so oft ich kann. Er holt die Touristen mit Minibus und Fahrer im Hotel ab und zeigt ihnen die Sehenswürdigkeiten in Teheran und Umgebung. Wenn es meine Zeit erlaubt, begleite ich Abbas.

Heute nehme ich an der Tagestour nach Rey teil. Auf der Fahrt im Bus erzählt uns Abbas einiges über diese Stadt:

»Sie liegt 15 Kilometer südlich von Teheran. Vom Jahr 5.000 Jahre v. Chr. bis 1.200 nach Christus war sie eine große bedeutende Stadt. Ihren Namen kann man heute noch auf Felsinschriften finden. Sie wurde im 12. Jahrhundert durch die Mongolen zerstört. Heute ist sie ein beliebter Pilgerort der Schiiten, wie Qom und Maschhad. Sie besuchen die heilige Moschee mit ihrer vergoldeten Kuppel, wo Schah Abdul Azim begraben ist.

In früheren Zeiten machten viele Pilger, Reisende und Händler per Pferd oder Kamel hier Rast. Trotz der Kargheit der Landschaft sprudelt dort aus einem Felsen klares Wasser, man nennt diesen Ort ›Ali-Brunnen‹. Wasser bedeutet Leben. Menschen mit Tieren siedelten sich an. Viele Perser bringen ihre bunten, handgeknüpften Teppiche dorthin, um sie zu waschen. Sie werden ausgebreitet, geschrubbt und mit Wasser übergossen. Mit einem Schaber am langen Stil wird das Wasser hinausgeschoben. Es ist wirklich ein Knochenjob. Anschließend werden sie auf den Felsen zum Trocknen ausgebreitet.«

Bei der Ankunft bietet sich uns ein wunderschöner Anblick. Diese farbenprächtigen Teppiche leuchten unter dem klaren, blauen Himmel und der strahlenden Sonne. Ich höre um mich ein Klicken der Fotoapparate, jeder will diese Erinnerung mit nach Hause nehmen.

Kinderscharen folgen uns. Sie wissen, dass Touristen ein großes Herz haben und gerne Geld, Süßigkeiten oder Kaugummi verteilen. Manchmal ist dies auch nervig für Abbas. Er kann die Kinder verstehen, doch gleichzeitig fühlt er sich für das Wohlbefinden der Touristen verantwortlich.

Die Fahrt geht weiter zum Mausoleum von Schah Reza dem Großen, vier Kilometer südlich von Rey. Er war der Gründer der Pahlavi-Dynastie und starb im Exil in Johannesburg in Südafrika. Später wurde er in Kairo in Ägypten begraben. Faruks Tochter war die erste Frau seines Sohnes Mohammad Reza. Am 7. Mai 1950 wurde sein Leichnam nach Teheran überführt, auf Anordnung seines Sohnes Schah Mohammad Reza. Die Beisetzung geschah mit viel Pomp und Glanz. (1979, im Jahr der Revolution, wird Khomeini das Mausoleum zerstören lassen.)

Unsere Kontakte zu einem Reisebüro in der Schweiz erweisen sich als besonders wertvoll, denn es vermittelte uns von nun an regelmäßig mehrmals im Jahr Gruppen.

Touristen, die ich nie vergesse

Der Herbst ist die beste Reisezeit in Persien. Die Temperaturen sind dann in der Regel angenehm, die große Hitze ist vorbei.

Die Begegnung mit einer der Schweizer Gruppen ist mir besonders in Erinnerung geblieben. Im Bus erblicke ich einen Herrn, der Dr. Albert Schweizer, dem Urwalddoktor aus Lambarene, verblüffend ähnlich sieht. Ich kann meine Augen nicht von ihm wenden. In jungen Jahren war Dr. Schweizer ein Vorbild für mich. Ich hätte mir damals gut vorstellen können, als Entwicklungshelferin nach Afrika zu gehen. Doch die große Vorsehung wollte es anders.

Die Stadtrundfahrt unterbrechen wir, um in einem typisch persischen Lokal zu Mittag zu essen. Ich arrangiere es so, dass ich neben diesem Herrn zum Sitzen komme. Im Laufe unserer Unterhaltung spreche ich ihn auf die Ähnlichkeit an. Er schaut mich an, lächelt und sagt: »Oh ja, ich kenne ihn sehr gut. Ich selbst war auch Arzt, und zwar in der Schweiz, lebe jedoch seit einigen Jahren in Lambarene. Ich arbeitete dort nicht als Arzt, sondern ich bin sein Gärtner.«

Er zeigt mir ein Foto, er und Albert Schweizer, beide mit Tropenhelm. Mit großen Ohren lausche ich seinen Erzählungen vom Leben in Afrika. Stundenlang hätte ich ihm zuhören können. Beim Abschied drückt er mir das Foto in die Hand und wünscht mir alles Gute. Ich fühle mich reich beschenkt durch diese Begegnung.

Ein anderes Mal sitze ich an meinem Schreibtisch im Büro. Die Tür geht auf und ein großer, stattlicher Herr mit schwarzen Haaren tritt ein. Ich traue meinen Augen nicht. Das kann doch nicht sein! Das ist ja mein einstiger Chef aus Stuttgart. In seiner Baufirma arbeitete ich 1962 als Sekretärin für ihn. Wie überrascht ist er, als ich ihn mit seinem Namen begrüße. Er erkennt mich nicht! Acht Jahre sind eine lange Zeit.

Ich helfe ihm auf die Sprünge und nenne meinen Mädchennamen. Jetzt geht ein ungläubiges Lachen über sein Gesicht. Zwei bis drei Tage will er in Teheran verbringen. Wir stellen ihm ein ganz individuelles Programm zusammen. Eine Tour durch Teheran und Umgebung mit unserem besten englischsprechenden Reiseleiter in einem Personenwagen ist schnell organisiert.

Die Einladung zum Abendessen im German-Hotel nehmen Abbas und ich gerne an. Er erzählt von seinen vielen Auslandsreisen und was er so erlebt hat. »Aber dass ich ganz in der Fremde eine frühere Mitarbeiterin getroffen habe, das ist mir noch nicht passiert!« Das werde auch ich nie vergessen.

Es soll nicht die einzige Überraschung bleiben. Abbas und ich sitzen im Büro, als ein Mann eintritt und eine Stadtrundfahrt wünscht. Ich bitte ihn, mir gegenüber Platz zu nehmen. ›Diesen Mann kenne ich doch, der ist doch aus Schwäbisch Hall‹, denke ich. Ist das nicht der Chef eines Möbelumzugsunternehmens? Ich spreche ihn darauf an.

Erstaunt blickt er auf. »Nein, das bin nicht ich, sondern mein Bruder. Ich lebe in Stuttgart. Aber eine Hallerin hier in Teheran zu treffen, ist schon einmalig!«

Mit guten Wünschen verabschieden wir uns.

Gute Kontakte haben wir auch zu einem Reiseunternehmen in Passau. Eine von diesem Unternehmen organisierte Reise führt über Persien nach Indien. Beim Aufenthalt in Teheran übernachten die Teilnehmer auf dem Campingplatz, der etwas außerhalb der Stadt liegt.

Die Reisenden schlafen dort in ihren eigenen, mitgebrachten Schlafzimmern: Diese befinden sich im Busanhänger. Platzangst darf man da allerdings nicht haben. Das Zimmer besteht aus einer Kiste, zwei Meter lang, ein Meter breit und circa ein Meter hoch mit einem kleinen Fenster zum Kippen und einem Vorhang als Tür. Zwei solche Schlafreihen liegen übereinander und sind durch einen Gang voneinander getrennt. Von diesem Gang aus krabbeln die Touristen jeweils in ihr eigenes Reich. Ich bewundere sie. Es sind größtenteils ältere Frauen und Männer, die solche Strapazen auf sich nehmen.

Offiziell nennt sich dieses Gefährt das »Rollende Hotel«, manche nennen es auch »Mumienexpress«.

Hotel reservieren in Isfahan

März bedeutet Hauptsaison in der Reisebranche. Es ist die schönste Jahreszeit, Persien zu bereisen. Gruppen aus Deutschland, der Schweiz und Österreich haben für diese Zeit gebucht.

Die Zimmer in den Hotels und die Busse haben wir schon im Herbst vergangenen Jahres reserviert. Die gewünschte Anzahl von Zimmern in den Hotels zu erhalten, ist nicht immer leicht. So manch »Bakschisch« wirkt Wunder. Telefonische Zusagen der Hotelbesitzer sind uns zu ungewiss. Ich fliege am Morgen nach Isfahan, um die schriftliche Bestätigung zu erhalten. Im Hotel werde ich sehr freundlich begrüßt. Der persönliche Kontakt hilft, die geschäftliche Basis zu festigen. Es ist immer wieder erstaunlich, wie zuvorkommend ich als Ausländerin behandelt werde.

Am Nachmittag, einem warmen Frühlingstag, schlendere ich durch Isfahan. Die Autos fahren gemächlich dahin. Ein ruhigeres Leben als in Teheran herrscht hier.

Doch dann das. Ich traue meinen Augen kaum. Ausländische Jugendliche, die mit ihren Eltern in Isfahan wohnen und deren Väter dort arbeiten, sitzen am Straßenrand und trinken Bier aus Flaschen. Ich bekomme innerlich eine unglaubliche Wut. Am liebsten hätte ich sie angeschrien, dies zu unterlassen. Nicht nur die Jugendlichen fallen unangenehm auf, nein, auch die ausländischen Frauen. Sie gehen mit Lockenwickel in den Haaren zum Einkaufen. Wie einfach wäre es, die Haare mit einem Kopftuch zu bedecken.

Was für ein Benehmen in einem islamischen Land! Es ist nicht verwunderlich, wenn die Ausländer durch ihr taktloses Benehmen ihrem Ansehen schaden.

Deutsche Pfarrer besuchen Ghom

Ghom ist die Stadt mit einer bedeutenden theologischen Schule, in der die schiitischen, religiösen Führer ausgebildet werden – wie auch Khomeini. Ghom liegt in der Wüste, 132 Kilometer südlich von Teheran. Auch befindet sich dort der zweitwichtigste Wallfahrtsort der Schiiten. Dieses Heiligtum wurde zu Ehren der früh verstorbenen Schwester von Imam Reza, des 8. Imam der Schiiten, erbaut.

Es wird erzählt, dass Fatima von Irak kommend ihren Bruder in Ghom besuchen wollte. Doch sie wurde unterwegs krank und verstarb im Alter von neun Jahren. Außerdem sind die wunderschönen, persischen Ghom-Seidenteppiche besonders bekannt. Auch Erdgas- und Erdölfelder befinden sich in dieser Region.

Eines Tages erhält Abbas einen Telefonanruf vom Pfarrer der Deutschen Evangelischen Gemeinde.

»Hallo Herr Khodamoradi, können Sie unser Dolmetscher sein?«

Er erzählt, dass er eine Gruppe deutscher Pfarrer (sowohl evangelische als auch katholische) erwartet, die die theologische Schule in Ghom besuchen wollen und dort von Ayatollah Schariadmadari empfangen werden. Abbas erklärt sich bereit, als Dolmetscher die Gruppe zu begleiten. Am festgelegten Tag fährt Abbas zur Deutschen Kirche, wo die Gruppe bereits mit dem Bus wartet.

Ich warte am Abend gespannt auf Abbas. »Wie war der Besuch?«, frage ich neugierig.

»Sehr interessant und auch lustig! Wir wurden freundlich von Ayatollah Schariadmadari empfangen und in einen großen Raum geführt, ausgelegt mit Perserteppichen.

Abbas übersetzt alles für die deutschen Pfarrer.

Die Schuhe mussten natürlich vor der Tür bleiben. Für die deutschen Pfarrer ist das eine ungewohnte Situation. Wir setzten uns alle im Schneidersitz auf den Boden, was den Pfarrern zum Teil etwas schwerfiel. Bei einem Glas schwarzen, persischen Tees entwickelte sich ein reges Gespräch. Es war für mich nicht immer einfach, alles so schnell zu übersetzen. Eine Frage des Ayatollah brachte die katholischen Pfarrer in Verlegenheit. ›Wie viele Kinder haben Sie?‹ – ›Nun, wir dürfen nicht heiraten!‹ – ›Somit haben sie auch keine Kinder, das ist aber schade! Man braucht doch eine Familie!‹«

Ein besonderes Picknick

Unsere Reisegruppe aus der Schweiz landet um 19.00 Uhr auf dem Teheraner Flughafen. Der Weiterflug nach Schiras ist jedoch erst um 22.00 Uhr. Zu so später Stunde bekommen sie im Hotel in Schiras kein Abendessen mehr. Nun heißt es für uns, kreativ zu sein.

Abbas und ich gehen einkaufen: Brot, Schinken, Schafskäse, verschiedene Kräuter und Getränke. Zu Hause mache ich mich an die Arbeit und richte 30 Lunchpakete. Jedes einzelne schön in Folie verpackt. Alles in großen Taschen verstaut, fahren wir zum Flughafen.

Vollbepackt betreten wir die Flughafenhalle. Viele Fluggäste schauen uns neugierig an. Dann die überraschten

Gesichter unserer Gruppe, als wir die Lunchpakete und Getränke auspacken und beginnen, sie zu verteilen. Alle klatschen sie in die Hände und lachen. Ein fröhliches Schmausen beginnt.

Immer wieder sagen sie zu uns, dass sie dieses Abendessen nie vergessen werden. Mit einem herzlichen Dankeschön und wohlgelaunt verabschieden sie sich von uns. Ein letztes Winken und schon verschwinden sie durch die Passkontrolle, um nach Schiras zu fliegen. Ja, der Tourist ist König!

Ausflüge in die persische Geschichte

Bei den Führungen erfahre ich nach und nach auch, welch wechselhafte und dramatische Geschichte dieses Land hat und verstehe, warum die Perser einen so ausgeprägten Nationalstolz haben. Schon 7.000 v. Chr. entstanden dörfliche Kulturen im persischen Hochland. Keramik mit Tierornamenten wurde gefunden, ebenso Gefäße aus Alabaster.

Um 600 v. Chr. begann dann der Aufstieg Persiens zur Weltmacht der Antike. Die Epoche der Achämeniden dauerte circa 200 Jahre und wurde auch als Altpersisches Reich bezeichnet (675–331 v. Chr.). Es umfasste die Gebiete des heutigen Iran, Irak, Afghanistan, Usbekistan, Turkmenistan, Türkei, Zypern, Syrien, Libanon, Israel und Ägypten.

Später gehörten auch Teile von Libyen, Griechenland, Bulgarien, Pakistan und Gebiete im Kaukasus, Sudan und Zentralasien dazu.

Der Perserkönig Kyros II., auch der Große genannt, galt als umsichtiger und erfolgreicher Großkönig. Er wird sogar im Alten Testament erwähnt und als der »Gesalbte« bezeichnet, weil er bei der Eroberung Babylons (heute Irak) die Juden aus ihrer Gefangenschaft befreite. 539 v. Chr. hat Kyros seinem Reich in gewisser Weise eine Verfassung gegeben, die als die älteste Menschenrechtserklärung der Geschichte bewertet wird. Darauf sind viele Perser bis heute stolz. Dieses Dokument befindet sich heute im British Museum in London. 1971 wurde sie von der UNO als 1. Charta der Menschenrechte gewürdigt und in alle Sprachen übersetzt.

Der 10. Dezember ist übrigens der offizielle Gedenktag der Allgemeinen Erklärung der Menschenrechte.

Noch einmal vergrößert hat dann Darius I., der Große, um 500 v. Chr. dieses Imperium. Er galt damals als der mächtigste Mann der Erde und herrschte über mehr als zwei Dutzend Völker in Asien, Afrika und Europa.

Das Weltreich erstreckte sich damals von Indien bis zur Donau. Hauptkennzeichen dieser Königsdynastien war ihre Spiritualität: die Zoroastrische Religion. Der Religionsstifter Zarathustra hatte bereits 1.000 v. Chr. den alten Götterglauben reformiert.

Kennzeichen dieser neuen Religion war eine große Toleranz gegenüber Andersgläubigen. Sie prägte auch die politische Handlungsweise von Darius dem Großen. Er ließ die Sprache, die Kultur und Religion der unterworfenen Gebiete unangetastet. ›Wäre er nicht ein wunderbares Vorbild für die heutigen Politiker?‹, denke ich bei mir, während ich all dies aufschreibe.

»Während der Regentschaft Darius des Großen entstand um 500 v. Chr. Persepolis, die zentrale Residenz des Imperiums. Den griechischen Geschichtsschreibern galt sie als die reichste Stadt unter der Sonne.

Noch heute kann man die Überreste dieser gigantischen Monopole in einem Wüstengebiet in Südpersien besichtigen. Eine monumentale Freitreppe empfängt die Besucher und lässt den einstigen Glanz der Epoche erahnen. 1.011 Kalksteinstufen führen hinauf zu einer riesigen Terrasse von 130.000 Quadratmetern, das entspricht 18 Fußballfeldern.«

So beschreibt der Haller Architekt Wolfgang Kuhn Persepolis, wie ich finde, sehr treffend in seinem einzigartigen Büchlein »Iran – ein Reiseskizzenbuch« im Jahr 2.000: „Aus den Ruinen spricht für mich heraus, dass diese ganze Anlage aus ›stimmigen‹ Verhältnissen heraus gebaut wurde. Es sind so viele Abbildungen auf makellos gearbeiteten Reliefbildern und nirgendwo eine kriegerische Szene, alle Bilder strahlen eine Feierlichkeit aus, eine Friedlichkeit. Die ›eroberten‹ Völker kommen nicht als besiegte Knechte, sondern huldigen in ihrer ganzen Würde und bringen Geschenke. Die Stadt wurde auch nicht von

Sklaven oder Kriegsgefangenen gebaut, sondern von bezahlten Kräften, Architekten, Künstlern, Handwerkern aus allen Teilen des Weltreichs.«

Nach all diesen Besichtigungen kann ich so nach und nach den Nationalstolz der Perser verstehen. Für sie ist ihr Land nicht nur voller Kulturschätze, sondern auch eine Erinnerung an eine Zeit, als Persien die größte Nation der Welt war, und an eine Zivilisationsgeschichte, die uralt ist und das Selbstwertgefühl der Perser geprägt hat.

Die zweite Glanzzeit Persiens war die Epoche der Sassaniden. Sie regierten ca. 400 Jahre (v. 200 – 650 n. Chr.). Persien wurde zur geistigen und kulturellen Großmacht. Es begann mit dem Dichter Ferdowsi, der das berühmte Buch der Könige verfasste. Über 50.000 Verse, Sagen und Geschehnisse aus den Anfängen Persiens bis zur Eroberung durch die Araber im 7. Jahrhundert. Dieses Buch wurde zum Stammbuch der Nation. Viele bedeutende Dichter folgten Ferdowsi, zum Beispiel Hafez und Saadi. Persien hat dadurch auch einen großen Einfluss in Europa. Es steht nun für exzellente Kunst, Dichtung, Malerei und die große Kunst des Teppichknüpfens.

Innerhalb dieses riesigen Reiches wurden auch religiöse Minderheiten toleriert und wertgeschätzt. So nahm sich der König zum Beispiel christliche Gelehrte als Berater und Juden als Ratgeber in Handelsangelegenheiten.

Die Islamisierung konnte der persischen Tradition nichts anhaben. Die gesamte persische politische Organisation, die medizinischen Kenntnisse und die Baukunst wurden übernommen. Die persische Baukunst finden wir zum Beispiel auch in der Alhambra in Granada in Südspanien. Ein persischer Baumeister baute den Taj Mahal in Indien. Die persische Philosophie und Denkart befruchtete auch die europäische Kultur.

Nicht nur Goethe wird später einmal von der Feinsinnigkeit der persischen Dichter entzückt sein. Das faszinierende Morgenland prägt die Zeit der Aufklärung und Romantik.

Persien im 20. Jahrhundert

Nachdem 1901 Konzessionen für Erdölbohrungen vom Schah an die Briten vergeben wurden, brach 1905/1906 eine Revolution in Teheran aus. Die Regierung wird als unfähig angeprangert, ebenso der sich steigernde ausländische Einfluss. Doch die persischen Erdölfelder werden weiterhin ausgebeutet. Nach dem Ersten Weltkrieg war die Wirtschaft Persiens komplett unter der Kontrolle der Engländer. Ein Staatstreich 1921 lässt Reza Pahlavi an die Macht kommen (er wird vom Parlament zum Schah gewählt). Später wird Schah Mohammad Reza, sein Sohn ihm nachfolgen.

Die Revolution von 1978 setzte das Ende der Pahlavi-Herrschaft. 1979 wurde unter Ayatollah Khomeini eine islamische Republik ausgerufen.

Zwei Seelen weilen in der Brust eines Persers. Er lebt als Moslem, trägt jedoch die Tradition der eigenen Geschichte in sich weiter. Möge diese uralte persische Kultur nie in Vergessenheit geraten. Das wünsche ich mir von Herzen.

Erster Besuch meiner Eltern in Persien 1971

Regelmäßig schreibe ich mit meinen Eltern oder wir telefonieren. Wie überrascht bin ich, als ich höre, dass sie uns im März besuchen wollen. Eingeladen haben wir sie schon seit langer Zeit, aber dass sie es tatsächlich wagen – damit habe ich nicht gerechnet. Aber nun wollen sie doch mit eigenen Augen sehen, wie es mir geht, wie ich im Orient lebe, in einem fremden islamischen Land. Für sie ist es natürlich auch ein Abenteuer, es ist ihre erste Flugreise.

Für uns beginnen jetzt die Vorbereitungen. Ich muss gestehen, dass ich Herzklopfen und auch Bedenken habe. Wie wird das Zusammensein auf engstem Raum werden? Sie haben Abbas ja nur einmal gesehen.

Auf dem Boden zu schlafen, kommt für meine Eltern nicht in Frage. Das ist mir klar. Somit heißt es: Betten kaufen. Wir kaufen zwei stabile Holzgestelle. Zwei schöne, gelbe Überdecken geben den Gestellen ein schickes Aussehen und lassen das Spartanische verschwinden. Zwei Matratzen und leichte Zudecken vervollständigen die Betten. Unser Gästezimmer ist für unseren lieben Besuch bereit.

Das nächste Problem ist die persische Toilette. Für meine Mutter ist es wegen ihrer Gelenke undenkbar, in der Hocke zu sitzen. Die Lösung ist ein Holzstuhl mit runder Sitzfläche. Die innere Sitzfläche entfernen wir, nur der Sitzrahmen bleibt bestehen. Diesen Stuhl stellen wir über die persische Toilette. Was sie wohl dazu sagen wird?

Ich erinnere mich an die Toilette meiner Großmutter. Sie bestand aus einem Holzkasten mit Loch und Deckel – alles wurde in einer Grube aufgefangen. Einmal im Monat kam das Latrineauto und leerte mithilfe einer Pumpe und eines Schlauchs die Grube.

Heute ist nun der Ankunftstag. Wir fahren mit dem Auto zum Flughafen Mehrabad. Mir ist ganz mulmig. Pünktlich um 23.00 Uhr landet das Flugzeug. Wir bahnen uns einen Weg durch die Menschenmenge bis zur Absperrung.

Zwei wohlvertraute Gesichter tauchen auf. Doch was ist das? Sie werden zurückgehalten. Ich hatte sie gebeten, meine Reisenähmaschine mitzubringen. Der Zoll nimmt diese genau unter die Lupe. Es könnte ja etwas Verbotenes versteckt sein. Die Bedenken sind unbegründet. Sie können endlich passieren. Ich kann es kaum fassen, meine Eltern hier in Teheran! Abbas überreicht meiner Mutter einen Blumenstrauß, sie ist sehr gerührt. Ja, so ist ihr Schwiegersohn! Die persische Herzlichkeit kommt zum Ausdruck.

Als alles wohlverstaut im Auto ist, fahren wir zu später Stunde durch die hell beleuchteten Straßen nach Hause.

Die Koffer bleiben ungeöffnet stehen. Wir sind alle so müde und haben nur noch einen Wunsch: schlafen.

Am anderen Morgen stehe ich ganz früh auf. Ich decke den Frühstückstisch sorgfältig. Ein persisches Frühstück mit Fladenbrot, Schafskäse, Marmelade und dem wohlriechenden, schwarzen Tee steht bereit.

Wir besprechen den Plan für den Tag, eine Stadtrundfahrt, und steigen in unser Auto. Der Verkehr auf den Straßen erschreckt meine Eltern. Das Gehupe, das Gedränge, die vielen Ampeln, ungeachtet wird bei Rot durchgefahren. Sie staunen, dass ich in diesem Chaos Auto fahren kann. Nun, in der Zwischenzeit habe ich mir den persischen Fahrstil angewöhnt. Sonst ist kein Durchkommen möglich.

Um die Mittagszeit halten wir an einem Kebabstand, um etwas zu essen. Der Verkäufer wickelt die gebratenen Hackfleischspieße mit Petersilie und Dill in ein Stück Fladenbrot und reicht es meiner Mutter, die herzhaft und mit Genuss hineinbeißt. Auch Papa, Abbas und ich lassen es uns schmecken.

»Jetzt werden wir die Kronjuwelen besichtigen, da werdet ihr staunen!«, sagt Abbas. Ich habe das Gefühl, sie genießen das Hiersein mit all dem Neuen und Unbekannten.

Für den darauffolgenden Tag hat eine Touristengruppe eine Tagestour nach Qom und weiter nach Arak (Abbas' Geburtsort) gebucht. Abbas schlägt meinen Eltern vor, mitzufahren. Mama möchte lieber zu Hause bei mir bleiben, doch Papa sagt zu. Für Papa ist es eine Gelegenheit, mehr vom Land und den Menschen zu sehen. Am Abend erzählt er uns von seinen Erlebnissen.

»In Qom, (150 Kilometer von Teheran entfernt), der heiligen Stadt, besichtigten wir eine Moschee. Es bestand die Möglichkeit, für Männer und Frauen in den Turm zu steigen, um in den Innenhof zu schauen. Die Frauen mussten jedoch einen Schleier umlegen. Diese lagen sorgfältig zusammengefaltet für Touristinnen bereit. Es war Gebetszeit und viele Perser knieten dort auf großen, bunten, ausgebreiteten Teppichen, um zu beten. Dann ging die Fahrt weiter nach Arak, nochmals 150 Kilometer. Die Straßen waren staubig und mit Löchern gespickt, vorbei an Salzseen.

Das Holpern schüttelte uns ganz schön durcheinander. Die Landschaft ist kahl und öde, Wüste, nichts Grünes, kein Baum oder bunte Wiesen. Doch die Fahrt hat sich gelohnt. Wir besichtigten in Arak eine Teppichknüpferei. Die Fingerfertigkeit der Frauen und Männer war einfach bewundernswert! So ein handgeknüpfter Perserteppich ist eigentlich unbezahlbar. Abbas, ich habe es genossen, unter deiner Leitung all dies Neue und Unbekannte zu sehen!«, sagt Papa.

Nach einem Blick in meine Küche und auf die Verkabelung dort schüttelt Papa den Kopf. Die Kabel von Kühlschrank und Waschmaschine habe ich in einem Doppelstecker zusammengesteckt. Was soll ich auch machen? In der Küche gibt es nur eine Steckdose. Die Bauweise der

Häuser in Persien kann nicht mit der in Deutschland verglichen werden. In unserem Wohnzimmer fehlt noch eine Vorhangstange.

Papa sagt: »Ich gehe eine kaufen!« Ich äußere meine Bedenken. »Du kennst dich doch gar nicht aus! Wenn du dich verläufst, kannst du niemand fragen!«

Doch er lässt sich von seinem Vorhaben nicht abbringen. Eine Straßenskizze, unsere Adresse mit Telefonnummer schreibe ich auf einen Zettel, für den Ernstfall. Er erinnert sich an das Kaufhaus »Ferdovsi« gegenüber der Deutschen Botschaft und macht sich auf den Weg.

Wir sitzen zu Hause und hoffen, dass er wohlbehalten zurückkehrt. Nach zwei Stunden kehrt er frohgelaunt mit der Vorhangstange zurück. Lachend erzählt er von seinem Erlebnis. Auf dem Heimweg kam er an einem Offiziersclub vorbei, welcher mit hohen Gitterstäben umgeben ist.

»Ich blieb stehen und schaute neugierig in den Innenhof. Ein Soldat kam auf mich zu und gab mit einer Handbewegung zu verstehen, ich soll weitergehen. Vermutlich irritierten ihn die Vorhangstange und ich als Ausländer!«

Ich hätte nie gedacht, dass sich unser Zusammensein so harmonisch gestaltet. Meine Eltern schätzen Abbas' höfliche, liebevolle Art. Jetzt können sie meine Liebe zu diesem Mann besser verstehen. Am Tag vor ihrer Abreise sind wir bei Abbas' Eltern eingeladen. Sie wohnen seit einigen Monaten in Karadj, einem Vorort von Teheran.

Unterwegs halten wir an einem Blumenstand. Der Verkäufer bindet Gladiolen in leuchtenden Farben mit grünen Zweigen zu einem Strauß zusammen, das Ganze in durchsichtiger Folie verpackt. Wunderschön.

Wir sind da. Nach einem Klingelzeichen geht auch schon das Tor zum Innenhof auf. Abbas' Eltern mit Geschwistern begrüßen uns. Ihr Blick verrät eine gewisse Neugier und Spannung. Die Mimik ist die einzige Sprache zwischen unseren Eltern. Im Wohnzimmer setzen wir uns alle um den gedeckten Tisch, nicht mehr wie früher auf den Boden. Der Duft nach persischem Essen steigt uns in die Nase.

Abbas kommt kaum zum Essen, er muss die Fragen und Antworten unserer Eltern übersetzen. Ich kann ihn leider nicht unterstützen, da mir noch der nötige persische Wortschatz fehlt.

Die Stimmung ist dennoch entspannt und lustig. Das sprachlose Kommunizieren gibt unserem Zusammensein eine gewisse Leichtigkeit. Die Eltern finden sich sympathisch, das ist mein Eindruck.

Beim Abschied nimmt mein Papa meine Schwiegermutter einfach in den Arm.

Oh je, jetzt wird es peinlich. Wie reagiert mein Schwiegervater? Ein fremder Mann umarmt seine Frau! Das gehört sich hier nicht. Es herrscht kurz Stille. Wir schauen uns an. Abbas fängt an zu lachen und alle stimmen mit ein. Das Eis ist gebrochen. Diesen Augenblick werden wir nie vergessen.

Blacky legt sich neben die Koffer meiner Eltern, wie wenn sie sagen wollte: Bleibt doch hier. Der Abschied am Flughafen ist herzlich und etwas wehmütig. Abbas und meine Eltern haben zueinandergefunden.

Im russischen Krankenhaus

Bei Verwandtschaftsbesuchen werde ich immer wieder gefragt: »Wann kommt ein Baby?« Das nervt mich ganz schön, sodass ich zu Abbas sage: »Ich gehe nicht mehr mit!« Wir sind jetzt drei Jahre verheiratet und haben uns schon darauf eingestellt, kinderlos zu bleiben. Nicht immer läuft es im Leben nach Plan. So ist es eben auch bei uns.

Im September 1970 bin ich auf dem Heimweg vom Goethe-Institut, als ich ganz plötzlich rasende Unterleibsschmerzen bekomme. Mühsam schleppe ich mich nach Hause. Abbas ist noch nicht da. Ich lege mich auf das Bett. Die Schmerzen kommen und gehen. Was soll ich nur tun? Endlich um 13.00 Uhr höre ich Abbas die Wohnungstür aufschließen.

»Wo bist du?«, ruft er.

»Hier im Schlafzimmer.«

»Was ist mit dir los?« Ich erkläre es ihm und wir überlegen gemeinsam.

»Ich weiß, was wir jetzt tun. Wir fahren ins russische Krankenhaus!«, sage ich. Dort war einer deutschen

Bekannten sofort geholfen worden, als sie mit einer Bauchhöhlenschwangerschaft eingeliefert wurde. Es ging bei ihr um Leben und Tod. Abbas nimmt mich bei der Hand, wir gehen langsam die Treppen runter zum Auto. Er fährt so schnell es der Verkehr zulässt. Wir melden uns an der Pforte, von dort werden wir ins Ärztezimmer weitergeleitet. Eine kleine, etwas mollige, russische Ärztin, die Haare zu einem Knoten zusammengesteckt, erwartet uns. Sie kann kein Persisch, eine Krankenschwester, die beide Sprachen spricht, übersetzt unser Gespräch. Ich werde gründlich untersucht und sie stellt eine Gebärmuttersenkung fest.

»Was jetzt?«, frage ich sie.

»Ich stelle Ihnen einen Therapieplan zusammen«, antwortet sie.

Jetzt bin ich sehr gespannt, wie dieser wohl ausschaut. Sie verordnet mir eine zehntägige ambulante Kur hier in der Klinik mit Schlammpackungen (ähnlich Fangopackungen), Atemgymnastik und Vitaminspritzen. Das bedeutet, dass ich jeden Tag hierherkommen muss.

Bedingt durch die Grenze zwischen der UDSSR im Norden und Persien ist eine gewisse gegenseitige Akzeptanz vorhanden. Dies gibt russischen Ärzten und Ärztinnen die Möglichkeit, im russischen Krankenhaus in Teheran zu arbeiten. Jedoch nur für die begrenzte Zeit von drei Jahren.

Dieser Zeitraum ist festgelegt, damit sie sich nicht an das angenehme Leben hier gewöhnen. So habe ich es jedenfalls erfahren.

Weit über die Grenzen von Persien hinaus ist die hervorragende medizinische Versorgung in diesem Krankenhaus bekannt. Eine hohe Mauer umgibt das gesamte Areal. Niemand würde von außen die vielen Bäume und Grünanlagen vermuten. Viele Menschen aus dem angrenzenden Afghanistan kommen und schlafen vor dem hohen Eingangstor, um früh am Morgen, wenn das Tor geöffnet wird, zur Behandlung vorgelassen zu werden.

Der Grund, warum sie hierherkommen, ist einmal, dass Persisch ihre Muttersprache ist und zum anderen, dass die ärztliche Versorgung hier erstaunlich preisgünstig ist. Der Aufenthalt kostet pro Tag circa 15 Tuman (circa 8 DM). Die Arztkosten kommen noch extra hinzu.

Bei stationärer Unterbringung versorgen die russischen Krankenschwestern die Patienten mit Medikamenten, bringen ihnen das Essen und wechseln auch die Wäsche. In den persischen Krankenhäusern sind die Krankenschwestern nur für die ärztliche Versorgung zuständig (wie Spritzen geben und Medikamente verabreichen). Es ist auch üblich, dass die Angehörigen bei dem Patienten in einem zweiten Bett schlafen und ihn mit Essen versorgen und wenn nötig auch die Wäsche wechseln. Die Anwesenheit einer vertrauten Person gibt dem Patienten innere Ruhe und auch seelische Unterstützung.

Heute ist nun mein erster Behandlungstag. Früh am Morgen fahren wir ins Krankenhaus. Eine Krankenschwester begleitet mich in einen großen Raum, ausgestattet mit vielen breiten Holzpritschen. Der Betonboden und die Wände wirken kahl und kalt. Fenster kann ich nicht sehen, Neonröhren verbreiten kühles Licht. Frauen, in Tücher eingepackt, liegen auf den Bänken. Eine Bank ist bedeckt mit einem weißen Tuch, darauf der sehr warme Schlamm. Ich entkleide mich und lege mich langsam hinein. Eine Schwester packt mich fest ein. Eine Stunde muss ich nun darin ruhen. Wir sind uns alle fremd, doch irgendwie auch verbunden durch unsere Frauenleiden. Nach einer Stunde darf ich aufstehen und werde mit lauwarmem Wasser abgeduscht.

Der zweite Schritt der Therapie hieß Atemgymnastik. Ich kann mir nichts darunter vorstellen. Eine Schwester bringt mich in den zweiten Stock in einen Gymnastikraum. Sonnenlicht durchflutet den Raum, der Holzboden fühlt sich unter meinen nackten Füssen angenehm kühl an. Eine Therapeutin begrüßt mich freundlich. Sie spricht kein Persisch. Sie gibt mir zu verstehen, ihr zur Sprossenwand zu folgen. Was jetzt wohl folgt?

Sie stellt sich mit dem Gesicht zur Sprossenwand, fasst mit beiden Händen eine Sprosse in Brusthöhe. Langsam geht sie in die Hocke und richtet sich dann wieder im Atemrhythmus auf.

Beim Hochkommen einatmen und beim Senken ausatmen. Nun bin ich an der Reihe. Ungefähr 30 Minuten dauert diese Atemgymnastik. Meine Oberschenkel fangen an zu zittern, es ist anstrengend. Dann gibt sie mir zu verstehen, nach unten zur Krankenhausapotheke zu gehen. Dort lege ich meinen Therapieplan vor und erhalte von einer Krankenschwester meine Vitaminspritze.

Abbas erwartet mich schon. Zu Hause falle ich todmüde ins Bett. Diese Behandlung schlaucht mich sehr. Zehn Tage lang bringt mich Abbas in das Krankenhaus zu diesen Anwendungen.

Wird diese Heilmethode Erfolg haben? Ja, hat sie! Die ärztliche Untersuchung bestätigt es. Die Gebärmutter hat sich wieder aufgerichtet, meine Schmerzen sind verschwunden und dies durch eine natürliche Weise ohne Operation. Ich kann es kaum fassen. Am liebsten würde ich die Ärztin umarmen, doch das wäre etwas zu viel.

Zu Hause drücke ich meinen Abbas ganz fest, wir sind ja so erleichtert. Jetzt kann ich wieder unterrichten und meinen Alltag meistern.

Endlich schwanger

Im Februar 1971 begegne ich beim Einkaufen der deutschen Ärztin, die mit uns befreundet ist. Ich freue mich, sie zu sehen und erzähle ihr von meiner Behandlung. Sie ist beeindruckt, schaut mich prüfend an und sagt plötzlich: »Sind Sie schwanger!«

»Keine Ahnung! Sehe ich so aus?«

Kurze Zeit später erfahre ich, dass ich tatsächlich schwanger bin. Ich kann es kaum fassen. Jetzt geht unser Kinderwunsch doch noch in Erfüllung! Ich bin im zweiten Monat. Meine russische Ärztin legt mir ans Herz, mich bei meinen sportlichen Aktivitäten nicht zu überanstrengen. Sie verordnet mir eine Korsage, um einer Frühgeburt vorzubeugen. Ob es ein Junge oder Mädchen wird, bleibt ein Geheimnis, eine Ultraschalluntersuchung gibt es noch nicht.

Die Korsage probiere ich an. Nein, dieses Ding ist so unbequem, ich kann mich darin kaum bewegen. So entscheide ich, es nicht zu tragen. Ich fühle mich pudelwohl. Auch Übelkeit erlebe ich nicht. Meine Gymnastikkurse gebe ich weiterhin, ebenso vorerst auch den Unterricht am Goethe-Institut. Eine Schwangerschaft ist ja keine Krankheit, sage ich mir.

Die Monate vergehen. Im fünften Monat, es ist jetzt Mai, werden die Rundungen langsam sichtbar. Die Rundungen stehen mir gut, ich finde mich schön und viel fraulicher. Mein Bäuchlein wächst langsam. Im Bazar kaufe ich leichte, bunte Stoffe und nähe mir bequeme, lockerfallende Kleidchen. Das Gästezimmer wird zum Kinderzimmer. Eine Wickelkommode fertigt mir unser Schreiner an, mit einer Schublade und Fächer für die Babywäsche. Das Kinderbettchen finden wir erst nach langem Suchen. Ein Gitterbettchen aus Holz mit hoch- und tiefverstellbarem Matratzenrost. Das vordere Gitter ist beweglich zum Hochschieben und Runterlassen.

Was jetzt noch fehlt, ist ein Kinderwagen. Brauche ich überhaupt einen? Bis jetzt habe ich hier noch nie eine Frau mit Kinderwagen spazieren gehen sehen. In dieser Großstadt mit holprigen Gehwegen wäre dies auch sehr mühsam. Für mich ist es jedoch wichtig, den kleinen Erdenbürger auch ab und zu auf die Terrasse stellen zu können. Die Perserinnen legen den Säugling in eine Decke gewickelt auf eine Matratze auf den Boden. Dort wird er auch gewickelt und gestillt. Wegen Blacky ist dies nicht möglich.

Endlich finden wir einen Kinderwagen, etwas sperrig aus blauem Kunstleder. Das Oberteil kann abgenommen werden, praktisch zum Transportieren im Auto. Unsere Neuigkeit muss ich meinen Eltern mitteilen.

»Stell dir vor, Mama, ich bin im fünften Monat schwanger!« In der Leitung ist Stille.

»Oh, warum erfahre ich das erst jetzt?«

»Ich wollte sicher sein, dass alles gut verläuft. Ich fühle mich rundherum wohl! Noch einen Monat arbeite ich am Goethe-Institut, dann kommen die Sommerferien. Diesen Sommer muss ich hier durchstehen. Die Geburt wird voraussichtlich im September sein. Ja, ihr werdet Großeltern!«

»Gisela, ich kann es kaum fassen. Mein erstes Enkele! Pass auf dich auf! Viele Grüße an Abbas!«

Nach diesem Gespräch kommen wöchentlich Päckchen mit Windeln, Hemdchen, Baumwolljäckchen, Strampelhöschen und Einschlagtüchern hier an.

Mein letzter Unterrichtstag am Goethe-Institut ist im Juni, die großen Ferien beginnen in den nächsten Tagen. Ich werde die Schüler alle sehr vermissen. Drei Jahre unterrichte ich nun schon. Die Schüler sind mir ans Herz gewachsen. Etwas wehmütig betrete ich an diesem Vormittag mein Klassenzimmer, es sind die letzten Unterrichtsstunden. Vielen Persern habe ich die deutsche Sprache beigebracht, damit sie in Deutschland eine Ausbildung machen können. Ob ich den einen oder anderen einmal wiedersehen werde?

Verabschiedung durch einen Schüler vom Goethe-Institut.

Plötzlich steht ein Perser auf, verlässt das Klassenzimmer und kommt mit einem Strauß Gladiolen zurück. Ich bin ja so überrascht. Er reicht mir die Hand und sagt in gutem Deutsch: »Vielen Dank und viel Glück wünschen wir Ihnen!«

Mir versagt beinahe die Stimme, so gerührt bin ich. Jeder verabschiedet sich mit einem Händedruck. Als alle gegangen sind, stehe ich allein in dem Raum, der mir in den drei Jahren eine kleine Heimat geworden war. Es war eine Zeit des Lernens für mich, die eigene Muttersprache neu zu erkunden, um sie dann unterrichten zu können. Der persischen Mentalität bin ich durch meine Schüler auch etwas nähergekommen.

Ich verlasse den Raum und gehe ins Lehrerzimmer. Hier erwarten mich schon die Kolleginnen, jede umarmt mich zum Abschied und wünscht mir alles Gute. Sie freuen sich mit mir, dass ich bald Mutter sein werde. Langsam gehe ich durch die mir in den letzten drei Jahren so vertraut gewordenen Straßen nach Hause. Meine Goethe-Zeit ist zu Ende.

Es ist Mitte August, ein sehr heißer Tag. Gegen 19.00 Uhr mache ich mich zu Fuß auf den Weg, um Abbas im Büro abzuholen. Wir haben ausgemacht, in einem Hotel noch etwas gemeinsam zu trinken. Mit dem Auto fahren wir zum Waldorf-Hotel. Beim Betreten des Hotels kommt uns eine angenehme, kühle Luft entgegen. In der Bar setzen wir uns auf einen Barhocker und bestellen einen Orangensaft. Abbas erzählt von seinen Touristen. Ganz plötzlich spüre ich ein Ziehen im Bauch.

»Abbas, wir müssen schnell nach Hause, bei mir stimmt etwas nicht!«

Zu Hause lege ich mich aufs Bett. Das Ziehen lässt langsam nach. Wir hoffen, ruhig schlafen zu können. Nach einigen Stunden wache ich auf! Was ist das? Mein Bett ist nass! Abbas neben mir schläft tief. Ich rüttle ihn wach.

»Was ist los?«, fragt er ganz verschlafen.

»Ich glaube, die Fruchtblase ist geplatzt!«

Er springt aus dem Bett, zieht sich rasch an und ruft den Krankenwagen. Es dauert nicht lange und die Sanitäter sind da. Sie legen mich auf eine Trage und fahren mit mir ins russische Krankenhaus. Abbas folgt uns mit dem Auto. So früh am Morgen sind, Gott sei Dank, die Straßen noch leer.

Im Krankenhaus bringen mich die Sanitäter sofort ins Untersuchungszimmer. Meine behandelnde Ärztin untersucht mich und sagt: »Es ist noch zu früh für eine Geburt, Sie sind erst im achten Monat. Wir legen sie jetzt auf Station. Äußerste Bettruhe ist angesagt.«

Die Schwester bringt mich in ein helles Einzelzimmer mit Duschraum und WC. Ich ziehe mich aus und schlüpfe in das weißbezogene Bett, dann bekomme ich eine Infusion mit einem Wehen hemmenden Mittel. Das ruhige Liegen wird für mich in den nun folgenden Wochen zu einer schweren Geduldsprobe. Abbas besucht mich jeden Tag, meine Schwiegereltern schauen auch ab und zu nach mir. Trotz aller Mahnungen gehe ich am 30. August nachts um

23.00 Uhr auf die Toilette. Ich hatte einfach die Nase voll, ständig nach der Schwester klingeln zu müssen. Wieder im Bett setzen starke Wehen ein. Ich klingle, die Schwester erschrickt, als sie mich so vorfindet. Sie hilft mir beim Aufstehen und wir gehen langsam den Flur entlang in einen kleinen Raum neben dem Kreißsaal.

Meine Ärztin untersucht mich und sagt: »Ja, das Kleine will auf die Welt kommen. Es wird jedoch noch etwas dauern!«

Die Schwester setzt sich neben mich und massiert ganz leicht meinen Bauch. Die Ärztin setzt sich mit einer Tasse Tee in der Hand auf das andere Bett. Sie unterhalten sich auf Russisch. Die Stunden vergehen. Auf Station gibt es nicht viel zu tun, so können sie ganz für mich da sein. Kommen starke Wehen, legt mir die Schwester eine Maske über die Nase und ich atme etwas Lachgas ein. Dies nimmt mir die Schmerzen. Es ist eine entspannte, fast gemütliche Atmosphäre. Ich fühle mich geborgen und liebevoll betreut und all das, obwohl ich fern der Heimat bin. So verstreichen die Stunden.

Es ist 3.00 Uhr früh, als kein Lachgas mehr hilft. Es geht los. Schnell bringen sie mich in den Kreißsaal. Ich steige auf den Entbindungsstuhl. Die Schwester eilt hin und her und bereitet alles für die bevorstehende Geburt vor. Meine Ärztin und die Schwester reden mir gut zu.

»Tief durchatmen! Ja, so ist es gut, nicht aufhören! Jetzt pressen! Weiter so!«

Dann der Augenblick, ich spüre, wie das Kleine kommt. Ich habe es geschafft – obwohl es eine Fußgeburt war, die normalerweise problematisch werden kann.

»Was ist es, ein Junge oder Mädchen?«, frage ich.

»Ein Junge!«

Die Schwester wiegt ihn, 2.400 Gramm und 48 Zentimeter ist er groß. Da er so klein ist, verlief die Geburt ohne Komplikationen, erklärt mir die Schwester. Sie wickelt ihn in ein weißes Laken und legt ihn mir in die Arme. Erschöpft, erleichtert und voller Freude drücke ich ihn sanft an mich. Ich kann mich an dem kleinen Gesichtchen nicht sattsehen. Nach einiger Zeit nimmt die Schwester ihn, badet und wickelt ihn und trägt ihn ins Säuglingszimmer.

Die Schwester sagt: »So, jetzt habe ich Zeit, den frischgebackenen Vater anzurufen.«

Es ist inzwischen 7.00 Uhr. Sie bringen mich auf Station in mein Zimmer. Schon vor der Geburt stand der Name fest, ein Mädchen würde Ariane heißen und ein Junge Arian. Gegen 10.00 Uhr geht die Tür auf und ein strahlender Papa mit einem großen Blumenstrauß kommt herein. Wir umarmen uns lachend und küssen uns ganz fest.

Abbas erzählt mir: »Nach dem Gespräch mit der Schwester tanzte ich singend durch die Wohnung! Ich konnte es einfach nicht fassen, ich und Vater sein! Ich rief deine Eltern an. Sie waren erstaunt, dass Arian jetzt schon zur Welt gekommen ist. Mama fragte, wie viel er wiegt? ›Was nur 2.400 Gramm, das ist aber wenig‹, meinte sie. ›In

Deutschland käme er in den Brutkasten, und bei euch nicht?‹«

Gegen Mittag bringt mir die Schwester Arian zum Stillen. Ich nehme ihn in den Arm und versuche, ihm die Brust zu geben. Doch er kann die Brust nicht fassen, sie ist zu prall. Was nun? Die Schwester massiert und pumpt die Milch ab, damit keine Entzündung entstehen kann.

»Das Baby ist zu schwach zum Trinken, die Milch kommt einfach nicht zum Fließen«, meint sie.

Alle Versuche scheitern, ich habe große Schmerzen durch den Milchstau. Diese Schmerzen sind schlimmer als die Geburt selbst. Plötzlich verschwindet die Schwester und kommt mit einem anderen Säugling zurück. Sie legt mir ein rotbäckiges, kräftiges, neugeborenes russisches Kind in die Arme. Ich lege es an und es trinkt und trinkt schmatzend meine Brust leer. Welch eine Erleichterung! Dies wiederholen wir nun öfters. Dieser kleine Russe hat die Milch zum Fließen gebracht. Endlich kann auch Arian trinken. Es bleibt ein Geheimnis zwischen mir und der Schwester, auch die Ärztin darf es nicht erfahren. Doch es ist eine geniale Idee, so einfach und natürlich.

Unsere kleine Familie

Endlich, nach zehn Tagen im Krankenhaus geht es nach Hause. Dort lege ich mich müde auf mein Bett, die Tragtasche mit Klein-Arian neben mir. Leider kann Abbas nicht bleiben, er muss wieder ins Büro. Das macht mich traurig, ich fühle mich einen Moment so allein.

Doch ich sage zu mir: »Gisela, keine trüben Gedanken!«

Die Hitze macht mir zu schaffen, die Klimaanlage will ich aber nicht einschalten, da der kalte Luftzug für uns beide zu gefährlich wäre. Ein Weinen reißt mich aus meinen Gedanken, es ist Zeit zum Stillen. Ich nehme Arian hoch, er schaut mich an, als wolle er sagen: »Jetzt gib mir doch endlich was zu trinken!« Es ist eine Wohltat, wenn die Brust leer ist. Ich lege ihn auf die Wickelkommode, öffne die Windeln, das Wechseln ist nötig.

Bis jetzt versorgten ihn im Krankenhaus die Schwestern. Jetzt habe ich Zeit, ihn ausgiebig zu betrachten. Da liegt er so winzig vor mir, strampelt mit den zierlichen Beinchen, fuchtelt mit den Ärmchen. Er fühlt sich wohl, das ist sichtbar. Jedes kleine Detail, vom Fingernagel, den Ohrläppchen, den Augen – einfach alles ist wunderbar ausgebildet. Ich kann nur sagen: »Danke, lieber Gott, dass du uns ein gesundes Kind geschenkt hast, trotz Frühgeburt. Dies ist keine Selbstverständlichkeit.«

Gegen 18.00 Uhr kommt Abbas nach Hause. Freudestrahlend umarmt er mich, geht dann schnell zu Arian und sagt: »Ich kann es immer noch nicht fassen, dass ich Vater geworden bin!«

Ich erzähle ihm, wie allein ich mich gefühlt hatte, als er wieder wegging.

Er schaut mich ganz überrascht an und sagt: »An das habe ich überhaupt nicht gedacht, ihr seid doch jetzt zu zweit!« Bei ihm überwiegt absolut die Freude.

»Du warst acht Monate mit dem Kleinen verbunden, doch ich stand oft hilflos und allein daneben. Jetzt kann ich ihn berühren, streicheln und einfach bewundernd anschauen. Ich bin ja so glücklich!«

Er reicht mir ein Päckchen. Ich öffne es, wie überrascht bin ich und traue meinen Augen nicht. In einer kleinen Schachtel befinden sich ein Armband, Ohrringe, eine Halskette und ein Ring. Jedes Stück mit vielen Türkissteinchen in Gold gefasst, feinste Filigranarbeit. Mit Tränen in den Augen drücke ich meinen Abbas ganz fest.

Es ist schon spät. Arian neben mir in der Tragtasche legen wir zu uns ins Bett. Mal sehen, wie die erste Nacht zu Hause sein wird. Doch schon nach drei Stunden weckt mich ein leises Weinen, Arian hat Hunger. Kaum bin ich wieder eingeschlafen, meldet er sich schon wieder. Im Krankenhaus sagte man mir, dass er als Frühchen in kürzeren Abständen gestillt werden muss. Abbas neben mir schläft tief und fest. Am Morgen bin ich fix und fertig. Eine anstrengende Zeit wird auf mich zukommen – alle drei Stunden Stillen bei Tag und Nacht.

Nach dem Frühstück geht Abbas ins Büro. Jetzt werde ich Arian in der kleinen, roten Plastikbadewanne das erste Mal baden. Vorsichtig nehme ich den kleinen Nackedei hoch, zuerst gewöhnen sich die Füßchen an das

Wasser, dann bedeckt ganz langsam das Wasser den ganzen Körper.

Die Mimik seines Gesichtchens sagt ungefähr das: »Oh je, was ist das? Soll ich lachen oder weinen?« Er beginnt wohlig zu strampeln. Das erste Badeerlebnis ist ein voller Erfolg. Nach dem Stillen lege ich ihn leicht bekleidet in den Kinderwagen.

Auch Blacky will versorgt und betreut werden. Jetzt habe ich sozusagen zwei Kinder, die meine Aufmerksamkeit fordern. Das Kochen, Putzen, die Wäsche waschen – all dies kommt außerdem hinzu. Nicht zu vergessen: der Schriftverkehr für unser Reisebüro. Ob ich dies alles schaffe?

Plötzlich bin ich total an zu Hause gebunden. Ich vermisse die Gespräche mit meinen Kolleginnen und die Teilnehmerinnen meiner Gymnastikkurse. Abbas kommt zum Mittagessen nicht immer nach Hause, so bin ich manchmal den ganzen Tag mit Arian allein. Ich müsste doch eigentlich zufrieden und glücklich sein. Aber dem ist nicht so. Irgendetwas stimmt mit mir nicht. Doch was? Ich habe keine Ahnung.

Morgen haben wir einen Termin bei meiner russischen Ärztin. Das ist gut, so kann ich sie fragen, warum ich mich so seltsam fühle.

Abbas fährt mit uns ins Krankenhaus. Bei der Untersuchung von Arian zeigt sie Bedenken, was die Beinchen anbetrifft.

»Sie sind noch zu zart und schwach. Hoffentlich treten keine Probleme diesbezüglich auf«, sagt sie.

Wir sind kurz geschockt und hoffen, dass sich alles zum Guten wenden wird. Ich erzähle ihr von meinem seelischen Zustand.

Darauf erklärt sie mir: »Dies sind Schwangerschaftsdepressionen, hervorgerufen durch die Hormonumstellung. Weinen, Traurigkeit, alles nicht mehr schaffen zu können, ist normal. Sie müssen Geduld mit sich haben, dieser Zustand geht vorbei!« Ich bin erleichtert.

Mutters zweite Persienreise

Wie froh bin ich, dass Mama zwei Wochen später für einen Monat zu uns kommt. Am Telefon sagt sie zu mir: »Bald kann ich Arian in meine Arme nehmen. Ich werde ihn nachts versorgen, damit du durchschlafen kannst!«

Am Ankunftstag holt Abbas sie am Flughafen ab. Ganz aufgeregt warte ich mit Arian auf sie. Ich hätte nie gedacht, dass sie diese Reise allein machen würde. Da höre ich sie auch schon die Treppe heraufkommen. Ich öffne die Wohnungstür und da ist sie, meine Mama, und strahlt vor Freude. Ich drücke ihr Arian in die Arme, Tränen kullern ihr vor Freude über die Wangen. »Mein erstes Enkele!«

Jetzt bin ich tagsüber nicht mehr allein. Wir teilen uns die Arbeit. Sie badet und wickelt Arian, während ich koche und putze. Ich genieße unser Zusammensein. All ihre frühere Skepsis ist wie weggewischt. Abbas lädt sie zu Besichtigungen ein, doch sie lehnt ab.

»Ich bleibe zu Hause mit Arian und Gisela, unser Zusammensein ist mir viel wichtiger. Ich bin ja nur vier Wochen hier«, sagt sie.

Abends pumpe ich meine Milch ab und stelle sie im Fläschchen in den Kühlschrank. Nachts gibt Mama Arian alle drei Stunden das Fläschchen. Endlich kann ich durchschlafen. Ich fühle mich wieder ausgeglichener und ruhiger.

An einem Abend sagt sie: »So, ihr beiden, heute geht ihr miteinander aus. Genießt den Abend bei einem guten Essen, das wird euch beiden guttun!«

Ich denke bei mir: ›Ja, die Ehemänner werden oft eifersüchtig auf das Kind, denn nun spielen sie nicht mehr die erste Geige.‹

An einem Vormittag, wir sind allein zu Hause, fragt sie mich: »Gisela, wollt ihr Arian nicht taufen lassen? Ich habe das Taufkleidchen mitgebracht.«

Im ersten Moment weiß ich nicht, was ich sagen soll. Ich erkläre ihr: »Abbas und ich hatten noch nie Probleme wegen unserer unterschiedlichen Religionen. Vielleicht ist es nicht schlecht, Arian später selbst entscheiden zu lassen.« Dann versuche ich einen Kompromiss: »Mama, heute Abend sprichst du mit deinem Schwiegersohn. Was er entscheidet, machen wir, ja?«

Den ganzen Tag denke ich über unser Gespräch nach. Beim Abendessen spricht Mama das Thema an. Sie erzählt Abbas vom Taufkleidchen, in dem seine Frau schon getauft wurde und dass sie sich über eine Taufe riesig freuen würde. Ich sehe, wie Abbas überlegt und dann sagt er: »Ja, warum auch nicht! Lassen wir Arian taufen, ich bin einverstanden.«

Ein Strahlen geht über das Gesicht meiner Mutter. In diesem Moment hat sie ihren Schwiegersohn noch mehr ins Herz geschlossen.

»Meiner persischen Verwandtschaft erzählen wir aber nichts davon, ist besser so«, sagt Abbas.

Am nächsten Tag fahre ich mit dem Auto zur Kirche im Ortsteil Gholhak in Nordteheran. Ich klingle, die Tür wird geöffnet und Pfarrer Scholz begrüßt mich freundlich. Er bittet mich, in seinem Arbeitszimmer Platz zu nehmen. Ich erzähle ihm vom Besuch meiner Mutter und deren Wunsch. Aufmerksam hört er mir zu.

Dann fragt er mich: »Weiß Ihr Mann, dass Sie hier sind?«

»Ja, er ist mit der Taufe einverstanden.«

»Wissen Sie, manche deutsche Frauen lassen ihre Kinder taufen, wenn ihre persischen Männer auf Geschäftsreise im Ausland sind. Sie haben wirklich Glück, also keine Heimlichkeit!«

Wir legen das Datum fest, am 10. Oktober 1971 um 10.00 Uhr hier in der Kirche. Ich verabschiede mich und fahre frohgemut nach Hause. Frau Dr. Hekmat, die mich damals beim Einkaufen fragte, ob ich schwanger sei, und Uschi laden wir zur Taufe ein. Sie nehmen die Einladung freudig an.

Heute ist der besondere Tag. Das gebügelte Taufkleidchen passt Arian wie angegossen. Wir fahren zur Kirche. Frau Dr. Hekmat und Uschi warten schon vor der Kirche. Auf unser Klingelzeichen öffnet Pfarrer Scholz im Talar die Tür, er begrüßt uns herzlich und führt uns in die Kirche. Stille umgibt uns, nur unsere Schritte sind zu hören.

Arian mit seiner stolzen Oma.

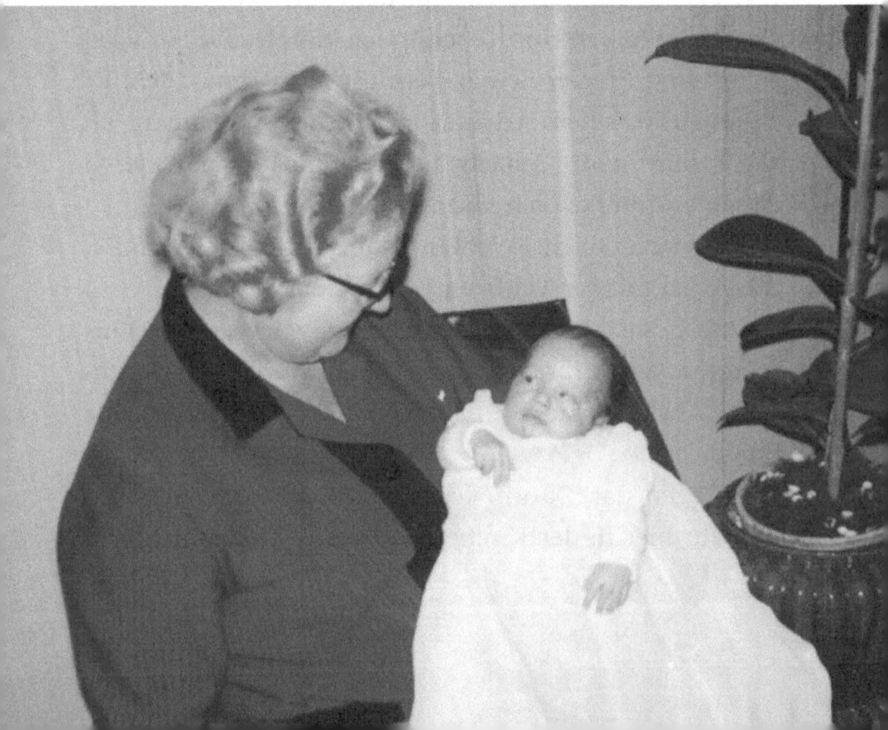

Wir stellen uns um den Taufstein herum. Mama hält Arian auf ihren Armen. Plötzlich faltet Arian seine Händchen, wie wenn er spürt: Jetzt geschieht etwas Besonderes mit mir. Doch das Weihwasser auf seinem Gesicht erschreckt ihn und er fängt an zu weinen. Pfarrer Scholz liest den Taufspruch vor: »Der ewig reiche Gott, wolle dir in deinem Leben ein immer fröhlich Herz und edlen Frieden geben, und dich in seiner Gnad erhalten fort und fort und dich aus aller Not erlösen hier und dort!« Dies war auch mein Taufspruch, den meine Mutter uns mitgebracht hat. Pfarrer Scholz begleitet uns bis zur Kirchentür.
Er reicht uns zum Abschied die Hand und wünscht uns weiterhin alles Gute. Zu Hause machen wir noch Fotos, Arian im Taufkleidchen auf den Armen seiner Oma.

Am 12. Oktober 1971 reist Mutter ab. Diesmal fällt ihr der Abschied besonders schwer. Ich tröste sie.

»Mama, sei nicht traurig. Im nächsten Jahr kommen wir nach Deutschland. Wir werden zwei Monate bei euch bleiben.«

Das tröstet sie ein wenig. Arian und ich bleiben zu Hause, Abbas bringt Mama zum Flughafen. Ihre Anwesenheit und Hilfe haben mir gutgetan, ich werde sie vermissen. Die täglichen Gespräche und das Beisammensein haben uns wieder mehr verbunden. Ich fühle mich jetzt auch wieder so fit wie vor der Schwangerschaft.

Arian gedeiht prächtig. Seine Beinchen sind nun kräftiger, unsere russische Ärztin ist zufrieden. Das Wasser ist sein Element, er strampelt, planscht und juchzt beim Baden in der kleinen, roten Wanne. Auch die Nächte sind jetzt ruhiger für mich. Arian schläft ab und zu schon durch. Ich

Arians erstes Weihnachtsfest.

feiere dieses Jahr mein drittes Weihnachten in Persien. Diesmal als kleine Familie mit Arian. Wie jedes Jahr kauft Abbas den Christbaum und ich schmücke ihn. Arian ist jetzt vier Monate alt. Mit großen Augen betrachtet er die brennenden Kerzen am Christbaum.

Nun waren wir zu dritt, und ich liebte unsere kleine Familie. Wir waren glücklich miteinander. Abbas war stolz, nun Vater zu sein, und ich genoss es, die täglichen Fortschritte von Arian mitzubekommen. Hin und wieder aber hatte ich einen ziemlichen unerfreulichen Besuch: Eifersucht. Aber wer kennt sie nicht? Es gab einige Situationen, in denen ich von ihr geplagt wurde.

Ich war jung verheiratet in einem fremden Land und mit der Mentalität noch nicht so vertraut.

Es war September – Hauptreisezeit. Abbas hatte viel zu tun. Eine französische Gruppe wollte mit dem Bus von Teheran über Isfahan nach Schiras reisen. Ich begleitete Abbas. Wir holten die Touristen mit dem Bus im Hotel ab. Die Koffer waren schnell verstaut und jeder nahm im Bus Platz. Abbas und ich setzten uns ganz nach vorne. Über den Lautsprecher erklärt Abbas in englischer Sprache die

vorüberziehende Landschaft und erzählt vom Leben auf dem Lande.

Zwischen Ghom und Teheran gab Abbas plötzlich dem Busfahrer die Anweisung, anzuhalten. Was war jetzt los?

»Bitte steigen Sie alle aus. Ich möchte Ihnen eine andere Seite Persiens zeigen. Neben all dem Wohlstand wie Hotels, Paläste, Kronjuwelen, breite Straßen usw. gibt es auch große Armut. Darüber wird kaum in einem Reiseführer berichtet.«

Wir verließen die Hauptstraße und folgten Abbas auf einem staubigen, unbefestigten Weg. Beim Näherkommen sahen wir Hühner und Schafe frei herumlaufen.

Neugierig kamen Kinder und Erwachsene auf uns zu. Ihren Gesichtern war anzusehen, dass sie hier in ihrem kleinen Dorf noch nie Touristen gesehen hatten. Ihre Behausung waren Lehmhütten. Ein Brunnen, besser gesagt ein Wassertümpel, war die einzige Wasserstelle für Mensch und Tier. Ich schaute hinein, es schüttelte mich, viel Ungeziefer schwamm darin. Kaum zu glauben, dieses Wasser wurde getrunken. Solche Armut machte mich traurig.

Die Dorfbewohner baten uns in ihre Lehmhütten. Gastfreundschaft wird großgeschrieben, egal, ob ich etwas habe oder nicht. Für ein Glas Tee reicht es immer. Ich betrat eine der Hütten, der Boden aus festgestampftem Lehm, eine Holzleiter ähnlich einer Hühnerleiter führte sozusagen in den ersten Stock. Wir kletterten hoch. Der Boden bestand aus zusammengefügten Holzbalken und war mit einem Teppich bedeckt. Ich nahm an, dass sie auch hier schliefen. Möbel konnte ich nirgends sehen. Die Frauen baten uns, doch Platz zu nehmen. Im Schneidersitz tranken wir den Tee, der uns freundlich und höflich gereicht wurde. Wir verabschiedeten uns und gingen langsam und nachdenklich zum Bus.

Unterwegs, als wir kleinere Orte besichtigten, fiel mir auf, dass eine der Touristinnen meinen Abbas buchstäblich mit ihren Augen verschlang. Wann immer möglich, stellte sie sich neben ihn. Im Bus setzte sie sich neben ihn, wenn ich mit anderen Gästen im Gespräch war. Dabei wusste sie doch, dass ich Abbas' Frau bin. Ich kochte innerlich. Doch machen konnte ich nichts. Diese Anmache ärgerte mich. Ich konnte diese Fahrt überhaupt nicht genießen, es war schrecklich. Ich versuchte, mich innerlich zu beruhigen, was mir nur schwer gelang. Abbas war zu allen Reisenden gleich freundlich, als hätte ich doch eigentlich gar keinen Grund zur Eifersucht.

In Schiras erwartete man uns schon im Hotel. Die Zimmer waren schnell bezogen. Das Abendessen nahmen wir im Garten des Hotels ein. Ein überraschtes Raunen ging durch die Gruppe, als wir den Garten betraten. Nebe dem Swimmingpool auf gepflegtem Rasen war eine lange Tafel einladend gedeckt. Die Luft war angenehm kühl. Die verschiedenfarbigen Rosen an den Sträuchern verbreiteten einen betörenden Duft. Ich war wie verzaubert. Eine märchenhafte Stimmung.

Schiras ist die Stadt der Rosen, des Rosenwassers, die Stadt der Dichter Hafez und Saadi und eines köstlichen Weins. Wir setzten uns an den mit persischen Gerichten gedeckten Tisch. Ich setzte mich neben Abbas und traute meinen Augen nicht, die Französin setzte sich auf der anderen Seite neben Abbas, obwohl noch andere Stühle frei waren. Ich konnte kaum etwas essen, mir blieb fast jeder Bissen im Hals stecken. Als ich es nicht mehr aushielt, stand ich auf und ging in unser Zimmer. Dort warf ich mich aufs Bett und weinte bitterlich. So kannte ich mich überhaupt nicht!

Ein paar Minuten später ging die Tür auf und Abbas kam herein. Er stand sprachlos da, als er mich so sah.

»Was ist los mit dir?«

»Merkst du nicht, wie sich diese Französin an dich ranmacht? Sie folgt dir auf Schritt und Tritt. Ich ertrage es nicht!«

»Du siehst Gespenster! Komm, beruhige dich!«

Er nahm mich in die Arme, langsam beruhigte ich mich.

Am nächsten Morgen versuche ich, locker und entspannt zu bleiben. Immer wieder sagte ich mir: »Gisela, hör auf zu spinnen!«

Die Besichtigung von Schiras würde mich ablenken und so war es dann auch tatsächlich. Wir stiegen in den Bus. Im Lauf des Morgens stellte sich heraus, dass die Französin wohl inzwischen eingesehen hatte, dass ihr Unterfangen aussichtslos war.

Auf der Fahrt in die Innenstadt erzählte uns Abbas etwas über die Geschichte von Schiras, der Rosenstadt.

»Die Perser nennen Schiras ›Garten des Iran‹. Sie ist die Provinzhauptstadt. Durch ihre Lage in 1.600 Meter Höhe ist das Klima im Sommer nicht allzu heiß und im Winter mild.

Hier entfaltete sich die persische Dichtkunst zur vollen Pracht. Sie ist der Geburtsort von Saadi und Hafez. Die Perser sind stolz auf ihre Dichter, deren Verse Teil der nationalen Identität sind. Nicht selten liegt neben dem Koran ein Band mit Gedichten von Hafez.«

Wir besuchten das Mausoleum von Saadi. Er verstarb hundertjährig 1291. Die viel besuchte Grabstätte liegt inmitten von Parkanlagen. Seine dichterischen Zeilen verbanden die Völker vom Euphrat bis zur chinesischen Grenze. Viele hohe Bäume säumen die Straßen, weite Parks und fantastische Blumenanlagen, insbesondere die vielen Rosensträucher sind eine Augenweide. Eine örtliche Besonderheit von hier ist das Rosenwasser. Es ist ein öliges, konzentriertes Elixier, stark duftend, bei den Perserinnen sehr beliebt. Wer zu oft daran riecht, kann allerdings Kopfschmerzen bekommen.

Noch eine zweite Situation habe ich in Erinnerung, als meine Eifersucht aufflammte. Und die hat mit der Tatsache zu tun, dass Abbas in seinem Büro nicht nur Reiseleiter, sondern auch persische Reiseleiterinnen beschäftigt. Von ihm erfahren sie die Namen der Touristen, die sie dann mit dem Minibus im Hotel für die Stadtführung abholen müssen. Einige der Reiseleiterinnen sind ausgesprochen attraktiv. Und ich sitze zu Hause in unserer Wohnung und stelle mir vor, was da alles passieren kann. Abbas hat zwar immer wieder beteuert, dass er die deutschen

Frauen ganz besonders schätzt, weil sie so gradlinig und ehrlich seien. Aber was passiert, wenn nun eine der Perserinnen ihn um den Finger wickeln will – mit dieser so überaus blumenreichen, charmanten und verführerischen Sprache, mit der ich es als nüchterne Deutsche niemals aufnehmen kann?

Und so saß ich zu Hause und quälte mich. Nachdem ich auf diese *Weise* genügend gelitten hatte, siegte Gott sei Dank eines Tages die Vernunft. Ich sagte zu mir:

»Gisela, wenn du so weitermachst, wirst du noch krank. Außerdem braucht Arian eine fröhliche Mutter. Hör jetzt auf mit den Hirngespinsten!«

Und man glaubt es kaum: Mit dieser neu gewonnen Einstellung komme ich gut zurecht.

Gymnastikkurse für Kinder und Frauen

So schön es ist, Mutter zu sein, Arian zu versorgen und die Zeit mit ihm zu verbringen, fehlt mir doch mit der Zeit der Kontakt mit Erwachsenen und die Begegnungen mit meinen Gymnastikfrauen. Ich beschließe, wieder Kurse zu geben – vor allem auch für Kinder. Doch wo?

Abbas und ich erinnern uns an den Bowling-Club in der Schemiran-Straße in Nordteheran. Ich besuchte dort vor längerer Zeit die Sauna und frage nun die Dame an der Kasse, ob es hier auch einen Gymnastikraum gäbe.

»Oh ja, ich zeige Ihnen diesen Raum, bitte folgen Sie mir.«

Ich bin überrascht! Ein heller, länglicher Raum – ausgestattet mit zwei Sprossenwänden, einem größeren Wandspiegel und dicken Bodenmatten. Ja, hier könnte ich Kinderkurse geben. Auch ein Schwimmbad mit einer 30-Meter-Bahn befindet sich in diesem Gebäude.

Das gesamte Sportzentrum gehört einem reichen Perser. Kurzentschlossen fahren wir hin, um mit ihm zu sprechen. Wir haben Glück, er ist in seinem Büro. Freundlich bittet er uns herein. Wir nehmen ihm gegenüber Platz.

»Was kann ich für Sie tun?«, fragt er.

Abbas schildert ihm mein Vorhaben. Aufmerksam hört er zu. Er findet meine Idee gut und ist einverstanden. Über den Preis für die Raummiete sind wir uns schnell einig. Er wünscht mir viel Erfolg. So einfach ist das.

Ich erzähle all meinen Bekannten, den deutschen Frauen und ebenso den deutsch-persischen Familien von meinem neuen Projekt. Und es zeigte sich: Teheran ist in gewissem Sinne ein Dorf. Schnell spricht es sich herum, dass jeden Mittwochnachmittag im Bowling-Club Kinderturnen stattfindet. So etwas gibt es bisher hier noch nicht. Gespannt fiebre ich der ersten Stunde entgegen.

Als es dann so weit ist, kann ich es kaum glauben: Zehn Kinder im Alter zwischen vier und sechs Jahren mit ihren Müttern sind gekommen. Einige Kinder kenne ich bereits, andere sind mir fremd, sie haben es durch Bekannte erfahren. Arian ist jetzt vier Monate alt und natürlich auch dabei. Er liegt stillvergnügt in seiner Tragtasche etwas abseits in einer Ecke. Die Mütter unterhalten sich in der Zwischenzeit in der Cafeteria bei einer Tasse Kaffee. Kinder sind erfahrungsgemäß besser anzuleiten, wenn die Mütter nicht dabei sind.

Zu Beginn gibt es ein lautes Durcheinander. Sie laufen wild durch den Raum, alles ist neu für sie. Doch langsam beruhigen sie sich. Wir üben den Purzelbaum vorwärts, für manche noch ganz ungewohnt. Vor allem »Schubkarre fahren« ist sehr beliebt. Wir spielen »Der schwarze Mann«, da können sie nochmals so richtig toben.

Während der Stunde laufen die Kinder öfters zu Arian hin und lachen ihn an, was ihm natürlich gefällt. Die Stunde ist im Nu vorüber. Mit roten Bäckchen, ganz verschwitzt, aber mit strahlenden Augen, laufen die Kinder zu ihren Müttern. Fröhlich und gut gelaunt verabschieden wir uns: »Bis nächste Woche!« Es war eine gelungene Stunde. Ich fühlte mich wieder so richtig in meinem Element.

Für meine Frauengymnastikgruppe fehlt mir aber noch ein Raum. Wie es der Zufall will, erzählt mir eine Bekannte von einer Tanzschule. Sie gibt mir die Telefonnummer.

Ich erzähle es Abbas. »Stell dir vor, kaum zu glauben, dass es eine Tanzschule in deutschem Stil hier in Teheran gibt, da Paartanz mit gegenseitiger Berührung hier als unsittlicher Tanz gilt.«

›Wer da wohl hingeht?‹, frage ich mich. Da bin ich wirklich gespannt. Wienerwalzer für Perser.

Wir rufen an, erhalten die genaue Adresse und erfahren, dass die Tanzschule von einem persischen Ehepaar geleitet wird. Der Mann ist in Deutschland zum Tanzlehrer ausgebildet worden, sie unterrichtet Ballett. Das Gebäude, ein Neubau, ist schnell gefunden. Wir steigen die Treppen hoch in den zweiten Stock und klingeln. Das Ehepaar erwartet uns schon und bittet uns freundlich herein. Wir betreten einen Raum, circa acht auf acht Meter. Der Parkettfußboden, das sehe ich sofort, ist für meine Gymnastik ideal. Holz ist ja gelenkschonend. Dieser Raum ist schön ausgestattet mit Wandspiegel, Musikanlage und einer kleinen Bar mit Hocker. Durch die breite Fensterfront ist das Elburs-Gebirge zu sehen. Ich bin begeistert. Das habe ich hier in Teheran nicht erwartet. Ich miete den Raum für Sonntagvormittag, der ja hier ein ganz normaler Arbeitstag ist, von 10.00–11.00 Uhr. In Persien ist der Ruhetag der Freitag. Ein Rundruf ist schnell erledigt. Meine Gymnastikdamen freuen sich schon darauf, dass es weitergeht.

Eine Fortbildung in Deutschland, in der es um Handgeräte ging, bringt mich auf den Gedanken, die Reiseagentur »Das rollende Hotel« in Passau anzurufen. Der Chef erinnert sich sofort an unser Büro und auch an Abbas. Ich erkläre ihm, dass ich für meine Gymnastikkurse in Teheran Bälle, Reifen und Stäbe benötige.

»Meine Frage an Sie ist, ob Sie diese Geräte im Bus nach Teheran, mitnehmen könnten? Den Einkauf und das Verschicken an Sie übernehmen meine Eltern!«

»Aber ja, das ist kein Problem, ich leite alles in die Wege!«

Ich bedanke mich herzlich. Nicht nur Sportgeräte reisen auf diesem Weg nach Teheran, nein, auch Waschpulver, der Pappkarton mit 15 Kilo. Meine weiße Wäsche ist schon leicht grau – da hilft nur »Persil«.

Doch wer kümmert sich an diesem Vormittag um Arian? Abbas wird im Büro sein und ich selbst kann Arian nicht beaufsichtigen, denn ich will mich den Teilnehmerinnen ganz zuwenden. Sie kommen schließlich, um sich zu entspannen. Kindergeschrei wäre da sicher störend. Also muss ich eine Lösung finden. Arian zu meiner Schwiegermutter zu bringen und dabei quer durch Teheran fahren zu müssen, geht auch nicht, da es zu umständlich und zeitaufwendig ist.

Schnell entschlossen ruft Abbas bei seiner Mutter an und fragt sie: »Mama, wir haben eine Bitte: Könntest du am Sonntagvormittag zu uns kommen und auf Arian aufpassen? Gisela gibt einer Frauengruppe Gymnastik und kann ihn nicht mitnehmen. – Also, du würdest kommen? Das ist ja prima, vielen Dank!«

Ich atme erleichtert auf. Meiner Vorfreude steht jetzt nichts mehr im Weg. Am Sonntagvormittag klingelt es an der Haustür, das muss meine Schwiegermutter sein. Langsam steigt sie, in ihren Schleier gehüllt, die Treppen hoch. Wir begrüßen uns herzlich. Sie schaut ins Bettchen zu Arian, ich zeige ihr, wo die Fläschchen mit Milch für

Arian stehen und die Windeln liegen. Jetzt kann ich mich beruhigt mit dem Auto auf den Weg machen. Der starke

Mit meiner Schwiegermutter und Arian.

Verkehr lässt mich nur langsam vorankommen, ich brauche beinahe eine Stunde bis zur Tanzschule.

Einige Frauen sind schon da. Sie sind begeistert von dem Raum. Beim Klang eines Walzers tanzen wir, jede für sich, durch den Raum – die Arme in alle Richtungen schwingend. Dehnen, Strecken, Beugen und Kreisen bringt die Frauen so richtig zum Schwitzen. Übungen für Bauch, Beine und Po sind fester Bestandteil der Stunde. Zum Ausklang der Stunde legen sich die Damen auf die mitgebrachten Decken. Ich erkläre ihnen meine Entspannungsmethode. Mit ruhiger Stimme spreche ich jeden einzelnen Körperteil an, sodass sie gut entspannen können. Leise Musik im Hintergrund unterstützt den Körper beim Loslassen.

Es ist schön zu sehen, wie sie ruhig atmend und entspannt auf ihren Matten ruhen. Nach ungefähr fünf Minuten hole ich sie wieder zurück mit den Worten: »Tief durchatmen, alles anspannen und wieder loslassen!«

Ein wohliges Raunen geht durch den Raum, langsam erheben sie sich. Sie verabschieden sich mit den Worten: »Das war eine Stunde für Körper, Geist und Seele. Wir freuen uns schon auf das nächste Mal.«

Ich bin glücklich. Ich fühle mich wie eine Pionierin, ich bin sicher die erste und einzige selbstständige, deutsche Gymnastiklehrerin in Teheran. Das macht mich schon etwas stolz. Nun hoffe ich, dass mit der Zeit auch persische Frauen in meine Kurse kommen. Die Fahrt nach Hause dauert wieder eine Stunde. Welch eine Überraschung: Als ich nach Hause komme, ist das Geschirr gespült und die Küche aufgeräumt.

»Mama, das war doch nicht nötig. Vielen, vielen Dank!«

Sie antwortet: »Bitte erzähle dies nicht meinen Töchtern! Sie würden sagen, ich sei doch nicht deine Dienerin. Aber ich helfe dir doch gerne.« Wir umarmen uns zum Abschied herzlich.

Eines Vormittags klingelt das Telefon. Eine persische Frau, die von meinem Gymnastikkurs gehört hat, ist am Apparat.

»Ich würde so gerne an Ihrem Kurs teilnehmen, aber mein Mann erlaubt es nicht. Er ist Arzt und eigentlich ein aufgeschlossener Mann. Für Sie ist das sicher schwer zu verstehen. Ich habe lange nachgedacht und habe jetzt eine Idee: Können Sie sich vorstellen, zu mir nach Hause zu kommen?«

»Ja, ich komme gerne zu Ihnen nach Hause. Kann ich meinen kleinen Sohn mitbringen?«

»Aber natürlich, ich freue mich sehr über Ihre Zusage. Vielen Dank!« Sie gibt mir ihre Adresse und Telefonnummer.

Eingeschränkte Freiheit erlebten Frauen übrigens auch bei uns in Deutschland. Zu meinem Erstaunen habe ich vor Kurzem gelesen, dass das Frauenwahlrecht in Deutschland erst 1919 umgesetzt wurde. Auch in anderen

Bereichen waren Frauen in ihren Rechten eingeschränkt. Noch bis 1958 konnte der Anstellungsvertrag einer Frau von ihrem Ehemann gekündigt werden, ohne dass sie Einspruch erheben konnte. Wenn sie berufstätig war, so oblag die Verwaltung ihres Verdienstes trotzdem ihren Ehemann – zumal sie bis 1962 kein eigenes Bankkonto eröffnen konnte. Der Mann bestimmte über Frau und Kinder. Lehrerinnen in Bayern, die heirateten, mussten ihren Beruf aufgeben. Beruf und Familie schien unvereinbar. Obwohl ich in diese Zeit hineingewachsen bin, spürte ich selbst nichts von solchen Einschränkungen.

Am Mittwoch bin ich gespannt, wie die erste private Gymnastikstunde bei der Perserin sein wird.

Mit dem Auto fahre ich, Arian in der Tragtasche, zu ihr. Auf ein Klingelzeichen öffnet mir eine sehr gepflegte Frau die Tür und bittet mich herein. Ihre vier Freundinnen, die sie zur Gymnastikstunde eingeladen hat, begrüßen mich herzlich. Sie tragen T-Shirts und lange, enge Hosen. Tisch und Stühle sind schnell beiseitegeräumt. Ich bitte die Gastgeberin, eine Schallplatte mit persischer Tanzmusik aufzulegen. Sie schaut mich erstaunt an.

»Tanzen entspannt, lockert den ganzen Körper. Das ist die beste Vorbereitung für die nachfolgenden Kräftigungsübungen«, erkläre ich lächelnd.

Die persische Tanzmusik bringt uns dann so richtig in Stimmung, mein noch etwas eckiger Hüftschwung trägt zur allgemeinen Heiterkeit bei. Ich muss dringend noch üben. Anschließend bitte ich sie, sich auf den Boden zu legen. Die weichen Perserteppiche sind eine angenehme Unterlage. Jetzt beginnen wir mit Übungen für Beine, Bauch und Po. Ich zeige, wie es geht, wenn ich in Erklärungsnot komme. Die Stimmung ist heiter und wir lachen oft, woran meine Art, Persisch zu sprechen, nicht ganz unschuldig ist. Die Frauen sind voll Begeisterung bei der Sache.

Schweißtropfen bilden sich auf ihrer Stirn. Das alles ist für sie ganz neu.

Zum Abschluss sitzen wir bei Tee und Gebäck im Schneidersitz auf dem Boden. Ich fühle mich so richtig wohl in dieser Runde. Dabei erfahre ich, dass Frauen aus wohlhabenden Familien oft nur in Begleitung nach draußen gehen dürfen. In der immer größer werdenden Mittelschicht jedoch erobern sich die Frauen langsam mehr Freiraum. Es hängt ganz und gar von den einzelnen Familien ab. Welch ein Glück, in meiner persischen Familie erlebe ich selbst keine Einschränkungen.

Koreanische Kampfkunst

Eines Abends erzählt mir Abbas von einer Gruppe koreanischer Männer, die eine Stadtrundfahrt buchten.

»Sie kommen aus Südkorea und leben hier in Teheran, jedoch ohne Familie. Sie wurden von der Regierung eingeladen, um in der Kadettenschule Kampfkunst zu unterrichten. Auch die kaiserliche Leibgarde soll in dieser Sportart ausgebildet werden.

Es ist für mich nicht leicht, ihr gebrochenes Englisch zu verstehen. Doch eines ist mir sofort klar geworden: Diese Sportart könnte mir gefallen. Nun ja, ich weiß nicht, was da auf mich zukommt, doch ich möchte es versuchen. Von Karate habe ich schon gehört, doch diese Stilrichtung ist mir total fremd. Ich habe für nächste Woche ein Treffen mit Mr. Djang bei uns im Büro vereinbart. Dies wird meine erste Trainingsstunde werden. Was sagst du dazu?«

»Oh, ich finde es prima. Ich bin überzeugt, diese Sportart ist für dich geeignet. Perser sind ja, wie du mir mal sagtest, gute Einzelkämpfer im Vergleich zu Mannschaftsspielen.«

›Ob Abbas meine sportlichen Tätigkeiten einen gewissen Anstoß gegeben haben?‹, denke ich so bei mir. Jede Woche wird ein- bis zweimal nach Feierabend im Büro geübt. Leider verlässt Abbas' Trainer nach einiger Zeit Teheran und Mr. Young tritt an seine Stelle. Seine Stilrichtung nannte sich »Hapkido« (Geist-Energie-Weg). Hier vereinen sich Atemübungen, Arm- und Beintechniken mit Falltechniken zu einem ausgewogenen Ganzkörpertraining. Voll Begeisterung wird trainiert.

Abends kommt Abbas oft total erschöpft nach Hause, jedoch glücklich und zufrieden. Dann ein weiterer Trainerwechsel zu Mr. Am. Er ist ein kleiner, wendiger, flinker

Koreaner. Das Training wird von jetzt an nach Hause verlegt. Ich sehe nun mit eigenen Augen, was Kampfsport bedeutet. Die Falltechniken, ohne dicke Matten nur auf unserem Perserteppich, lassen mich erschauern. Abbas ist hart im Nehmen. Erstaunlicherweise verletzt er sich nicht.

Eines Tages kommen die Mieter unter uns nach oben und bitten Abbas in vollendeter Höflichkeit sich doch zu

Abbas beim Training im Büro.

überlegen, ob er nicht das Training an einem anderen Ort fortführen könnte. Dabei stellt sich heraus, dass bei jeder Fallübung ihre Deckenlampen ganz bedenklich zu wackeln beginnen. Abbas beruhigt sie und verlegt das Training wieder ins Büro.

Dieses intensive Training bringt Abbas in eine körperliche Topform, sein Lehrer staunt immer wieder. Jetzt planen wir, diese Sportart in unserem Bekanntenkreis für Kinder anzubieten. Bei Freunden ist das in einem Kellerraum möglich. Die Jungen im Alter von fünf Jahren sind mit Begeisterung dabei. Mr. Am gewinnt durch seine fröhliche Art die Herzen der Kinder. Sie bewundern ihn und eifern ihm fleißig nach.

Ein Höhepunkt für Abbas ist, als im Juni 1978 der Präsident von Hapkido Association aus Seoul in Südkorea nach Teheran kommt und ihm sein Diplom überreicht.

Meine gute Fee

Beim Geschirrspülen denke ich so bei mir: »Es wäre schön, eine Hilfe im Haushalt zu haben. Einmal pro Woche würde mir reichen.«

Meine Möbel sind immer mit einer leichten Staubschicht bedeckt. Dieser feine Staub wirbelt aus der Wüste, die im Süden von Teheran liegt, bis in die Stadt. Die trockene, warme Luft begünstigt dies. Pingelig darf ich hier nicht sein, sonst bin ich nur mit Putzen beschäftigt.

Viele junge Mädchen aus den Dörfern arbeiten bei persischen Familien im Haushalt hier in Teheran. Sie leben im Kreis der Familien. Meistens sind sie mit der Familie in Teheran verwandt oder gut bekannt. Die Familien tragen die volle Verantwortung für sie, oft sind sie noch minderjährig. Ich suche eine ältere Frau, die eine eigene Familie hat und weiß, was in einem Haushalt zu tun ist.

Wen kann ich fragen? Vielleicht kann mir eine Bekannte aus der Schweiz einen Rat geben. Und so ist es. Sie selbst hat eine Perle mit Namen Mochtaram. Ich frage sie.

Sie unterstützt ihre Familie, da ihr Mann nicht genug verdient. Sie ist tatsächlich bereit, mir im Haushalt zu helfen. Wie froh bin ich, auch Abbas freut sich.

Am ersten Putztag erkläre ich ihr, was zu tun ist. Die ganze Wohnung staubsaugen, Bodenfliesen und Treppenhaus nass wischen und – wenn nötig – die Fenster putzen. Wir verstehen uns gut, sie ist eine freundliche, warmherzige Frau. Leider kann sie nur einige Monate bei mir arbeiten. Warum, habe ich nie erfahren.

Jetzt beginnt die Suche aufs Neue. Doch in der Zwischenzeit habe ich von deutschen Frauen erfahren, dass ihre Hilfen gerne noch eine zweite Stelle annehmen würden. Auf diese Weise lerne ich Sekine kennen. Sekines Mann ist Schneider. Sein Verdienst reicht nicht zum Bezahlen ihrer Schulden, die durch den Kauf eines kleinen Häuschens in Südteheran entstanden sind. In dieser armen Gegend gibt es weder Wasser- noch Stromanschluss.

Von den Behörden werden die Menschen, die dort wohnen, bezüglich der Anschlüsse immer vertröstet.

Sekine ging in die Moschee, um einen zinslosen Kredit zu bekommen, der ihr auch anstandslos gewährt wurde. Sie möchte ihn jedoch so schnell wie möglich zurückzahlen. Aus diesem Grund arbeitet sie nun bei zwei deutschen Familien.

Ich überlege, wie ich ihr helfen kann. Kurzentschlossen rufe ich die deutsche Frau an, bei der sie auch arbeitet. Gemeinsam überlegen wir und kommen überein, dass wir je die Hälfte des Kredits an Sekine auszahlen. So kann sie den Kredit an die Moschee zurückzahlen und ist schuldenfrei. Ihre Arbeitsstunden bei mir verrechne ich mit dem geliehenen Geld. Sie ist überglücklich über diese Lösung und bis zur Revolution 1978 wird sie mir eine treue Hilfe sein.

Auch viele amerikanische Familien haben Haushaltshilfen und bezahlen sie mit Dollar. Der Kurs zur persischen Währung ist sehr hoch und dadurch der Verdienst besonders gut. Für persische Familien ist dieser hohe Stundenlohn für eine Haushaltshilfe kaum bezahlbar. Deshalb ist es für sie schwierig, eine schon etwas ältere, erfahrenere Hilfe zu finden, bei diesem Ungleichgewicht der Löhne.

Wasser – das Gold der Wüste

Durch Sekines Erzählung bezüglich der schlechten Wasserversorgung in ihrem Häuschen beginne ich mir Gedanken über das Wasser zu machen. Mein Verhältnis zu dieser kostbaren Flüssigkeit hat sich verändert. Wie gedankenlos verschwenden wir dieses kostbare Nass auch hier in Teheran.

Ganz selbstverständlich, ohne groß nachzudenken, öffnen wir den Wasserhahn und es fließt und fließt. Die Städte hier sind gut versorgt, doch in den Randgebieten, wo die armen Menschen leben, hört der Luxus auf.

Entlang den Straßen in Teheran verlaufen viele kleine Bäche. Es sind schmale, betonierte Rinnsale. In ihnen fließt Wasser – mal mehr, mal weniger. Gespeist werden sie aus den Quellen der Gebirge im Norden. Es gab angeblich Zeiten, da wuschen Hausfrauen ihre Wäsche darin. Jetzt wird das Wasser zum Autowaschen verwendet. Das Auto wird neben einen Bach gestellt, mit Lappen sauber gewischt und mit einem Eimer voll Wasser übergossen. Dies reicht vollkommen, es ist ja nur Staub. Kinder, Jugendliche und Männer unterstützen mit dem Putzen der Autos ihre Familien. In dem Reiseführer »Iran für Sie« lese ich einen Bericht über die »Qanate«.

Iran hat ein ganz besonderes, uraltes Bewässerungssystem, genannt die Qanate. Genauer Zeitpunkt der Entstehung ist unklar, ob vor 2.500 Jahren oder noch älter. Wissenschaftler und Fachleute versuchen zu ergründen, wie dieses System auch heute noch für Wüstengebiete eingesetzt werden könnte. Ein Qanat kann man sich wie eine unterirdische Wasserrinne vorstellen, die in bis zu 50 Meter Tiefe liegt. Vom Fuß eines Berges ausgehend endet diese

Wasserrinne in einer Oase. An der Oberfläche sichtbar sind nur kleine Erhebungen und Hügel. Dahinter verbergen sich Luftschächte und eigens gegrabene Zugänge. Eine Qanat ist nicht mit einem unterirdischen Flusslauf vergleichbar, denn sie zieht die Feuchtigkeit aus dem Boden in der Tiefe an sich. Die ›Moqannis‹, die Brunnenbauer, die solche Qanate anlegen, haben noch niemals ihr Geheimnis preisgegeben. (...) Sie scheinen jedoch einen

Spürsinn für unterirdisches Wasser zu besitzen. (...) Man schätzt, dass die gesamte Wassermenge der Qanate im Iran die der Rhone um das Zweifache übertrifft.«

Auch meine große Hochachtung gilt diesem System.

Reise nach Maschhad

Zwei armenische Frauen kommen zu Abbas ins Büro. Er bittet sie, Platz zu nehmen und reicht jeder ein Glas Tee.

»Was kann ich für Sie tun?«, fragt Abbas.

»Wir möchten mit einer Gruppe Frauen nach Maschhad reisen. Dreißig Frauen sind daran interessiert, die Hinfahrt mit der Bahn und zurück mit dem Flugzeug. Wäre das möglich?«

»Aber sicher«, sagt Abbas.

»Wir dachten in der zweiten Septemberwoche für zwei Tage.« Über den Preis wird man sich schnell einig, sie verabschieden sich herzlich und verlassen das Büro.

Abends sagt Abbas zu mir: »Könntest du dir vorstellen, eine armenische Frauengruppe nach Maschhad zu begleiten? Ich habe im Büro viel zu tun.«

»Ja gerne, so komme ich auch einmal in diese Stadt und sehe den heiligen Schrein. Arian nehme ich mit. Bitte erzähle mir mehr über diese Stadt, damit ich den Frauen etwas berichten kann.«

»Nun, Maschhad liegt in der Provinz Chorasan und bedeutet ›Platz des Märtyrertums‹. Sie ist nach Qom der zweitwichtigste Pilgerort der Schiiten mit der Grabmoschee von Imam Reza (8. Imam), dem eine besondere Verehrung zuteilwird. Imam Reza wurde durch einen Vertreter der Kalifen mit Weintrauben vergiftet. Somit wurde er zum Märtyrer der Schiiten. (Bei den Sunniten sind die Kalifen die religiösen Führer.) In Maschhad wird in großen Mengen Safran angebaut, das besondere Gold. Dieses Gewürz mit dem betörenden Duft und der leuchtend orangenen Farbe gibt dem Essen eine besondere Note. Es wird auch gesagt, er habe eine heilende Wirkung.

Vor circa 300 Jahren lebte hier Nader Schah. Das Mausoleum von ihm ist auch sehr bekannt. Er machte Maschhad zu seiner Hauptstadt und zu seiner Basis für seinen Feldzug gegen Indien. Nach der Eroberung von Indien gab er dem dortigen Herrscher zu verstehen, dass er weiter regieren könne, jedoch unter seiner Obrigkeit. Es wird erzählt: ›Zur Besiegelung unserer Freundschaft ist es Sitte, dass die Herrscher ihre Turbane tauschen‹, sagte Nader

Schah. Doch das war eine List. Er hatte erfahren, dass der indische Herrscher den größten Edelstein der Welt in seinen Turban eingebunden hatte. Für den Inder gab es kein Zurück mehr. Das war raffiniert eingefädelt von Nader Schah, ein richtiges Schlitzohr!«

Ich höre Abbas ganz fasziniert zu.

»Die Anekdote über Puria Vali muss ich dir auch noch erzählen!«, fällt Abbas noch ein. »Es sollte ein Wettkampf im Ringen zwischen einem Inder und dem Perser Puria Vali stattfinden. Puria Vali erfuhr, dass die Mutter des Inders im heiligen Schrein um den Sieg ihres Sohnes aus vollem Herze betete. Dies berührte ihn so sehr, dass er den Inder gewinnen ließ. Seither ist Puria Vali ein Symbol der persischen Sportler.«

Ich freue mich auf diese Reise. Früh am Morgen holen wir die Gruppe mit dem Bus vor der armenischen Kirche ab. Im Schritttempo geht die Fahrt durch die überfüllten Straßen in Richtung Süden zum Bahnhof. Die Eisenbahn wurde im Auftrag von Schah Reza dem Großen durch einen deutschen Architekten Ende 1920 errichtet und 1938 in Betrieb genommen. Das Außenministerium und das Polizeipräsidium wurden auch durch deutsche Architekten geplant.

Schah Reza war ein großer Deutschlandfreund. Über dem Bahnhofeingang unter dem Giebel sehe ich noch ein Hakenkreuz. Vor dem Bahnhof steht die Statue von Schah Reza, sitzend auf einem Pferd mit ausgestrecktem Arm, dem bekannten, einstigen deutschen Gruß!

»Er prüft ob es regnet!«, sagen bei Stadtführungen lachend die Reiseleiter zu den Touristen. Wir warten im Bahnhofsgebäude, bis Abbas die vorbestellten Fahrkarten holt. Ich sehe zum ersten Mal das Gebäude von innen. Es hat wirklich Ähnlichkeit mit den deutschen Bahnhöfen.

Unser Zug steht bereits auf dem Bahnsteig. Wir steigen ein und nehmen auf den reservierten Sitzen Platz. Die Sitze aus Holz sind ganz schön hart. Langsam setzt sich der Zug in Bewegung. An das Rattern und Rütteln des Zuges müssen wir uns erst gewöhnen. Trotzdem ist die Stimmung fröhlich, es wird viel geschnattert. Für den Hunger und den Durst hat jede etwas von zu Hause mitgebracht.

Farah Diba ließ schnellere Loks aus Frankreich einführen, deshalb dauert die Reise jetzt nur noch sechs Stunden und nicht wie früher zwölf Stunden. Die Fahrt führt am Rand der Steppenlandschaft und an verschiedenen kleinen Städten vorbei. Ich genieße meine erste Bahnreise durch Persien.

Vorbei geht es an der Stadt Neschapour. Hier ist das Grabmal des berühmten Dichters und Philosophen Omar Chayyām, sein Name bedeutet Zeltmacher. Außerdem werden hier in den Minen wunderschöne Türkise abgebaut. Leider sitzen wir im Zug und können diese Kostbarkeiten nicht besichtigen.

In Maschhad angekommen, erwartet uns schon der Reiseleiter mit einem Bus. Wir fahren zum Hotel Heyd. An der Rezeption nehmen wir Frauen unsere Zimmerschlüssel in

Empfang. Mein Zimmer ist ganz im europäischen Stil ausgestattet. Wie wohltuend, nach dieser doch anstrengenden Reise jetzt unter die Dusche zu gehen.

Anschließend treffen Arian und ich die Frauen zum gemeinsamen Abendessen. Es ist erstaunlich still beim Essen, alle sind müde und auch gespannt auf den nächsten Tag.

In Zeiten großer Feiertage ist die Stadt von Pilgern gefüllt. Viele sind arm und kommen von jenseits der Grenzen, Nomaden aus dem Süden und Bergbewohner aus Afghanistan. Auch wir sind Pilger.

Heute besuchen wir das Heiligtum. Es ist 7.00 Uhr. Wir ziehen uns schnell an. Im Speisesaal beim Frühstück merke ich im Gespräch mit den Frauen, dass auch sie etwas aufgeregt sind. Obwohl sie Perserinnen sind, besuchen sie wahrscheinlich auch zum ersten Mal ein schiitisches Heiligtum.

Ich gehe kurz nach draußen, um zu sehen, ob unser Reiseleiter mit dem Bus schon da ist. Ich gebe ihm ein Zeichen, dass wir kommen.

Als wir uns dem Stadtzentrum nähern, kann der Bus nur noch im Schritttempo fahren. Es gibt beinahe kein Durchkommen. Die Menschen strömen dem Heiligtum zu.

Eine große Mauer umgibt den Innenhof. Der Bus hält vor dem Tor. Eine Menschenschlange wartet davor. ›Hoffentlich passiert nichts‹, denke ich. Sollten alle auf einmal durch das Tor strömen wollen, können Menschen zu Fall kommen und sogar zu Tode getrampelt werden. Doch nichts dergleichen geschieht. Alle gehen ruhig und geordnet durch das Tor.

Wir durchqueren den Innenhof und stehen plötzlich vor dem Mausoleum. Die Wächter an der Tür verteilen Schleier und geben uns zu verstehen, die Schuhe auszuziehen. Ich verstaue sie in meiner Tasche.

Wir treten ein und sehen das Grabmal mit einem hohen Holzgitter umgeben. Perserteppiche bedecken den Boden. Die Menschen umwandern das Grabmal und versuchen immer wieder, das Gitter zu berühren. Durch lautes, inbrünstiges, mit Weinen verbundenem Beten erhoffen sie sich Linderung ihrer Leiden und Schmerzen und die Erfüllung ihrer Wünsche.

Sie sagen: »Ich gehe hier nicht weg, bevor mein Wunsch nicht in Erfüllung gegangen ist.« Sollten ihre Wünsche in Erfüllung gehen, spenden sie zum Dank größere Geldsummen für soziale Einrichtungen wie Heime für Kinder, alte Menschen und Bedürftige. Durch diese Spenden wurde Maschhad zu einer der reichsten Städte Persiens.

Arian an der Hand versuche ich, im Strom mitzugehen. Dabei komme ich ganz schön ins Schwitzen. Noch nie zuvor trug ich einen Schleier. Arian beginnt zu weinen, er hat Angst. Er sieht nur die vielen Füße und die verschleierten Menschen um sich herum. Was mache ich jetzt? Ich erinnere mich, wie meine Schwiegermutter ihre Hände trotz Schleier beim Einkaufen frei hat. Sie klemmt einfach den

Schleier zwischen die Zähne, so kann er nicht vom Kopf rutschen. Das ist die Lösung. Ich nehme Arian auf den Arm, schnell beruhigt er sich und wir gehen weiter.

Ich verliere jegliches Zeitgefühl. Der Raum ist nur gedämpft beleuchtet. Die Luft ist stickig und warm. Ich bin innerlich aufgewühlt und erstaunt über diese große Gläubigkeit der Menschen. Noch nie habe ich etwas Ähnliches erlebt.

Als wir ins Freie treten, sind wir durch die Sonnenstrahlen für kurze Zeit geblendet. Am Ausgang treffen wir die Frauengruppe. Wir geben die Schleier dem Aufseher zurück und ziehen unsere Schuhe an. Im Bus auf der Fahrt zum Flughafen wird nicht viel gesprochen, jede muss das Erlebte erst mal verarbeiten.

Abbas erwartet uns mit einem Bus am Teheraner Flughafen. Vor ihrer Kirche steigen die Frauen aus, bedanken sich ganz herzlich für meine Begleitung und bei Abbas für die gute Organisation.

Das war für mich ein einmaliges Erlebnis.

Sommer und Winter in Persien

Langsamkeit und viel Flüssigkeitszufuhr ist in den heißen Monaten angesagt. Abbas hält es im klimatisierten Büro ganz gut aus. Doch Arian und ich?

»Wo kann ich mit Arian schwimmen gehen?«, frage ich Abbas.

Er überlegt und sagt: „Ich habe gute Kontakte zu den Hotels mit Swimmingpool. Ich werde mich mit ihnen in Verbindung setzen.«

Nach dem Mittagessen bringt uns Abbas zum Hotel International. Was sehe ich da? Im hinteren Teil des Hotels befindet sich ein kleiner Park mit hohen Bäumen, Rosensträuchern, einem gepflegten Rasen und mittendrin einem Swimmingpool. Ich komme mir vor wie im Paradies – mitten in Teheran. Unter meiner Kleidung trage ich meinen Bikini, so ist das Umziehen kein Problem. Umkleidekabinen gibt es keine. Ich breite unsere Handtücher aus. Arian kann es nicht erwarten, ins Wasser zu springen – doch nicht ohne Schwimmflügel. Ich genieße diese wohltuende ruhige, kühle Atmosphäre in vollen Zügen. Viele Hotelgäste verbringen hier ihre Zeit, um der Hitze zu entrinnen.

Noch eine weitere Schwimmmöglichkeit entdecke ich. Nicht weit von unserem Haus befindet sich ein Schwimmbad, genannt »Stadion-e-Farah«, mit einem 50-Meter-Becken, nur für Frauen zugänglich. So mache ich mich mit Arian im Kinderwagen auf den Weg. Es sind ungefähr zehn Minuten zu Fuß. Einige Perserinnen mit Kindern tummeln sich im Wasser. Bäume und Rasen fehlen. Unser Handtuch breite ich auf den Bodenfliesen aus, etwas hart, aber was soll's. Rein ins kühle Wasser! Genüsslich schwimme ich eine Bahn nach der anderen, wunderbar. Es ist sehr angenehm, nur unter Frauen und Kindern zu sein, obwohl wir uns nicht kennen. Keine Männerblicke verfolgen uns. Eines ist sicher: Hier werde ich noch viele Nachmittage verbringen.

Heute fahre ich mit Arian in den »Park-e-Farah«. Diese Anlage ist sehr gepflegt. Hohe Bäume spenden Schatten, Beete mit bunten Blumen sind eine Augenweide. Wie viel Wasser zur Pflege wohl nötig ist? Bänke stehen überall im Park und laden zum Verweilen ein. Die Rutschen sind bei den Kindern besonders beliebt. Die Eltern stehen dabei und schauen vergnügt zu. Ich setze mich auf eine Bank, Arian spielt mit den Kieselsteinchen zu meinen Füßen. Das Klappern meiner Stricknadeln ist das einzige Geräusch, ich genieße diese Ruhe. Ohne Arian würde ich mich nie in einen Park setzen. Belästigungen durch Männer wären vorprogrammiert. Ein Kind bedeutet Schutz vor Anpöbeleien. Einer Mutter mit Kind begegnet man mit Achtung.

Wenn Abbas mit Touristen unterwegs ist, gehe ich manchmal mit Arian ins Restaurant. Auch hier werde ich mit Achtung und Höflichkeit bedient.

Der Freitag ist hier Sonntag. Wir drei fahren zum Internationalen Club, etwas außerhalb von Teheran. Das Gelände ist eingezäunt. Hier treffen wir andere Familien.

Die Frauen kommen aus Deutschland, Österreich und der Schweiz, die Ehemänner sind Perser. Wir suchen einen schattigen Platz und breiten unsere Decke aus. Arian ist kaum noch zu halten, er springt mit seinen Schwimmflügel in den Swimmingpool zu den anderen Kindern. So, jetzt kann ich die anderen mir bekannten Frauen begrüßen. Abbas gesellt sich zu seinen Landsleuten. Die Männer setzen sich zusammen zum Kartenspielen oder »Tachte« (Backgammon). An einem kleinen Imbissstand können wir Getränke kaufen oder auch eine Kleinigkeit zum Essen. So ist die Hitze gut zu ertragen.

Was uns aber allen im Sommer zu schaffen macht, ist die Luft in Teheran, die wie eine schmutzige Glocke von Staub, Ruß und Abgasen über der Stadt hängt. Bald beginnt wieder das Chaos auf den Straßen. Die Perser kehren von den Ferien nach Teheran zurück und in einigen Tagen öffnen auch die Schulen wieder ihre Pforten.

Die Blätter der Bäume in den Parks und entlang den Straßen verfärben sich. Der Herbst kündet sich an. Die Temperaturen sinken und der Schlaf in der Nacht ist wieder tiefer.

Arian erkundet inzwischen auf allen Vieren die Wohnung. Die Küche hat es ihm angetan. Mit Wonne räumt er die Kochtöpfe aus dem Küchenschrank. Mit einem Kochlöffel trommelt er auf die Töpfe und freut sich über den Krach. Blacky verzieht sich ins andere Zimmer, es ist ihr zu laut. Ansonsten sind die beiden ein Herz und eine Seele.

Der Herbst geht langsam in den Winter über. Weihnachten steht vor der Tür. Wie im vergangenen Jahr schmücke

Arian und Blacky.

ich den Baum. Die aus Deutschland mitgebrachten Holzklötzchen sind Arians erstes Weihnachtsgeschenk. Wir sitzen auf dem Boden und bauen Türme, die Arian mit Freude umwirft. An der Hand von Mama oder Papa kann er bereits gehen, ohne Hilfe jedoch noch nicht. Jetzt versuchen wir es einmal. Abbas hält ihn und ich rufe ihm zu: »Komm Arian!« Kaum zu glauben, er wackelt mit zwei Schritten und hoch erhobenen Ärmchen lachend auf mich zu. Das wiederholen wir einige Male, die Entfernung wird immer ein wenig länger. Ja, das ist unser Weihnachtsgeschenk.

Eines Morgens schaue ich aus dem Fenster und alles ist weiß! Es hat geschneit! Schnell wetterfest anziehen und

Arian, Blacky und unser Schneemann.

hinaus auf unsere Terrasse. Mithilfe eines Besens schieben wir den Schnee zusammen, formen zwei große Kugeln und eine kleine, diese bauen wir aufeinander: Unser Schneemann ist fertig. Ein Kochtopf als Hut und eine Karotte bildet die Nase. Der frische Schnee verzaubert die Stadt und ganz besonders die Parks. Bevor der Schnee schmutzig und grau wird, fahren wir in den »Farah-Park« und genießen die weiße Pracht. Schnee in Teheran ist immer wieder eine Besonderheit.

Skiurlaub und Weihnachten in den Bergen

Weihnachten in den Bergen im Schnee muss doch wunderbar sein. Also bucht Abbas kurz entschlossen ein Zimmer im Hotel im Skigebiet Schemschak. Es liegt ungefähr zwei Stunden entfernt nördlich von Teheran in circa 2.000 Meter Höhe. Wir verstauen in unserem Auto das zusammenklappbare Reisekinderbettchen, einen großen Koffer und Weihnachtsgeschenke. Natürlich dürfen meine Skistiefel, meine Skihose (Keilhose genannt) und Anorak nicht fehlen. Die Skier kann ich im Hotel ausleihen. Auf keinen Fall darf Arians grüne Plastikwanne zum Schlittenfahren fehlen. Diese Form von Schlitten ist heutzutage Mode.

Die Fahrt durchs Gebirge ist nicht ungefährlich. An der einen Seite der Straße hohe Felsen und an der anderen Seite tiefe Schluchten. Vor jeder Kurve hupt Abbas kräftig,

Arian und Abbas beim Schlittenfahren.

als Signal für den Gegenverkehr. Oft halte ich den Atem in brenzligen Situationen an.

In Schemschak angekommen liegt eine traumhafte Landschaft vor uns. Die schneebedeckte Skipiste, glitzernder

Schnee, herrlich frische Luft und die Sonne lacht vom blauen Himmel. Direkt am Fuß der Piste liegt unser Hotel. Schnell bringen wir unser Gepäck aufs Zimmer und ziehen unsere Winterkleidung an. Ab gehts in den Schnee. Ich hole mir ein Paar Ski beim Skiverleih. Die Ski geschultert stapfe ich den Berg hinauf. Von einem Skilift keine Spur. Oben außer Atem angekommen, verweile ich einige Zeit und genieße die einmalige Aussicht. Bin ich wirklich in Persien? Nicht nur Wüste und Sonne wie im Allgemeinen vermutet. Im Slalom fahre ich langsam die Piste hinunter. Es ist kein Honigschlecken, sie ist sehr steil, eine wirkliche Herausforderung für mich. So elegant hinabzuwedeln geht bei mir nicht.

Unten angekommen, winken mir Abbas und Arian lachend zu. Sie hatten in der Zwischenzeit ihren Spaß beim Schlittenfahren.

Ab 15.00 Uhr verschwindet die Sonne hinter den Bergen und es wird eiskalt. Die Piste wird dann zur Eisbahn und Skifahren unmöglich. Die Zeit bis dahin sollte man also ausnützen.

Ausgefroren und müde gehen wir auf unser Zimmer. Hier ist es heimelig und mollig warm, eine richtige Weihnachtsstimmung. Die Abende verbringen wir mit Lesen und Spielen. Am 24. Dezember lege ich die mitgebrachten Geschenke auf einen kleinen Tisch. Im Schein einer brennenden Kerze packen wir sie aus. Ich bin rundherum glücklich. Die Piste ist an Werktagen beinahe leer. Ein Genuss zum Skifahren. An den Wochenenden tummeln sich hier viele Perserinnen und Perser im modernsten Outfit. Das Hotel ist komplett ausgebucht.

In Teheran angekommen ist es wie ein Schock – dieser Straßenlärm, dieser Verkehr, diese schlechte Luft nach den ruhigen Tagen in den Bergen.

Sommerferien am Kaspischen Meer

Wasser, Sandstrand, Sonne und eine frische Prise – das ist das Richtige, um der Hitze in Teheran zu entfliehen. Wir buchen in Babolsar in einer Ferienwohnanlage einen Bungalow. Dort angekommen holen wir den Schlüssel für unser Feriendomizil im nahe gelegenen Hotel.

Der Bungalow ist schnell gefunden. Ein geräumiges Zimmer mit drei Betten, einem kleinen Tisch und Stühlen, einer Dusche und WC. Die Bodenfliesen lassen sich leicht reinigen, denn der Sand ist überall gegenwärtig. Jetzt nichts wie ins Wasser. Der Strand liegt nur ein paar Schritte entfernt. Die Sonne brennt auf der Haut, schnell laufen wir ins kühle Salzwasser. Ich liege auf dem Rücken und lasse mich von den Wellen sanft schaukeln. Ich schwimme nur so weit hinaus, wie ich noch auf dem sandigen Untergrund stehen kann. Im Meer zu baden, ist einfach herrlich.

Abbas und Arian bauen am Strand Sandburgen. Kaum ist eine Burg fertig, kommt eine Welle und spült sie wieder weg. Doch die beiden bauen unermüdlich eine neue.

In der Mittagszeit ist der Strand wie leergefegt, es ist einfach zu heiß. Manchmal essen wir im nahegelegenen Hotel zu Mittag. Oder wir lassen uns das Kebab mit verschiedenen Kräutern in Fladenbrot gewickelt in einem kleinen Imbissstand im Ort schmecken. Das persische Getränk »Dugh« – Mineralwasser mit Joghurt gemischt und etwas Salz gewürzt – ist ein echter Durstlöscher. Ein Schälchen mit einem Gemisch aus Joghurt, kleingeschnittenem

Arian hat seinen Spaß am Strand.

Knoblauch, Kräutern, Gurken und Walnüssen ist ein erfrischender Genuss.

Am Abend, wenn es etwas abgekühlt hat, schlendern wir durch die Felder und Laubwälder. In dieser Gegend regnet es oft, sodass eine vielseitige Vegetation gedeihen kann. Reis, Tee, Zitrusfrüchte und Baumwolle werden auf großen Flächen angebaut.

Die Frauen gehen hier unverschleiert durch die Straßen. Ihre Kleidung ist farbenfroh, manchmal tragen sie auch traditionelle Trachten. Auf den Feldern arbeiten sie viel in gebückter Haltung beim Reispflanzen oder Ernten. Die Männer scheinen etwas arbeitsscheu und sitzen lieber im Teehaus. Es wird gesagt, hier haben die Frauen die Hosen an.

Die Tage fliegen nur so dahin. Erschöpft nach der Fahrt kommen wir zu Hause an. Teheran hat uns wieder mit allem, was dazu gehört.

Mein Alltag

Nach den Ferien spüre ich eine deutliche Überforderung im Alltag. Wie kann ich mir Luft verschaffen?

Da ist Blacky, unsere Hündin, die viel mehr Auslauf bräuchte. Das Hinausfahren ins Gelände am Wochenende wird immer seltener. Mir tut das Tier leid. Abbas arbeitet jetzt auch oft noch am Sonntag. Ich muss eine Lösung finden. Eva, eine Freundin, lebt mit ihrer Familie in Gorgan am Kaspischen Meer. Kurzentschlossen rufe ich sie nun an.

»Hallo Eva! Wie geht es euch? Du, ich habe ein Anliegen. Könntet ihr Blacky zu euch nehmen? Euer großer Garten wäre ideal für Blacky. Mir wird hier alles zu viel.«

»Gisela, kein Problem, beim nächsten Besuch in Teheran nehmen wir Blacky mit. Mein Mann liebt Hunde, wie du weißt.«

Bald darauf besuchen sie uns. Sie kennen Blacky noch aus ihrer Teheraner Zeit. So sind sie für sie nicht total fremd. Den Tränen nahe, sehe ich Blacky in ihr Auto steigen. Ich habe ein schlechtes Gewissen, sie so einfach abzuschieben.

Was habe ich doch alles mit ihr erlebt, dieser treuen Seele! Doch ich weiß, dass sie bei Eva in guten Händen ist. Das beruhigt mich. Später telefoniere ich oft mit Eva und erfahre dabei, dass sie ein Junges geboren hat. Die Landluft hat ihr demnach gut getan.

Abbas stelle ich vor vollendete Tatsachen. Als er abends nach Hause kommt und nach Blacky fragt, erkläre ich ihm den Grund meiner Entscheidung. Ich erwarte eine unfreundliche Reaktion, doch dem ist nicht so. Er überlegt kurz und findet mein eigenmächtiges Handeln in Ordnung. Bin ich erleichtert.

Zwei Seelen in einer Brust? – 1974

Sie werden sich beim Lesen fragen, was diese Überschrift zu bedeuten hat.

Ja, es gibt Zeiten, in denen mir manchmal schwere Gedanken durch den Kopf gehen. Ist es zu verantworten, ein Kind in die Welt zu setzen, dessen Eltern aus zwei ganz verschiedenen Ländern und Kulturen kommen? Wo wird es sich zu Hause fühlen? Wo ist seine Seele beheimatet?

Wir als Eltern haben dieses Problem nicht. Wir sind jeweils in einer Kultur groß geworden. Wir haben uns bewusst für diese Ehe entschieden. Doch was ist mit den Kindern, die mit zwei Sprachen groß werden – der Muttersprache und Vatersprache? Bei unserer Hochzeit habe ich mir keine Gedanken darüber gemacht. Jetzt frage ich mich manchmal, ob sich Arian später eher als Perser oder als Deutscher fühlen wird und ob sein Aufwachsen in zwei Kulturen für ihn eines Tages zu einem Problem werden wird.

Wir sind wieder für zwei Sommermonate in Deutschland. Wie jedes Jahr fahre ich allein nach Coburg zur Fortbildung – dieses Mal mit der Bahn.
Im Abteil sitzt eine etwas mollige Dame im mittleren Alter. Sie grüßt freundlich und wir kommen sehr schnell ins Gespräch. Ich erzähle ihr von meinem Leben in Persien und schildere ihr meine Bedenken. Sie hört mir aufmerksam zu.

Nach einer kurzen Pause beginnt sie, von ihrem Leben zu erzählen.

»Auch ich bin ein Kind aus zwei verschiedenen Kulturen. Meine Mutter ist Deutsche und mein Vater Italiener. Sie hatten es damals in den 50er-Jahren sehr schwer. Es war verpönt, einen Ausländer zu heiraten, doch wo die Liebe hinfällt, ist kein Kraut dagegen gewachsen. Sehen Sie es positiv. Wir Mischkinder sind reich beschenkt. Ich liebe Deutschland, mein Mutterland, und genauso mein Vaterland Italien. Die Ordnung und Pünktlichkeit und vieles mehr schätze ich in Deutschland sehr. In Italien genieße ich die Leichtigkeit des Lebensstils und den Frohsinn der Menschen.

Ich fühle mich in beiden Ländern zu Hause und spreche beide Sprachen. Es gibt in mir keinen Zwiespalt. Seien Sie unbesorgt. Ihr Sohn wird in dieses Leben hineinwachsen und seinen Weg gehen.

Wir sind sozusagen Weltkinder. Die Welt rückt immer näher zusammen und die Menschen vermischen sich. Also, seien Sie frohgemut und stolz auf Ihren prachtvollen Jungen!«

Am liebsten würde ich diese Dame umarmen. Ich spüre, sie versteht mich. Ich fühle mich leichter und unbesorgter nach diesem Gespräch.

Ach du meine Güte, ich hätte schon aussteigen müssen, bin an Coburg vorbeigefahren. Doch das Gespräch hat mich so gefesselt. Ich verabschiede mich ganz herzlich von ihr. Sie ist mir in der kurzen Zeit so vertraut geworden. Beim nächsten Halt steige ich aus und fahre wieder zurück bis Coburg. Noch heute denke ich manchmal mit Dankbarkeit an diese Dame.

Besuch meiner Eltern 1975

Ich kann es kaum glauben: Meine Eltern haben beschlossen, von 8. Mai bis zum 1. Juni 1975 zu uns zu kommen. Ihre dritte Reise hierher, zu einer wunderschönen Jahreszeit mit angenehmer Temperatur von circa 20 Grad.

Am Tag der Ankunft fahren wir drei zum Flughafen. Besuch vom Flughafen abzuholen, ist immer aufregend, diesmal ganz besonders für Arian. Meine Eltern kommen problemlos durch den Zoll und die Passkontrolle. Freudestrahlend umarmen wir uns.

Vieles ist ihnen schon vertraut, auch unsere Wohnung. Am nächsten Morgen beim Frühstück beschließen wir, in die Berge zu fahren, nach Schemschak. Ich kenne dieses Gebiet nur vom Winter und von Ausflügen. Ich bin gespannt, wie es zu dieser Jahreszeit dort ist.

Abbas fährt hoch konzentriert auf der kurvenreichen Straße, die durch die Berge nach Norden führt. Vor jeder Biegung hupt er laut zur Information für den Gegenverkehr. Tiefe Schluchten säumen die eine Straßenseite und wuchtige Felsen ragen auf der anderen Seite empor.

Kommt ein Auto entgegen, bedeutet das, ganz langsam aneinander vorbeizufahren. Je näher wir Schemschak kommen, desto grüner sind die Hügel und viele Blumen leuchten in verschiedenen Farben.

Diese herrliche Vegetation haben wir nicht erwartet. Kleine, steinige Trampelpfade zeigen, dass hier auch Wandern möglich ist. Unsere sommerlichen Schuhe sind aber nur für kleine Spaziergänge geeignet. Nach einem guten

Mit Mama, Abbas und Arian in Schemschak.

persischen Mittagessen im Hotel fahren wir zurück nach Teheran.

Das nächste Reiseziel ist Isfahan. Abbas erzählt meinen Eltern vor Antritt unserer Flugreise nach Isfahan einiges über diese Stadt. »Sie hieß in der Antike Espandana und ist eine Oasenstadt. In ihrer Umgebung wird Baumwolle, Getreide und Tabak angebaut. Die Isfahaner sind sehr geschäftstüchtig. Weltweit bekannt sind die Isfahaner Perserteppiche. Feiner Silberschmuck wird mit großer Fingerfertigkeit in den Juwelierwerkstätten hergestellt. Herrliche Stoffe mit verschiedenen Ornamenten in bunten Farben bedruckt, sind ebenfalls sehr bekannt.

Isfahan wurde von Schah Abbas I. entworfen. Ihre Größe ist vergleichbar mit London. Als Abbas Isfahan im Jahr 1598 zur Hauptstadt erkor, gab es dort nicht mehr als eine verödete Siedlung. Er ließ die besten persischen Kalligrafen, Architekten, Handwerker und Wissenschaftler kommen, dazu warb er in der ganzen Welt um Künstler. Aus Indien und China brachten sie Kobalt- und Indigofarben mit, die sie nach einem geheimen Verfahren brannten, um das Blau der Fayencen und Mosaike zu erschaffen. An die Palastwände malten die Italiener Frauen der Renaissance mit Medici-Kragen, die Chinesen anmutige Tänzerinnen mit schrägen Augen.

Im neuen Stadtzentrum, das der Schah geschaffen hat, ist einer der größten Plätze der Welt zu finden: »Naksch-e Dschahan«. Der Platz sollte Weltliches und Geistliches verbinden, Macht und Kultur, Religion und Handel; er war Marktplatz, Hinrichtungsstätte, Festplatz, Paradefeld, nicht zuletzt Austragungsort der Polospiele, die der Schah so liebte. (...) Er ließ 30.000 armenische Kaufleute aus Dschulfa deportieren, damit sie in Isfahan ihre Netzwerke von China bis Europa spannten. So wurde die Stadt für einige Jahrzehnte zum Zentrum des Welthandels.(...) Aber die Glanzzeit endete so jäh, wie sie begonnen hatte. Als der Schah nach über 30 Jahren Regentschaft im Jahr 1629 starb, begann der Niedergang Isfahans, dahingerafft von Dekadenz und Unfähigkeit seiner Nachfolger.«

Heute erstrahlt sie wieder in ihrem alten Glanz. Isfahan fasziniert mich immer wieder aufs Neue. Die Begeisterung der Touristen ist verständlich.

Vom Isfahaner Flughafen fahren wir mit dem Taxi in die Innenstadt. Die Sehenswürdigkeiten zu Fuß zu erkunden, ist für meine Eltern zu anstrengend. Wir mieten deshalb eine schwarzlackierte Droschke. Sie wird von zwei weißen Pferden gezogen, auf dem Bock sitzt der Kutscher. Arian will unbedingt beim Kutscher sitzen, doch das ist zu gefährlich. Zwei Tritte steigen wir hoch und setzen uns auf rote, gepolsterte Sitze. Das Verdeck ist nach hinten geklappt. Langsam setzen sich die Pferde in Bewegung.

Abbas gibt dem Kutscher Anweisungen, wohin es gehen soll. Als Erstes besuchen wir das Hotel »Schah Abbas«, benannt nach Schah Abbas I., der 1598 Isfahan zu großer Berühmtheit gebracht hat.

Wir betreten die große Empfangshalle, ausgelegt mit prächtigen Perserteppichen. Eine breite Treppe mit holzgeschnitztem Geländer führt in die oberen Etagen zu den Zimmern, die zum Innenhof ausgerichtet sind. Wir durchqueren die Halle und kommen in einen großen, runden Innenhof. Welch eine Überraschung!

In Isfahan mit Papa und Arian.

Viele Rosensträucher blühen in allen Farben und mittendrin prangt ein großer Teich. Die mit Kieselsteinen bedeckten Wege werden von hohen Bäumen gesäumt.

Abbas erzählt: »An manchen Tagen ist ein Märchenerzähler da, doch leider heute nicht. Er sitzt dann im Schneidersitz auf einem Kissen in einer mit bunten Mosaiken bestückten Steinnische und erzählt persische Märchen. Die meisten Gäste können ihn vermutlich nicht verstehen, doch diese besondere, romantische Atmosphäre genießen sie alle.«

Wir steigen wieder in unsere Droschke und fahren weiter zum »Schah-Platz«. Dieser wurde von der UNESCO zum Weltkulturerbe erklärt. Hier sind im 16. Jahrhundert Pferde-Polo-Spiele ausgetragen worden. Dieses Spiel stammt aus Persien, wurde später von persischen Königen nach Indien exportiert und dann in der Kolonialzeit von England übernommen.

Die »Schah-Moschee« aus dem 17. Jahrhundert ist eine besondere Augenweide. Sie erstrahlt in vollem Glanz mit ihren farbenprächtigen blauen und türkisfarbenen Kacheln. Ein weiteres herausragendes Beispiel persischer Architektur sind die »Frauen-Moschee«, der Palast »Ali Kapu«, der »Palast der 40 Säulen« und die »Medresse Madar-e-Schah«, die 1710 als Derwisch-Schule errichtet wurde.

Das berühmte »Hamam« (Bad aus dem 16. Jahrhundert), das, so wird berichtet, nur durch eine Kerze beheizt wird. Eine Wunderkerze, die nie erlischt! Wie ist das möglich? Ach, im Land von 1001 Nacht ist doch alles möglich. Abbas erzählt mir später, dass diese Kerze möglicherweise Kontakt zu unterirdischem Gas hat und sich aus dieser Quelle speist.

Eine weitere Attraktion ist das »Schüttelminarett«. Ein etwa haushoher Turm wird durch den Wächter mit einer heftigen Umarmung tatsächlich in leichte Bewegung gesetzt. Wie kann das nur sein? Ein Konstruktionsfehler, eine optische Täuschung, noch ein Geheimnis?

Zum Abschluss bummeln wir noch durch den Bazar. Ich liebe die Bazare. Meine Eltern staunen, was es hier alles zu kaufen gibt: die farbenprächtigen Stoffe; die Gewürze mit ihrem betörenden Duft; die Juweliere, die uns bitten einzutreten, um ihren Schmuck zu bewundern und natürlich auch zu kaufen.

Telefonisch meldeten wir unseren Besuch bei Familie Kahla an. Jetzt freuen wir uns über Kaffee und Kuchen. Seit einigen Jahren leiten sie, als deutsches Pfarrerehepaar, das »Christoffel-Blindenheim«. Wir nehmen ein Taxi. Als wir dort ankommen, sind wir überrascht: Das Heim ist wie eine Festung, mit einer hohen Mauer umgeben. Wir klingeln und warten. Das Tor wird geöffnet.

Herr und Frau Kahla mit ihren zwei kleinen Töchtern, vier und fünf Jahre alt, begrüßen uns auf das Herzlichste. Frau Kahla kommt auch aus Schwäbisch Hall, von ihren Eltern hatten wir erfahren, dass ihre Tochter mit Familie in Isfahan lebt.bWir nehmen am hübsch gedeckten

Kaffeetisch Platz. Ich bin neugierig, was sie über ihr Leben in Persien erzählen.

»Anfang 1970 begann unsere Arbeit hier. Ich wurde Leiter der Christoffel-Blindenorganisation – Pfarrer, Missionar und Seelsorger in diesem Blindenheim. Der Anfang hier war sehr schwer. Wir kannten Persien überhaupt nicht. In den vergangenen Jahren haben wir aber dieses Land schätzen und lieben gelernt. Meine Frau ist das Herz unserer Missionsschule. Sie hat für jeden ein offenes Ohr, versorgt unseren Haushalt, kümmert sich um die Erziehung unserer beiden Töchter und der Heimkinder. Bei uns ist jedermann herzlich willkommen.«

»Es ist bestimmt nicht einfach, die Familien der blinden moslemischen Kinder und Jugendlichen zu überzeugen, dass sie bei Ihnen, in einem christlichen Heim, eine Chance haben etwas zu lernen und in einer Gemeinschaft mit anderen zu leben, oder?«

»Ich reise, oft mit dem Auto in Begleitung eines Studenten durch Persien. Er ist mir eine große Hilfe, da ich die persische Sprache noch nicht so gut beherrsche. Wir besuchen Dörfer, um Blinde zu finden. Nicht selten heißt es, dass es keine Blinden geben würde. Sie werden von ihren Familien versteckt, weil diese sich schämen. Ich versuche, ihnen zu erklären, dass ihre Kinder bei uns im Heim die Schule besuchen, arbeiten und leben können. Das Reden mit den Eltern erfordert viel Geduld, Zeit und Einfühlungsvermögen. Nicht selten werden diese Besuche durch die Behörden erschwert. Ohne Genehmigung geht nichts. Wissen Sie, ich bin ein unerschrockener, optimistischer,

*Abbas' Eltern und meine Eltern –
meine Eltern sind kurz vor ihrer Abreise nach Deutschland.*

gläubiger Mensch. Mich bringt nichts so schnell aus der Fassung!« Anschließend gehen wir durch das Heim.

»Sehen Sie, hier sind die Werkstätten, wo Besen und Bürsten hergestellt werden. Hier sind die Unterrichts- und Schlafräume. Die Kinder, Jugendlichen und auch einige Erwachsene finden bei uns eine Bleibe. Wir leben alle zusammen wie in einer Großfamilie. Meine Frau und ich lieben diese Menschen und freuen uns über jeden kleinen Fortschritt, den sie machen!«

»Es ist leider Zeit, wir müssen zum Flughafen. Können Sie uns bitte ein Taxi rufen? Ganz herzlichen Dank für Ihre Gastfreundschaft und weiterhin alles Gute!«

Eine letzte Umarmung und wir steigen ins Taxi. Die restliche Zeit mit meinen Eltern vergeht wie im Flug. Am Abend vor ihrer Abreise kommen auch Abbas' Eltern. Wir sitzen auf unserer Terrasse in fröhlicher Runde um den Tisch bei einem guten Essen. Mein Persisch hat sich inzwischen sehr verbessert und ich kann beim Übersetzen helfen.

Arians Kindergartenzeit

Die Zeit eilt dahin. Seit einem Jahr geht Arian nun schon in den Kindergarten von Maria Haschtrudian. Maria, gebürtige Stuttgarterin und ausgebildete Sonderschullehrerin, gründete 1973 den Kindergarten in Amir Abad in Teheran.

Diese Selbstständigkeit war möglich, da sie durch die Heirat die persische Staatsbürgerschaft erhielt. Sie reichte ihren Antrag und ihre Unterlagen beim Erziehungsministerium ein. Nach eingehender Prüfung erhielt sie die Genehmigung. Ein geeignetes Gebäude zu finden, war nicht einfach.

Schließlich fand sich ein leerstehendes Haus inmitten eines weitläufigen Gartens, von einer Mauer umgeben. Es entsprach ihren Vorstellungen, sie mietete es. Drei große Räume, eine Diele, Toilette und Küche wurden zum Kindergarten. Die Wände wurden gestrichen, Tische, Stühle und ein paar Schränke gekauft. Alles etwas spartanisch, doch mit Liebe hergerichtet.

Drei deutsche Erzieherinnen betreuen die Kinder im Alter von drei bis sechs Jahren. Die Umgangssprache ist Deutsch. Die persische Sprache ist überall gegenwärtig, auf der Straße, bei Besuchen der Verwandtschaft und beim Spielen mit den Kindern in der Nachbarschaft.

Arian, jetzt 4 Jahre alt, freut sich jeden Morgen auf den Kindergarten. So gegen 9.00 Uhr bringe ich ihn hin und hole ihn um 12.00 Uhr wieder ab. Viel Zeit verbringe ich mit dem Hin- und Herfahren in dieser Millionenstadt. Eine Besonderheit ist, dass Marias Kindergarten auch in den Sommerferien geöffnet hat. Unter uns deutschsprechenden Müttern entwickelt sich eine feste Freundschaft.

Die gemeinsamen Feste sind wunderbar. An Fasching dekorieren wir mit Girlanden und Luftballons die Räume. Im Garten wird ein Tisch gedeckt, der Duft der mitbrachten

Kuchen und des Kaffees liegt in der Luft. Die Sonne scheint angenehm warm, ein Tag wie im Bilderbuch. Ich lege eine Kassette mit Tanzmusik in den Rekorder. Eva und mich juckt es in den Beinen, nichts hält uns mehr auf den Stühlen, wir tanzen einen flotten Boogie-Woogie. Die anderen klatschen und lachen. Die Kinder toben durch den Garten. Wir haben hier ein kleines Paradies. Auch Ostern und Weihnachten feiern wir gemeinsam.

In einem fremden Land werden die eigenen Feste sehr wichtig. Ich empfinde sie hier viel intensiver als in Deutschland.

Tolle Zeiten mit Eva.

Für die Seele ist es wichtig, die eigene Kultur zu pflegen, ohne sich für das Neue, Fremde, Andere zu verschließen.

Diese Freiheit, unsere Feste feiern zu können, ist ein großes Geschenk. Keine Behörde oder Polizei kontrolliert uns. Alle Religionen – Christen, Moslems, Griechisch-Orthodoxe und Juden – leben friedlich miteinander und nebeneinander.

Gemeinsames Feiern im Kindergarten.

Hamadan

Hamadan ist eine der ältesten Städte Persiens. Sie liegt zu Füßen des Zagros-Gebirges, 1.800 Meter über dem Meeresspiegel, 300 Kilometer westlich von Teheran. Ungefähr sieben Monate im Jahr liegt auf den Bergen Schnee.

Hier verehren Juden das Grabmal der Königin Ester und ihres Verwandten Mordechais. Wie es auch im biblischen Buch Ester nachzulesen ist, war die Jüdin Ester Gemahlin des persischen Herrschers Xerxes 1. Haman, seinem obersten Beamten, waren die Juden und ganz besonders Mordechai ein Dorn im Auge. Durch eine Intrige bekam Haman die Genehmigung, alle Juden Persiens an einem bestimmten Tag umbringen zu dürfen. Ester konnte das Komplott aufdecken und den König umstimmen und Haman wurde gehängt. Zur Erinnerung daran feiern die Juden bis heute das Purimfest.

Der berühmte Arzt und Philosoph Avicenna ist hier begraben. Maßgeblich wurde durch ihn insbesondere die Entwicklung der modernen Medizin geprägt. Seine Bücher waren im 17. Jahrhundert an den Universitäten weltweit als Lehrbücher von großer Bedeutung. Es wird folgende Anekdote über ihn erzählt: Viele Menschen, die Probleme mit den Gelenken, zum Beispiel den Knien oder Hüften hatten, suchten bei ihm Hilfe und Heilung. Seine Methode der Chiropraktik war alles andere als sanft. Er ließ ein Pferd längere Zeit rennen, um es durstig zu machen. Anschließend setzte er den Patienten ohne Sattel auf das Pferd und band die Füße unter dem Bauch des Pferdes zusammen. Nun tränkte er das Pferd. Es atmete und schnaubte tief – und durch die Bauchbewegungen kamen die Gelenke des Patienten wieder in die richtige Position!

Arian und Hamid

Wir wohnen in einer Sackgasse, für Arian und die Nachbarsjungen ist das ideal zum Fußball- und Versteckspielen. Der gleichaltrige Hamid aus dem Haus gegenüber ist Arians Spielkamerad. Er ist ein aufgeweckter, netter Junge. Ich schaue öfters aus dem Fenster, um sicher zu sein, dass sie auch wirklich vor dem Haus spielen. Doch dann sind sie plötzlich nicht mehr zu sehen.

Besorgt eile ich die Treppen hinunter, vor dem Haus rufe ich nach ihnen, doch keine Antwort. Wo sind sie nur? Außer mir vor Angst renne ich zur Hauptstraße vor, wo reger Verkehr herrscht. Weit und breit weder Arian noch Hamid zu sehen. Mir schlägt das Herz bis zum Hals. Die Verkäufer in den kleinen Geschäften frage ich nach den beiden. Doch als Antwort ernte ich nur ein Kopfschütteln.

Plötzlich sehe ich sie auf der gegenüberliegenden Straßenseite. Mir fällt ein Stein vom Herzen. Ich schlängle mich zwischen den Autos hindurch auf die andere Straßenseite zu Arian und Hamid und schimpfe sie kräftig aus.

Beide an die Hand nehmend, überqueren wir die Straße und gehen nach Hause.

»Wo seid ihr gewesen?«

»Wir wollten doch nur die Feuerwehrstation besuchen!«

»In Zukunft kommt so etwas nicht mehr vor. Ist das klar?«

Sie nicken beide schuldbewusst mit dem Kopf.

Begebenheiten im Jahr 1976

Abbas Schwester Farideh, 19, und Hossein, 21, möchten heiraten. Sie kennen sich von klein auf. Beide Familien wohnten in derselben Gasse und kennen sich gut. Es ist keine von den Eltern arrangierte Hochzeit, es ist eine Liebesheirat. Aus elterlicher Sicht steht der Ehe nichts mehr im Weg. Die Vorbereitungen sind in vollem Gange.

Hübsch gekleidet fahren wir am Hochzeitstag zu Abbas' Eltern. Die Trauung findet im Wohnzimmer im Familienkreis statt. Die Stühle sind im großen Kreis angeordnet. In der Mitte stehen die beiden Stühle für das Brautpaar. Farideh und Hossein nehmen Platz.

Da erscheint auch schon der geistliche Würdenträger mit Turban und weitem, schwarzem Umhang. Farideh sieht in ihrem langen, weißen Kleid und dem Schleier auf den wunderschönen, langen, braunen, lockigen Haaren bezaubernd aus. Hossein, ein stattlicher junger Mann im maßgeschneiderten Anzug, passt gut zu ihr. Ein schönes Paar. Die Heirat wird mit ihrer Unterschrift besiegelt.

Jetzt kann gefeiert werden. Schon vor längerer Zeit reservierten sie einen Saal in Teheran. Ich bin gespannt. So eine Feierlichkeit habe ich bisher noch nicht erlebt. Wir betreten den festlich geschmückten Saal. Eine lange Tafel mit persischen Köstlichkeiten ist schon gedeckt. Geschenke mit vielen guten Wünschen werden überreicht. Dann wird das Büffet eröffnet. Musik und Tanz dürfen bei einer persischen Hochzeit nicht fehlen. Ich als leidenschaftliche Tänzerin freue mich auf den Abend.

Jetzt erklingen die ersten Töne der Tanzmusik. Ich kann kaum stillsitzen bei dieser Musik. Abbas sagt zu mir, ich solle nicht tanzen.

»Du als Ausländerin, mit deinen blonden Haaren fällst sowieso auf. Ich finde es nicht gut, wenn dich dann die Männer begaffen«, meint er.

Ich bin sprachlos, das kann doch nicht wahr sein! Den ganzen Abend soll ich auf meinem Stuhl sitzen bleiben und den Tanzenden nur zuschauen? Innerlich koche ich, füge mich jedoch. Ich kann doch hier keinen Krach heraufbeschwören. Meine Stimmung sinkt auf null. Abbas' Kusine fordert ihn nun zum Tanzen auf. Ihr kann er ja schlecht einen Korb geben. Ich schaue den beiden neidisch nach.

Plötzlich steht Abbas' Bruder vor mir und fordert mich zum Tanzen auf. Was soll ich tun? Jetzt sitze ich in einer

Zwickmühle. Doch Davud lässt nicht locker. Er kennt meine Situation nicht und außerdem ist er ja Abbas' Bruder. Also nicht irgendein Mann. Kurz entschlossen stehe ich auf und folge Davud auf die Tanzfläche. Im Gewühle begafft mich niemand. Die persische Tanzweise beherrsche ich schon ganz gut, sie bereitet mir unglaublich viel Freude. Ich staune über die Beweglichkeit der persischen Männer beim Tanzen. Sie lassen ihre Arme tanzen, die Beine folgen dem Takt der Musik – und dieser Hüftschwung erst! In der Mimik ihrer Gesichter ist ein charmantes, unverbindliches Flirten.

Als Abbas mich unter den Tanzenden entdeckt, lächelt er mir zu. Der Bann ist gebrochen. Der nächste Tanz gehört uns.

Das persische Schulsystem

Auf Spaziergängen in den Parks sehe ich oft Schüler und Studenten mit einem Buch in der Hand. Sie gehen langsam die Wege entlang, und ich höre sie vor sich hinreden. Sie studieren die Bücher und lernen auswendig. Das Auswendiglernen steht in den persischen Schulen im Mittelpunkt.

Weniger das Hinterfragen und diskutieren. So lernen sie die Formeln in Chemie, Physik und Mathematik auswendig – ebenso wie die Suren im Koran, die in Arabisch geschrieben sind.

In den Großstädten wie Teheran, Isfahan, Schiras und Arak besuchen Jungen und Mädchen gemeinsam die Klassen eins bis sechs. Schuluniform ist Pflicht, dadurch ist der soziale Unterschied nicht so sichtbar. Für den Religionsunterricht in den Großstädten steht eine Stunde in der Woche auf dem Stundenplan zur Verfügung.

Der Unterricht in den Schulen in der Nähe von Wallfahrsorten wie Maschhad oder Qom aber ist religiöser geprägt. Die Mädchen müssen ein Kopftuch tragen und werden getrennt von den Jungen unterrichtet.

Die Grundschule umfasst sechs Klassen. Die Mittlere Reife wird nach weiteren drei Jahren abgeschlossen. Es folgen noch drei Jahre bis zum Abitur. Das letzte Abiturjahr kann entweder in Naturwissenschaft oder Literatur oder Mathematik abgeschlossen werden. Für die Mädchen ist auch der Abschluss in Hauswirtschaft möglich. Gewertet wird nach einem Punktesystem von eins bis 20.

Arians Einschulung

Im September 1977 ist es so weit: Die Einschulung von Arian steht bevor. Doch welche Schule ist die richtige für ihn?

Im vergangenen Jahr hatte eine Initiative mehrerer deutsch und persisch sprechender Eltern Erfolg. Nach vielen Verhandlungen mit dem Kultusministerium erhielten sie die Genehmigung zur Gründung einer Schule für

Deutsch und Persisch sprechende Kinder. Eine große, zentrale Schule, für die circa 500 Kinder war in dieser Millionenstadt weniger geeignet. Man entschied sich für drei kleinere Schulen an verschiedenen Standorten in Teheran.

Die Leitung werden ein persischer Rektor beziehungsweise eine Rektorin und eine deutsche Führungskraft gemeinsam übernehmen.

Arian und seine Klassenkameraden bei der Einschulung.

Eine dieser kleineren Schulen in unserer Gegend kann Arian besuchen. Viele seiner Kindergartenfreunde werden auch hier eingeschult. Alle Fächer werden in persischer Sprache unterrichtet. Deutsch und Mathematik zusätzlich auch in deutscher Sprache. Religionsunterricht steht ebenfalls auf dem Stundenplan. In der ersten Klasse besuchen alle Schüler den islamischen Unterricht, genannt »Dini«. Ab der zweiten Klasse ist ebenso christlicher Religionsunterricht möglich, wenn der Vater sein Einverständnis gibt.

Heute ist Arians Einschulungstag. Die Schultüten bastelten wir Mütter im Kindergarten und füllten sie mit Malstiften und Süßigkeiten. Voll Stolz und Vorfreude hält Arian seine Schultüte fest im Arm. Nach kurzer Fahrt erreichen wir die Schule. Am Eingangstor empfängt uns die persische Rektorin. Eine modern gekleidete Frau, schick frisiert und dezent geschminkt. Sie wirkt etwas streng, jedoch nicht unfreundlich. Wir betreten den Innenhof. Vor uns liegt ein zweistöckiges Gebäude, das früher sicher als Wohnhaus diente. Die Kinder finden sich schnell zusammen.

Wir begrüßen die Bekannten und sind gespannt, was jetzt kommt. Die Rektorin tritt in die Mitte des Innenhofes und hält eine Begrüßungsrede. Sie stellt die persischen und deutschen Lehrkräfte einzeln vor. So erfahren wir, welcher Lehrer beziehungsweise Lehrerin welches Fach unterrichtet. Jeden Morgen vor Schulbeginn werden die Schüler und Schülerinnen klassenweise in Reihen hintereinander der Nationalhymne lauschen, die aus einem Lautsprecher ertönt. Erst dann dürfen sie in die Klassenräume abtreten.

Nasem, die Aufsichtsperson mit einem kleinen Lineal in der Hand, sorgt für Ordnung in den Klassenzimmern und in der Pause auf dem Schulhof. Das Lineal dient ab und zu für einen kleinen Stups bei Ungehorsam. Mir ist wehmütig zumute, Arian in fremder Umgebung zurückzulassen. Ein neuer Lebensabschnitt beginnt für Arian, Abbas und mich.

Jeden Morgen bringe ich Arian mit dem Auto zur Schule und hole ihn um die Mittagszeit wieder ab. Für mich beginnt auch wieder eine Schulzeit. Ich spreche schon ganz gut Persisch, doch das Schreiben lerne ich nun von und mit Arian.

Wir sitzen gemeinsam am Tisch. Arian liest mir das in der Schule Gelernte aus seinem Lesebuch vor. Am Anfang nur einige Buchstaben, die dann zu Wörtern zusammengefügt werden. So lerne ich, Buchstaben und einfache Sätze zu lesen und zu schreiben. Die persische Schrift ist wie Malen von rechts nach links. Ich liebe diese Schrift. Unsere Fortschritte sind langsam. Doch nach einiger Zeit kann ich Arian kurze Diktate geben. Abends zeigen wir Abbas ganz stolz unsere Schreibkunst. Er freut sich über unsere Erfolge.

Arian besucht bereits einige Wochen die Schule, als er an einem Abend zu mir sagt: »Mama, morgen schreiben wir ein Diktat und wenn ich Fehler mache, schimpft die Lehrerin immer! Ich gehe morgen nicht in die Schule!«

Ich beruhige ihn und verspreche ihm, mit der Lehrerin zu sprechen. Am Morgen vor der Schule weigert er sich, aus dem Auto auszusteigen.

Die Rektorin am Eingangstor begrüßt uns freundlich und fragt: »Arian, was ist los? Warum willst du nicht in die Schule?«

»Wir schreiben heute ein Diktat und davor habe ich Angst!«

„Komm, Arian, du brauchst keine Angst zu haben. Ich werde dafür sorgen, dass ihr heute kein Diktat schreibt!«

Freudestrahlend geht er mit der Rektorin in die Schule. Als ich ihn am darauffolgenden Tag abhole, zeigt er mir glücklich sein Heft mit der Note 18, das entspricht einer Zwei im deutschen Schulsystem. Das Diktat wurde ohne vorherige Ansage geschrieben, was diese gute Note zur Folge hatte.

Sportunterricht

Ob ich wohl Sport an Arians Schule unterrichten könnte? Ich überlege nicht lange und bitte um ein Gespräch mit der Rektorin. Sie ist begeistert über meinen Vorschlag.

»Wir müssen jetzt nur noch eine passende Halle finden. Der Schulbus kann dann die Kinder dort hinbringen«, sagt sie zu mir.

Es dauert nicht lange und eine Halle ist gefunden. Die Kinder können es kaum erwarten. Ganz aufgeregt steigen wir in den Schulbus und sind gespannt, wo er uns hinbringt. Vor einem wenig einladenden Gebäude hält er an. Wir steigen aus und betreten einen Raum, der eher nach einer Lagerhalle als nach einer Turnhalle aussieht. Die Wände sind kahl, zwei kleine Fenster lassen wenig Tageslicht herein, der Boden wirkt kalt und hart und die Neonbeleuchtung lässt den Raum auch nicht wärmer erscheinen.

Ich bin etwas geschockt. An Geräten sind nur ein kleines Trampolin, zwei dicke, blaue Bodenmatten und ein Barren vorhanden. ›Ist das alles?‹, frage ich mich. Ja, jetzt heißt es,

Im Sportunterricht haben wir alle großen Spaß.

mit viel Fantasie die Sportstunden gestalten. Wir üben die Rolle vorwärts und rückwärts, den Kopfstand und den Handstand. Der Barren eignet sich für Klimmzüge. Ganz besonders beliebt ist das Trampolin. Die Turnstunden machen mir und den Kindern trotz der bescheidenen Mittel viel Freude.

Schulfest der persisch-deutschen Schulen

Ein Schulfest der drei persisch-deutschen Schulen steht bevor. Jede Schule ist aufgefordert, mit Darbietungen das Programm mitzugestalten. Ich erkläre mich bereit, mit den Kindern etwas Sportliches vorzuführen. Das heißt, in den Turnstunden fleißig zu üben.

Die Rolle vorwärts können alle am besten. Doch das reicht nicht, es muss etwas Besonders sein. Wir üben die Flugrolle, das heißt, ein Schüler kauert sich auf der Matte ganz klein zusammen, ein anderer Schüler nimmt Anlauf und macht die Flugrolle über ihn. Es kauert sich immer einer mehr dazu, bis es sechs Kinder sind, die überflogen werden müssen. Mit großem Eifer sind die Kinder dabei, es klappt immer besser.

Dann ist der besagte Tag da. Das Fest findet im großen Festsaal der Rasi-Schule statt.

Ich bin aufgeregt, denn vor einem Publikum von circa 800 Personen etwas vorzuführen, ist schon eine Herausforderung. Der Saal ist bestuhlt wie ein Konzertsaal mit einer Bühne. Es gibt kaum noch freie Plätze. Die Kinder treffe ich hinter der Bühne. Es ist nicht einfach, sie still zu halten während der anderen Vorführungen. Doch nun sind wir endlich an der Reihe.

Der Vorhang geht auf. Die Bodenmatten liegen bereit, die Kinder stehen in einer Reihe hintereinander. Es kann losgehen. Einer nach dem anderen macht eine Rolle vorwärts. Bei jedem neuen Durchgang legt sich ein weiterer Schüler quer auf die Matte, bis es fünf Kinder sind. Die Mutigen fliegen nur so über ihre Mitschüler in der Flugrolle. Das Publikum klatscht und feuert sie an. Alles klappt prima. Die Kindergesichter strahlen. Stolz, außer Atem und ganz verschwitzt, verbeugen wir uns zum Schluss. Applaus erfüllt den Saal.

Ich verlasse mit den Kindern die Bühne und setze mich mit Arian neben Abbas, der für uns einen Platz freigehalten hat. Entspannt sehe ich nun den weiteren Darbietungen zu. Ganz besonders erinnere ich mich noch an den Abschluss.

Ein Mädchen im Alter von acht Jahren ist allein auf der Bühne. Ihre langen, schwarzen Haare umrahmen ihr hübsches Gesicht. Im Saal ist es mucksmäuschenstill. Da ertönt ihre glockenhelle Stimme. Sie singt ein persisches Schlaflied. Alle lauschen hingerissen. Mir laufen die Tränen herunter, so ergreift mich ihr Gesang. Auch Abbas ist sehr gerührt. Als ihre Stimme verklungen ist, bleibt es noch ganz still im Saal. Doch dann braust ein nicht endender Applaus los. Langsam leert sich der Saal. Noch lange sprechen wir von diesem Fest.

Wüstensafari 1978

Im Herbst 1977 liegt eine ungreifbare Unruhe über Teheran. Was liegt da in der Luft? Die Bevölkerung ist mit der Regierung unzufrieden.

Doch der Tourismus ist noch in vollem Gang. Der Winter zieht ins Land. Weihnachten feiern wir wie immer und der Wechsel ins neue Jahr 1978 verläuft ruhig.

Im April besucht eine Vertreterin des »American Women Club« unser Reisebüro. Sie wünscht sich eine ganz besonders attraktive Tour für circa 30 Personen – amerikanische Frauen und deren Männer, die als Militärberater in Persien arbeiten. Abbas schlägt eine Safari durch die Wüste vor, mit Bus und Kamel und einer Übernachtung in einer Karawanserei. Die Dame ist Feuer und Flamme. Das Datum wird auf Mitte April festgelegt und der Preis vereinbart.

Am Abend sagt Abbas zu mir: »Diese Tour organisiere ich mit gemischten Gefühlen. Die Unruhe in Teheran macht mir Sorgen. Doch ich bin für die Sicherheit der Gruppe zuständig. Die Ausländer sind hier nicht mehr so sicher wie früher. Hoffen wir, dass alles gut geht! Für Arian und dich wird diese Safari sicher ein einmaliges Erlebnis werden!«

Am vereinbarten Tag holen wir die Gruppe mit zwei Minibussen vor ihrem Club ab. Wir fahren nach Varamin, einer kleinen Stadt, circa 60 Kilometer östlich von Teheran. Es ist ein wunderschöner, sonniger Tag und die Bedenken wegen der Unruhen haben sich verflüchtigt.

Nach zwei Stunden Fahrt erreichen wir die vereinbarte Stelle am Rand der Salzwüste, wo bereits der Besitzer mit seiner Kamelherde wartet. Bevor es losgeht, essen wir unsere Vesper und nehmen noch einen kräftigen Schluck aus unserer Wasserflasche. Jetzt kann das Abenteuer beginnen. Ruhig, majestätisch und gelassen schauen die Kamele treuherzig auf uns herab. Die Sattel sind schon auf ihrem Rücken vor dem Höcker festgeschnallt. Darüber liegt ein kleiner Perserteppich, um den Po etwas zu schonen. Noch nie zuvor stand ich so nahe bei einem Kamel, geschweige bin ich auf einem geritten.

Doch wie sollen wir aufsteigen? Der Kameltreiber gibt den Kamelen ein Kommando. Folgsam knien sie mit den Vorderbeinen nieder, dann folgen die Hinterbeine. Die Touristen binden sich zum Schutz gegen die Sonne Tücher um den Kopf. Diese Art Turban erinnert mich an Fotos aus früheren Zeiten, als die Orientalen mit ihren Kamelen durch die Wüste ritten. Der Kamelbesitzer fordert uns auf, ein Kamel zu besteigen. Arian weigert sich, mit mir zusammen auf einem Kamel zu sitzen.

»Nein, Papa, ich möchte allein auf einem Kamel reiten!«, sagt er. Abbas bespricht das Anliegen mit dem

Kamelbesitzer. Dieser lacht und zeigt auf ein kleineres Kamel, passend für Arian. Freudestrahlend steigt er auf sein Kamel. Endlich sitzen wir alle auf den Kamelen, doch diese knien noch am Boden. ›Wie kommen sie hoch? ‹, frage ich mich. Durch ein Zeichen des Besitzers erheben sie sich zuerst mit den Vorderbeinen und dann mit den Hinterbeinen.

Mit dem Kamel durch die Wüste.

Ich halte mich am Sattel fest, um beim Aufstehen des Kamels mein Gleichgewicht nicht zu verlieren.

Langsam setzt sich die Herde in Bewegung. Arian und ich reiten nebeneinander. Wie klein wirkt er auf diesem riesigen Tier. Ein herrliches Gefühl, so gemächlich und ruhig dahingetragen zu werden. Der rhythmisch wiegende Gang der Tiere ist wie Meditation und lädt zum Träumen ein. Das einstige sogenannte »Wüstentaxi« ist etwas Einmaliges. Um uns die Weite der Wüste und über uns der tiefblaue Himmel. Kein Baum, kein Strauch ist zu sehen. Nach einiger Zeit fangen die Gesäßmuskeln und die Oberschenkel an zu schmerzen, doch ich ignoriere es. Ein Indianer oder Wüstenbewohner kennt keinen Schmerz, sage ich mir.

Nach circa einer Stunde Ritt sehen wir in der Feme ungenaue Umrisse. Ist das schon unser Ziel? Beim Näherkommen können wir ein paar Bäume und ein kleines Gebäude erkennen. Langsam reiten wir darauf zu. Es ist die Behausung eines Bauern, der dort in mühsamer Arbeit Landwirtschaft betreibt. Er ist überrascht. Für ihn ist es kein alltäglicher Anblick, Ausländer hoch zu Kamel hier zu sehen.

Abbas begrüßt ihn und fragt, ob wir hier im Schatten der Bäume kurz Rast machen dürfen! Mit einladender Handbewegung gibt er seine Zustimmung. Wir steigen von unseren Kamelen, jetzt wissen wir, wie dies vonstattengeht. Die Beine fühlen sich etwas lahm und o-beinig an. Wir reiben uns das Gesäß vom langen Sitzen und schütteln die Beine.

Im Schatten der Bäume verzehren wir unser Vesper. Endlich können wir unseren Durst mit dem Wasser aus unseren Flaschen löschen. Ein ganz besonderer Genuss. In der Wüste ist das Wasser der wertvollste Schatz, das Gold der Wüste.

Leider ist unser Ritt hier zu Ende. Die beiden Minibusse warten schon auf uns. Die Straße ist nur durch die festgefahrene Erde erkennbar. Kein Wegweiser oder etwas Ähnliches ist zu sehen. Wie orientieren sich die Fahrer nur? Ihr inneres Navi führt sie sicher durch die Wüste. Sie sind die Strecke sicher schon öfters gefahren.

Nach einer Stunde Fahrt erreichen wir die Karawanserei. Schah Abbas ließ diese Karawanserei erbauen, um auf seiner Pilgerreise zu Fuß von Isfahan nach Maschhad über Reyh dmi Rast machen zu können.

Eine »Karawanserei« bezeichnet eine mit einer Mauer umgebene Herberge. Meist sind sie in quadratischer Form oder im Rechteck angelegt, sodass ein großer Innenhof vorhanden ist. Früher waren es regelrechte Wehranlagen mit massiven Mauern aus Stein und dienten dem Militär. Später wurden sie vermehrt von Pilgern, Händlern und Reisenden genutzt.

Die Minibusse halten vor einer hohen Mauer mit einem großen Tor, das geöffnet ist, und fahren dann langsam durch das Tor in den Innenhof. In dieser Herberge rasteten früher Pilger, Kaufleute und Händler mit ihren Pferden oder Kamelen. Sie fanden hier Unterkunft und Schutz für sich und ihre Tiere.

Der Fahrer lädt unser Gepäck aus. Neugierig schauen wir uns um.

»Wo schlafen wir?«, frage ich Abbas.

»Schau, die kleinen Türen im Vorbau an der Mauer führen in die Unterkünfte. Du wirst es gleich sehen!«, antwortet er. »Doch zuerst zeige ich den Touristen ihre Schlafstätten.«

Danach betreten wir unser Zimmer, besser gesagt unsere Zelle. Hier sollen wir schlafen? Die drei Feldbetten stehen auf Lehmboden, die Wände bestehen aus nacktem Mauerwerk, das nur etwas geweißelt ist. Ein rundes Loch an der Decke dient als Lüftung und Beleuchtung.

Meine Gedanken werden durch den Geruch von Essen unterbrochen. Woher kommt dieser? Jetzt erst merke ich, wie hungrig ich bin. Als wir ins Freie treten, sehe ich Tische und Stühle. Die Tische sind einladend gedeckt. Ein persisches Abendessen ist vorbereitet. Wie von Zauberhand. Wie kann das sein? Wir nehmen Platz und beginnen zu essen. Von Abbas erfahre ich, dass die Feldbetten, die Tische und Klappstühle sowie das Geschirr, die Lebensmittel, die Eisbarren, um die Getränke zu kühlen, das Kochgeschirr und der Gaskocher bereits früh am Morgen mit einem kleinen Lastwagen hierhergebracht wurden. Der Koch hatte Zeit, alles vorzubereiten während wir noch unterwegs waren.

Es wird langsam dunkel. Die Sonne ist untergegangen und der Himmel wölbt sich über uns wie ein großes, dunkles

Zelt. In der Dunkelheit leuchten die Sterne besonders hell und geben mir das Gefühl, dass sie ganz nahe sind.
Eine Nachtwanderung steht auf dem weiteren Programm. Nach dem Essen verlassen wir die Karawanserei durch das große Tor. Die Dunkelheit umgibt uns. Wir gehen langsam tastend und spüren unter unseren Füßen, dass der Boden mit niedrigem Gestrüpp bedeckt ist. Niemand spricht. Eine wohltuende Ruhe umgibt uns.

In die Stille hinein sagt Abbas plötzlich: »Ich habe eine Überraschung für Sie! Im Gestrüpp werden Sie etwas finden! Also los, suchen Sie! Bitte seien Sie jedoch vorsichtig!«

Das lassen sich die Touristen nicht zweimal sagen. Mit Gelächter und Neugier machen sie sich auf Schatzsuche. Jede gefundene Bierdose oder Weinflasche wird mit Begeisterung begrüßt.

Gut gelaunt kehren wir zur Karawanserei zurück. Das Tor steht noch offen. In der Nacht wird es aus Sicherheitsgründen geschlossen werden. Das Gutenachtgetränk aus der Wüste in der Hand wünschen wir uns gegenseitig eine gute Nacht und suchen unsere Schlafstätten auf.

Unsere Kleidung behalten wir an, denn die Nächte in der Wüste sind kühl. So legen wir uns auf die Feldbetten, eine grobe Militärdecke hält uns zusätzlich noch warm. Ich merke, dass Abbas unruhig ist und frage ihn nach dem Grund.

Er erzählt mir: »Ich erinnere mich an meine Kindheit und an all das Ungeziefer wie Spinnen, Skorpione und vieles mehr. Mir graust davor. Durch diese Öffnung an der Decke hier oben kann sich so ein Tier abseilen, während wir schlafen. Das macht mir Angst! Ihr schlaft jetzt und ich halte Wache!«

Irgendwann sind Arian und ich wohl eingeschlafen. Abbas schlief nur in kurzen Etappen, wie er mir am Morgen sagt. Wir treffen die Touristen beim Frühstück. Sie haben in der Nacht gut geschlafen und keinen Besuch von ungebetenen Gästen bekommen.

Das Fladenbrot mit Schafskäse und verschiedenen Kräutern, dazu wohlriechender, persischer Schwarztee sind am Morgen ein besonderer Genuss.

Abbas gibt bekannt, dass wir anschließend nochmals eine kurze Wüstenwanderung machen.

»Sie erleben die Wüste noch einmal, jedoch ganz anders als am vergangenen Abend«, sagt er.

Die Sonne steht schon ziemlich hoch und brennt uns auf die Köpfe. Von der Kühle der Nacht ist nichts mehr zu spüren. Jetzt bei Tageslicht sehe ich niedrige, sanfte Hügel vor mir. Bei genauem Betrachten des Bodens finden wir dort Fossilien von versteinerten Fischen und Muscheln. Wie Altertumsforscher sammeln wir eifrig. Millionen Jahre zurück lag hier alles unter Wasser. Das ist unvorstellbar. Wir kehren zur Karawanserei zurück.

Abbas, Arian und ich wollen nicht mit dem Minibus zurückfahren, sondern den Landrover selbst nach Teheran fahren. Dieser wurde am Vortag als Transportmittel für die Getränke hierher gebracht. Der Fahrer wird im Minibus nach Teheran fahren. Es braucht noch einige Zeit, bis das Gepäck und die ganzen Utensilien aufgeladen sind.

Abbas setzt sich ans Steuer und los gehts! Mir ist etwas mulmig zumute, dass wir drei so ganz allein durch die Wüste fahren. Es ist 12.00 Uhr, die Sonne steht am höchsten, es ist sehr heiß. Wir lachen, singen und fühlen uns wie Pilger mit dem Auto. Die nichtasphaltierte Straße können wir Gott sei Dank erkennen.

Doch was ist das? Rauchwolken steigen aus der Kühlerhaube! Abbas hält an, steigt aus und öffnet vorsichtig und ganz langsam die Kühlerhaube, ein Dampfschwall schlägt ihm entgegen, er springt gerade noch rechtzeitig zur Seite. Das Kühlwasser kocht, der Keilriemen ist gerissen. Oh Schreck! Was tun? Wo sollen wir einen Ersatzriemen her bekommen? Seidenstrümpfe, die als Provisorium geholfen hätten, habe ich keine an.

Um uns herum nur Wüste, weder Baum noch Strauch. Wir setzen uns in den Schatten des Landrovers und überlegen. Zum Glück haben wir noch einige Flaschen Wasser im Auto. Jetzt ist uns nicht mehr zum Lachen zumute. Zu Fuß weiterzugehen, ist in dieser Hitze unmöglich. Es besteht nur die Hoffnung, dass jemand vorbeikommt. Aber wann? Die nächste Möglichkeit ist, abends – wenn es kühler wird –, zu Fuß bis zu der Behausung des Bauern, bei dem wir am Tag zuvor Rast gemacht hatten, zu gehen.

So sitzen wir da und harren der Dinge. Wir spitzen unsere Ohren, ob nicht ein Geräusch wahrzunehmen ist. Da, was ist das? In weiter Feme eine Staubwolke, die immer näher kommt. Jetzt hören wir auch das Motorengeräusch. Gott sei Dank! Beim Näherkommen der Fahrzeuge erkennen wir die beiden Minibusse mit unseren Touristen. Welch ein Glück!

Sie verließen die Karawanserei einige Zeit nach uns und halten nun an. Die Busfahrer steigen aus und fragen erstaunt, was mit uns los sei. Sie überlegen hin und her, doch ohne Ersatzriemen geht nichts. Abbas und die Fahrer beschließen, den Landrover stehen zu lassen.

Wir steigen in den Minibus. Große Erleichterung bei uns Dreien. Die Touristen freuen sich, uns zu sehen. Das ist nochmals gutgegangen. Jetzt fällt die Anspannung langsam von mir ab. Die Vorstellung, wir säßen weiterhin in der Wüste, macht mir im Nachhinein noch Angst.

Der Landrover wird vom Besitzer am anderen Tag in der Wüste abgeholt.

Abschied

Die Unruhen in Teheran und anderen Städten wachsen von Tag zu Tag. Es rumort in den Universitäten und im Bazar. Der Schulbetrieb an Arians Schule läuft noch ganz normal. Doch wie lange noch? Jeden Tag bringe ich ihn mit dem Auto in die Schule und hole ihn auch wieder ab. Dafür muss ich quer durch Teheran fahren. Das sichere Gefühl auf den Straßen – wie früher – habe ich nicht mehr. Es liegt eine Spannung in der Luft, niemand weiß, was geschehen wird.

Arian und ich planen wie jedes Jahr unsere Sommerreise nach Deutschland. Der Abschied von Abbas fällt uns dieses Mal besonders schwer. Wir wissen ja nicht, wie sich alles entwickeln wird. In den vergangenen Jahren fühlte ich mich so sicher und glücklich in diesem Land. Doch was kommt jetzt auf uns zu?

Unsere Ferien in Deutschland kann ich nicht genießen. Beinahe täglich telefoniere ich mit Abbas. So erfahre ich, dass Kinos und Hotels angezündet wurden. Diese Nachrichten machen mich sehr traurig. Wehmütig denke ich an schöne Zeiten zurück.

Abbas bittet uns, in Deutschland zu bleiben, bis wieder Ruhe eingekehrt ist. Dann kommt der 6. September 1978 – »Schwarzer Freitag« genannt. Die Armee schlägt zu und viele Menschen sterben. Am 8. September 1978 wird das Kriegsrecht ausgerufen.

Eine Woche später fliegen Arian und ich mit gemischten Gefühlen wieder nach Teheran. Was erwartet uns wohl? Was wird die Zukunft bringen? Wir fahren in unserem Auto durch die Straßen von Teheran. Ich kann es kaum fassen, was ich da sehe. Hotels und Kinos liegen in Trümmern.

Schmerzhaft erinnern sie mich an den Krieg in Deutschland. Aus meiner Kindheit blieben mir die Bilder zerstörter Gebäude in Schwäbisch Hall fest im Gedächtnis eingebrannt. Die Gesichter der Menschen in den Teheraner Straßen sind bedrückt. Ihre Fröhlichkeit ist verschwunden.

Die Stimmung in der Bevölkerung ist sehr gespalten. Immer mehr Menschen werden in den Sog der Revolution hineingezogen. Auch jene, die für die jetzige Regierung sind, wechseln die Seite. Nieder mit dem Schah, es lebe Ayatollah Khomeini!

Unter einer religiösen Führung kann doch alles nur gerechter und besser werden, denken sie. Ich persönlich habe da meine Zweifel. Blindes Vertrauen in eine einzige Person, ohne ihr Vorhaben zu hinterfragen, kann das gut gehen? Das haben wir ja in Deutschland erlebt.

Das Leben für uns Ausländer ist jetzt nicht mehr sicher. Ich fahre jeden Tag mit einem mulmigen Gefühl durch die Straßen, wenn ich Arian zur Schule bringe. Abbas ist sehr beunruhigt, es könnte mich ein Stein im Auto treffen. Immer wieder bittet er mich, mit Arian nach Deutschland zu gehen. Doch ich weigere mich.

»Solange Arians Schule geöffnet ist, bleiben wir hier!«

Anfang November wird die Schule dann geschlossen. Jetzt muss ich mich entscheiden – bleiben oder gehen. Durch die Lage unserer Wohnung im Zentrum der Stadt wird unser Leben nicht einfach werden. So entschließe ich mich, mit Arian das Land zu verlassen. Abbas bleibt.

Ich packe das Wichtigste in zwei große Koffer. Wehmütig gehe ich nochmals durch alle Räume unserer Wohnung. Ich richtete sie mit so viel Herzblut ein. Werde ich sie je wiedersehen? Kein großes Abschiednehmen bei Verwandten und Nachbarn, wir kommen ja hoffentlich bald wieder.

Wir müssen Abschied nehmen von Abbas.

Frühmorgens um 4.00 Uhr am 15. November 1978 steigen wir die Stufen im Treppenhaus hinab, verstauen die Koffer im Auto und fahren durch die leeren Straßen zum Flughafen. Wortlos, mit Tränen in den Augen, stehen wir am Flugschalter. Unsere Tickets werden kontrolliert, das Gepäck gewogen und aufs Fließband gestellt. Mein Gott, ist es wirklich wahr, wir gehen und Abbas bleibt zurück in diesem Tumult? Es tut weh!

Wir umarmen uns nochmals ganz fest. Abbas letzte Worte sind: »In drei Monaten ist dieser ganze Spuk vorbei, dann könnt ihr wiederkommen.«

Es sollen fast zwölf schwere Jahre ins Land gehen, bis wir als Familie wieder zusammenleben können.

Arian und ich kehren nach Deutschland zurück

Die Freude, wieder in Deutschland zu sein, ist auf dem Frankfurter Flughafen gedämpft. Auf der Heimfahrt wird nicht viel geredet. Mit meinem siebenjährigen Sohn ziehe ich nun wieder in mein Elternhaus ein – die Wohnung im oberen Stock ist gerade leer geworden. Meine Eltern sind froh, Arian und mich wohlauf und gesund bei sich zu haben.

Arian kann in die zweite Klasse der Grundschule in unserer Nähe gehen. Die Umstellung vom persischen in das deutsche Schulsystem verläuft unproblematisch. Er hat erstaunlich wenig Eingewöhnungsschwierigkeiten.

Da wir nun nicht mehr nur zu Besuch in Deutschland sind, muss ich nun für unseren Unterhalt sorgen. Mit einer Anstellung im Goethe-Institut in Schwäbisch Hall und als Gymnastiklehrerin bei der VHS ist ein Anfang gemacht.

Noch immer hoffte ich auf eine baldige Rückkehr nach Persien, aber daran ist zunächst überhaupt nicht zu denken, im Gegenteil. Aus Teheran kommen immer neue Schreckensmeldungen. Hinrichtungen sind inzwischen an der Tagesordnung. Die Zeitungsberichte erschrecken uns zutiefst.

In Deutschland fühle ich mich inzwischen wie eine Ausländerin. Wenn ich von Persien erzähle, hören alle interessiert zu – aber meine Sehnsucht nach diesem Land und Leben dort kann niemand verstehen.

Zum Glück kann ich mit Abbas wenigstens telefonisch Kontakt halten. Weihnachten 1978 kommt er uns besuchen. Doch unser Zusammensein können wir nicht ungetrübt genießen, denn in Teheran und dem ganzen Land herrscht Chaos. Im März 1979 entschließt sich Abbas, nach Teheran zurückzufliegen. Das Reisebüro und unsere Wohnung können nicht für längere Zeit ohne Aufsicht bleiben.

Wie sehr wünsche ich mir, er würde bei uns bleiben. Aber es ist mir wichtig, dass er selbst entscheidet. Und Heimat ist nun einmal Heimat!

Er, der zunächst so begeistert von Khomeini ist und sich so viele Reformen erhofft, geht durch einen schlimmen und schmerzhaften Ernüchterungsprozess. So haben sie sich die Zeit nach der Schahherrschaft nicht vorgestellt. Und so kann es unmöglich bleiben.

Im März 1980 kommt Abbas wieder nach Deutschland, doch ich spüre, dass er mit seinen Gedanken in Persien ist.

Er hat die Zuversicht, dass sich die Sache doch noch zum Guten wenden könnte. Deshalb kann er unmöglich bei mir in Deutschland bleiben und die Hände in den Schoß legen. Im Grunde konnte ich das verstehen und so lasse ich ihn mit wehem Herzen wieder ziehen.

Abbas entscheidet, sich für eine politische Gruppierung zu engagieren und fliegt Mitte Juli nach Bagdad. Anfang August 1980 halte ich den langersehnten Brief von Abbas aus Bagdad in den Händen.

Doch seine Hoffnungen erfüllen sich nicht. Die geheime Widerstandsgruppe, der er sich angeschlossen hat, kann nichts erreichen. Durch Verrat wird er gezwungen, unterzutauchen. Niemand weiß, wo er sich aufhält und was mit ihm geschehen ist.

Erst viele Monate später erfahren seine Eltern, dass er in einem politischen Gefängnis inhaftiert ist. Eine Zeit des Bangens beginnt. Er wird doch nicht zum Tode verurteilt werden? Schließlich erfahren wir im April 1983, dass das Urteil auf lebenslänglich, mindestens aber auf zehn bis 15 Jahre Inhaftierung, lautet. Das Schlimmste also bleibt uns erspart.

Dennoch ist es ein riesiger Schock für mich. Ich bin am Boden zerstört und zerrissen zwischen Mitgefühl für ihn in seiner schrecklichen Situation und der Wut, dass er uns verlassen hat. Eine sehr schwere Zeit beginnt und oft fühle ich mich sehr einsam.

Über seine Eltern kann ich Abbas wenigstens telefonisch Grüße ausrichten lassen. Über meine Freundin Uschi, die in Persien geblieben ist, erfahre ich drei Jahre nach der Inhaftierung erstmals Näheres über seine Situation.

Sie schreibt, dass es ihm den Umständen entsprechend gut geht und er selbst seelische Folterungen erstaunlich gut überstanden hat und Mitgefangenen Mut zuspricht. Sein Wille sei ungebrochen. Das hat Uschi von einem Verwandten erfahren, der im gleichen Gefängnis inhaftiert war und inzwischen entlassen ist.

Mein Schwiegervater, der Abbas ab und zu besuchen darf, schreibt mir hin und wieder einen kurzen Brief auf Englisch. Meine Schwiegermutter ist inzwischen an einem Herzinfarkt gestorben. Ich würde sagen, an gebrochenem Herzen.

Ich selbst gewöhne mich nach und nach wieder an das Leben in Deutschland und arbeite in verschiedenen Bereichen. Das ist nur durch die Unterstützung meiner Eltern, die immer wieder für Arian da sind, möglich. Fast genau zehn Jahre nach dem abrupten Ende unserer gemeinsamen Persienzeit, am 7. Februar 1989, kommt der erlösende Anruf: Abbas ist frei.

Abbas ist frei

Seltsam: So sehr ich mich in all diesen langen Jahren nach dieser Botschaft gesehnt habe, jetzt sind meine Gefühle gemischt. Natürlich ist es wunderbar, dass er endlich frei ist. Aber wie sollte es mit uns beiden weitergehen? Inzwischen kann ich mir nicht mehr vorstellen, nach Persien zurückzukehren. Doch wird sich Abbas hier in Deutschland wohlfühlen? Wird er hier leben können?

Seine Stimme am Telefon ist mir vertraut; dennoch sind wir uns fremd geworden. Viele Telefonate führen uns langsam wieder zusammen. Dreimal besuche ich ihn in den folgenden Jahren in Persien; schließlich ist die alte Vertrautheit wieder da. Abbas sucht nach Möglichkeiten, das Land zu verlassen – was ihm allerdings nicht erlaubt ist.

Bei meinen Besuchen in Teheran kann ich nun die gravierenden Veränderungen mit eigenen Augen wahrnehmen. Das beginnt bereits in Frankfurt beim Einstieg in das persische Flugzeug, wo ich gezwungen bin, ein Kopftuch zu tragen.

Dann die Ankunftshalle in Teheran: Wo sind nur die attraktiven, bunt und modisch gekleideten Perserinnen geblieben? Jetzt bietet sich mir eher ein düsteres Bild: vermummte Frauen in dunklen gedeckten Farben, auffallend viele Männer tragen Bärte. Auf den Straßen sind überwiegend traurige Gesichter zu sehen.

Innerhalb der Familien aber erlebe ich nach wie vor ganz viel Gastfreundschaft, Herzlichkeit und Großzügigkeit. Das hat sich Gott sei Dank nicht verändert.

Unsere Abende sind ausgefüllt mit Einladungen bei Verwandten. Freunde aus der Haft besuchen uns. Wir besichtigen den kaiserlichen Palast mit all den wertvollen Schätzen, der jetzt für die Bevölkerung zugänglich ist.

Die Sonne scheint vom blauen Himmel, auf dem Boden türmen sich Berge von Schnee. Alles erscheint so friedlich, doch der Schein trügt. Meine treue Freundin Uschi nimmt mich mit in die Deutsche Gemeinde, wo Adrian einst getauft wurde. Deutsche Frauen treffen sich hier jede Woche zum Strick-, Häkel- und Bastelkreis. Sie haben das Land nicht verlassen, weil sie hier mit ihren persischen Männern leben. Ihre Kinder (hauptsächlich die Söhne), schicken sie allerdings nach Deutschland zum Studium.

Abbas' Kusine, eine Lehrerin, ermöglicht mir einen Einblick in das alltägliche Leben der Perserinnen. In einer großen Sporthalle trainieren viele Perserinnen jeden Alters im neusten Outfit.

Eine Gruppe joggt, andere springen über Hürden, wieder andere trainieren Bauch-Beine-Po unter Anleitung einer Sportlehrerin. Das muss ich fotografieren! Doch sofort stürzen zwei schwarz verschleierte Frauen, die die Aufsicht haben, auf mich zu und verbieten es.

In einem privaten Sportclub, den sich nur wohlsituierte Frauen leisten können, stehen hochwertige Geräte. Ich nehme an einer Gymnastikstunde teil und bin erstaunt, dass sie noch Übungen lehren, die bei uns aus gesundheitlichen Gründen nicht mehr ausgeführt werden. In einem Gespräch mit der Leiterin erfahre ich, dass es inzwischen keine Fort- und Weiterbildungen mehr gibt.

Bekannte versuchen mich zu überreden, in Teheran zu bleiben, um eine Gymnastikschule speziell für Frauen aufzubauen. Solch eine Pionierarbeit würde mich schon locken – aber diese Zeiten sind vorbei. Mein Platz ist inzwischen in Deutschland.

Mit einer Gondel fahren wir von Totschal in Nordteheran auf 4.000 Meter Höhe. Unter uns breitet sich eine Schneelandschaft wie in den Dolomiten aus. Frauen und Männer fahren nun auf getrennten Pisten Ski. Über den langen Hosen tragen die Frauen kurze Röcke, da das Gesäß nicht erkennbar sein darf. Hier in dieser Bergfreiheit erholen sich die Perser von den Beschränkungen und Vorschriften des islamischen Regimes. Auch Filme im Kino und Fernsehen unterliegen einer strikten Zensur.

Doch im Kreis der Verwandten und Bekannten lebt man normal. Manchmal wird getanzt und getrunken – doch immer mit größter Vorsicht. Kein Laut darf nach draußen dringen. Sonst könnte plötzlich die Sittenpolizei vor der Tür stehen.

An meinem zweitletzten Abend besuchen wir mit Uschi und ihrem Mann ein persisches Restaurant in einem Kellergewölbe. In der Mitte steht eine Anrichte mit verschiedenen

Salaten zur Selbstbedienung. Wir trinken alkoholfreies Bier und rauchen zum Spaß Wasserpfeife. Uschi und ich sind natürlich züchtig mit Kopftuch und Mantel bekleidet.

Das Straßenbild wirkt trist: Frauen mit Kopftuch, Mantel und Schleier in gedeckten Farben. Kein Lächeln zeigt sich auf einem Gesicht. Die Autos sind verbeult, da Autos aus dem Ausland unbezahlbar sind.

Als ich mich am 9. Februar 1990 von Abbas verabschiede, sind wir trotz des Schmerzes zuversichtlich. Arian und seine Freundin holen mich am Flughafen ab. Er ist erleichtert, seine Mama wieder wohlbehalten in Deutschland zu haben.

Am 24. Mai 1990 reise ich ein weiteres Mal nach Teheran. Am Flughafen schlägt mir heiße Luft entgegen, mein hellbeiger Mantel und das lichtblaue Kopftuch lassen kein Lüftchen durch. Welch eine Zumutung für uns Frauen, bei dieser Wärme sich so einmummen zu müssen! Ich habe keine Lust, durch die Straßen zu bummeln. Bereits nach kurzer Zeit klebt alles am Körper. So halten wir uns viel zu Hause und bei Verwandten auf. Nie hätte ich mir träumen lassen, dass ich meinen 50. Geburtstag einmal in Mantel und Kopftuch feiern würde. Mit Uschi, ihrem Mann und einigen Verwandten gehen wir am Abend in ein Restaurant. Vielleicht könnte ich auch jetzt noch hier leben, wenn ich das Land nicht verlassen hätte. Aber nun gibt es keinen Weg mehr zurück.

Am 5. Juni 1990 reise ich allein nach Deutschland ab, denn Abbas muss sich jeden Monat bei den Behörden melden.

Am 26. Dezember 1990 kehre ich bereits wieder nach Teheran zurück. Mantel und Kopftuch umhüllen mich nun angenehm warm. Freudestrahlend erwartet mich Abbas, wir schmieden Pläne und vereinbaren einen Termin in der Deutschen Botschaft.

Der Botschafter ist aufmerksam und verständnisvoll, doch er kann uns nicht wirklich helfen. Ihm sind die Hände gebunden. Erst in der Türkei kann uns geholfen werden. Nun wissen wir, was zu tun ist – egal, was es kostet und wie hoch das Risiko ist!

Da ich Isfahan so liebe, fliegen wir am 30. Dezember 1990 dorthin. Doch wo sind der Glanz, die Sauberkeit und Freundlichkeit von früher geblieben? An der Hotelrezeption werden wir mürrisch von einem bärtigen Mann empfangen. Wo bleibt die persische Höflichkeit? Unser Pass wird eingehend geprüft – vor allem, ob wir auch wirklich verheiratet sind. Die Betten sind sauber bezogen, der Rest lässt zu wünschen übrig. Das Frühstück aufs Zimmer bekommen wir am nächsten Morgen erst nach mehrmaligen Aufforderungen. Mit Mantel und Kopftuch im Restaurant das Frühstück einnehmen, will ich nicht. Als Abbas sich im Friseursalon des Hotels rasieren lassen will, weil er seinen Rasierapparat vergessen hat, kommt man seinem Wunsch nur widerwillig nach. Der Mann von heute trägt Bart, eine Rasur ist ein Verstoß gegen das Regime.

Am Abend fliegen wir nach Teheran zurück und feiern den Jahreswechsel 1990/1991 bei einer befreundeten Familie. Als wir eintreffen, werden wir überschwänglich begrüßt. Wohlgerüche und Musik empfangen uns. Eine einstige Opernsängerin, die auch unter den Gästen ist, lässt ihre Stimme erklingen. Ihr Gesang ist ergreifend und ein Genuss. Wir vergessen die Beschwernisse des Alltags in Teheran und tanzen bis spät in die Nacht. Immer wieder geht der Hausherr jedoch an die Tür, um zu sehen, ob keine Sittenpolizei ihre Ohren spitzt. Doch glücklich und frohgemut fahren wir lange nach Mitternacht nach Hause.

Die restlichen Tage bis zu meinem Rückflug nach Deutschland am 5. Januar 1991 fliegen nur so dahin.

Da eine reguläre Ausreise nach Deutschland nicht möglich ist, plant Abbas nun die Flucht über die Türkei. Am 8. April 1991 macht er sich auf den Weg. Nicht einmal seinen Vater kann er aus Sicherheitsgründen einweihen und sich auch nicht von ihm verabschieden. Am 18. April 1991 erhalte ich den erlösenden Anruf aus einem kleinen Dorf in der Türkei, dass Abbas dort eingetroffen ist. Aber noch muss er nach Ankara weiter, um einigermaßen sicher zu sein.

Inzwischen setze ich alle Hebel in Bewegung, so dass die deutsche Botschaft in Ankara vorbereitet ist. Arian, jetzt 20 Jahre alt, fliegt am 25. April 1991 in die Türkei, um seinen Vater abzuholen.

Als ich am nächsten Tag einen Anruf entgegennehme, höre ich zwei vertraute, fröhliche Stimmen: »Wir sind zusammen!« Weinend lasse ich mich auf einen Stuhl sinken und bringe kein Wort mehr heraus.

Am 3. Mai 1991 ist es dann endlich so weit: Ich kann Abbas und Arian am Frankfurter Flughafen in meine Arme schließen. Nach zwölf langen und schweren Jahren können wir endlich wieder als Familie zusammenleben.

Syr Darya
ARAL SEA
Tashkent
Amu Darya
CASPIAN SEA
Krasnovodsk
Baku
Mashhad
Tabriz
Tehran
IRAN (PERSIA)
Isfahan
Baghdad
Abadan
Basra
Kuwait
N.T.
KUWAIT
Persian Gulf
QATAR
Doha
BAHRAIN

Politische Ereignisse in Persien

Es ist für mich nicht einfach, in Kürze zusammenzufassen, was in Persien geschah.

37 Jahre regierte Schah Mohammed Reza das Land. Sein Bestreben war, die größte Militärmacht in Mittelost zu werden. Er verlor den Sinn für die Wirklichkeit und das Volk hatte jegliches Vertrauen in ihn verloren.

Zu erwähnen ist zum Beispiel die 2.500 Jahr-Feier in Persepolis, sechs Kilometer von Schiras entfernt. Die Feierlichkeiten fanden vom 12.–16. Oktober 1971 statt. Eine riesige Zeltstadt wurde mit unglaublichem Pomp und Prunk erbaut. Staatsoberhäupter aus der ganzen Welt wurden eingeladen. Der Schah wollte damit der Welt zeigen, dass Persien an politischer Bedeutung gewonnen hat. Es wurden im Rahmen dieses Festes Schulen, Straßen, Telekommunikationsnetze, Flughäfen, Fernsehübertragungsmöglichkeiten, Hotels und Touristenressorts errichtet und aufgebaut.

Zwei Monate vor dieser Feier wurde der Kalender umgestellt. Nicht wie bis jetzt nach der islamischen Zeitrechnung (621 n. Chr.), sondern die persische Zeitrechnung ab der Thronbesteigung von Kyros (circa 600 v. Chr.) sollte gelten. Premierminister Hoveyda lehnte dies ab. Doch die Planungskommission stimmte der Umstellung zu. Die Perser sollten ihren Kalender bekommen.

Aufgrund der Kritik aus den religiösen Kreisen wurde der Kalender jedoch nach kurzer Zeit wieder auf die islamische Zeitrechnung umgestellt.

Mit Waffengewalt wollte der Schah am 8. September 1978 die Proteste niederschlagen. Dieser Tag ging als Schwarzer Freitag« in die Geschichte des Landes ein. Doch das Volk antwortete lautstark: »Es gibt nur eine Partei, die Partei Allahs.« Und: »Iran ist unser Land, nieder mit dem Schah.«

Trotz Zugeständnissen – wie das Schließen von Spielbanken und die Auflösung des Ministeriums für Frauenfragen – hatte der Schah keine Chance, das Volk zufrieden zu stellen.

Am 16. Januar 1979 verließ er mit seiner Frau Farah Diba und den vier Kindern das Land. Ein Land zu finden, das sie aufnahm, war nicht einfach. Anwar Sadat aus Ägypten hieß sie dann willkommen.

Ministerpräsident Shapur Baktiar versuchte verzweifelt, die Wirtschaft und die Verwaltung im Land wieder in Schwung zu bringen. Vergeblich! Das Volk traute ihm nicht, da er noch vom Schah eingesetzt worden war. Auch er musste das Land verlassen. Der Weg für Khomeini war frei!

Wer ist Ayatollah Khomeini?

Diese Frage ließ mich nach meiner Ankunft in Deutschland am 15. November 1978 nicht mehr los. Wie war es möglich, dass dieser Mann die Pahlavi-Dynastie ins Wanken und schließlich zum Sturz brachte?

Der Westen hatte bis dahin vom Islam nur eine vage Vorstellung.

Beim Stöbern in einem Buchladen fiel mir das Buch »Khomeini-Revolutionär in Allahs Namen« von Heinz Nußbaumer buchstäblich in die Hände.

Khomeinis Vater sei angeblich etwa zur Mitte des 19. Jahrhunderts aus Kaschmir in Indien nach Persien eingewandert. Er hatte einige Jahre in Indien (vielleicht Kaschmir) studiert. Der Geist Indiens hatte ihn offenbar so sehr geprägt, dass er sich selbst den Namen Seyyed Hindi gab. Doch diesen Namen akzeptierte die damalige persische Regierung nicht.

Er ließ sich in der kleinen Stadt mit dem Namen Khomein nieder. Er nahm den Namen Khomeini an, nach dieser kleinen Stadt. Mit Frau und den drei Söhnen bezog er ein kleines Haus gegenüber der Moschee. Von hier aus ritt oder wanderte der zornige Prediger Allahs in die umliegenden Dörfer. Die Bauern warnten ihn, doch er gab sich furchtlos. Eines Tages unterwegs wurde er von einer Schar Bauern überfallen und zu Tode geprügelt. (Diese Bauern waren von ihren Grundherren dafür bezahlt worden.)

Sein jüngster Sohn Ruhollah (»Seele des Herrn«) war damals neun Monate alt. Man vermutet, dass er 1902 geboren wurde. Als jüngster Sohn blieb er zu Hause bei seiner Mutter, bis sie verstarb. Eine Tante nahm ihn auf, die es schafft, in ihm die Sehnsucht nach einem Leben für Allah zu wecken.

In Ayatollah Haieri, dem wohl berühmtesten schiitischen Theologen, fand Ruhollah mit 19 seinen Lehrmeister, dem er komplett ergeben war. Ihm folgte er in die heilige Stadt Ghom, was sein künftiges Leben beeinflussen wird. Die Erinnerungen waren vom Kampf seines Vaters und vom Geist seiner Zeit geprägt. Er setzte den Kampf gegen die Tyrannei an die erste Stelle.

Im Juni 1963 rief Khomeini in Iran zu Demonstrationen auf. Schah Mohammed versuchte, durch Reformen das Volk zu beruhigen. Die »Weiße Revolution« – Ländereien der Großgrundbesitzer wurden an die Bauern verteilt. Für die Bauern begann eine harte Zeit, sie waren die Selbstständigkeit nicht gewohnt und mussten selbst für Bewässerung, Zugvieh und Geräte sorgen.

In der »Armee des Wissens« mussten Abiturienten zum Militär und wurden in Kursen wie Sanitär/ Landwirtschaft/ Unterrichten etc. ausgebildet, um dann in den Dörfern ihr Wissen weiterzugeben.

Khomeinis Einfluss wurde für Schah Mohammed jedoch gefährlich. Er sah sich gezwungen, Khomeini 1964 in den Irak abzuschieben. Hätte er ihn getötet, wäre er zum Märtyrer geworden. Dies wollte er verhindern.

Doch Khomeini setzt seine Opposition von Irak aus fort. Im Januar 1978 initiierte er Demonstrationen von seinem Exil, dem Irak aus. Doch Saddam Hussein verwies ihn am 6. Oktober 1978 des Landes. Wo sollte er jetzt hin? Kuwait verweigert die Einreise, schließlich stimmte Frankreich einer Einreise zu.

Die westliche Öffentlichkeit hatte wohl die Vorstellung, der Iran würde von Khomeini auf friedlichem Weg in die Freiheit geführt. Doch die westliche Welt hatte ein verklärtes Bild von Khomeini.

Unglaublich ist, welche Macht dieser Mann aus der Ferne über Persien hatte. Niemand hatte hier je von ihm gehört – plötzlich diese Popularität. Es konnte doch nicht sein, dass diese Person alles auf den Kopf stellt und weltbekannt wird!

Einen Tag nach unserer Ankunft in Deutschland las ich in einer Zeitung, dass der 78-jährige Khomeini von einem französischen Dorf aus gegen den Schah von Persien kämpfe. Ein kleines Dorf westlich von Paris hatte einen Mitbewohner, der einen heiligen Krieg gegen die Pahlavi-Dynastie plante. Journalisten aus aller Welt scharten sich um ihn, um ihn zu sehen und seine revolutionären Parolen direkt zu hören.

Wer hätte je gedacht, dass er nach 14 Jahren im Exil, am 1. Februar 1979 wieder persischen Boden betreten würde?

Zur Erinnerung an Abbas Khodamoradi, der am 18. Oktober 2023 in Schwäbisch Hall verstarb.

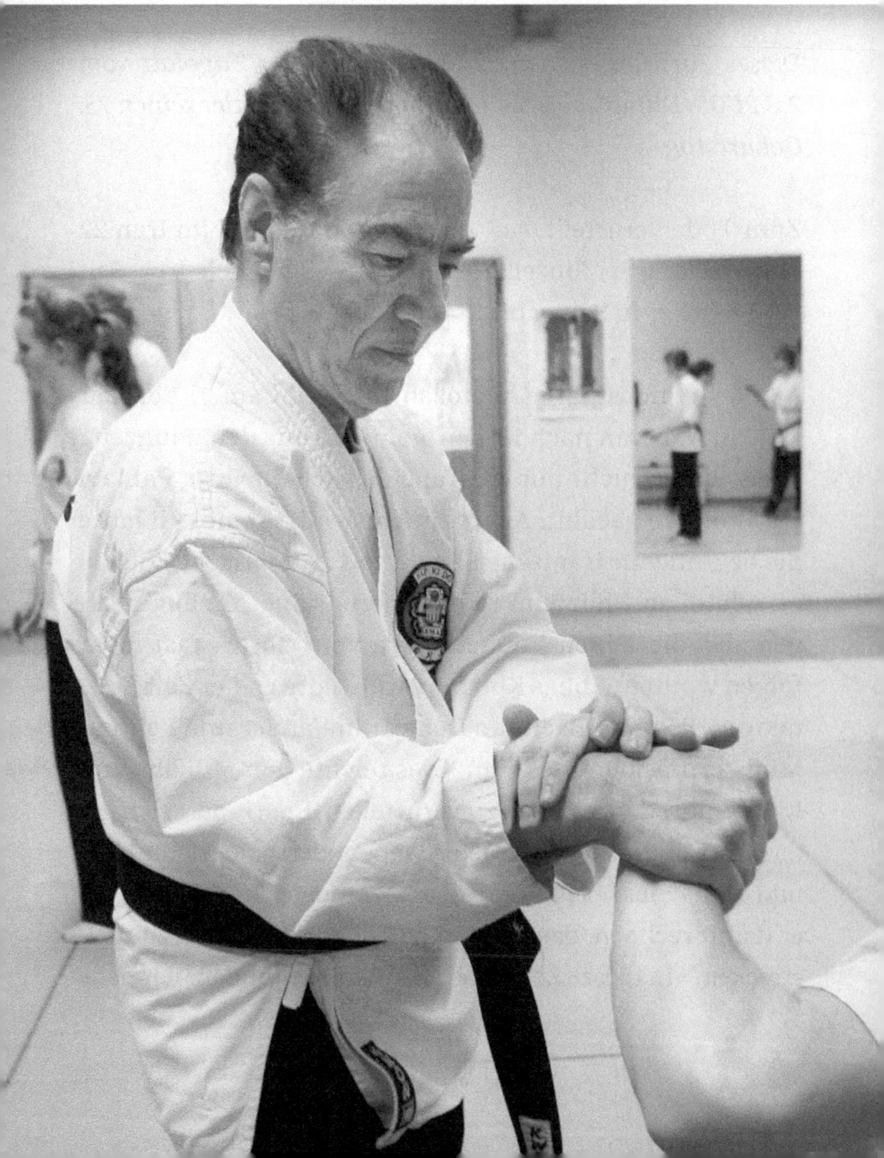

Ein Leben ohne Angst ist möglich

von Jürgen Stegmaier

Dieses Porträt erschien zunächst im Haller Tagblatt vom 2.3.2009. Damals feierte der Kampfsportkünstler seinen 75. Geburtstag.

Zum Tode verurteilt, saß Abbas Khodamoradi im Iran 22 Monate lang in Einzelhaft. Er kam schließlich frei. Seit 1991 lebte er in Schwäbisch Hall.

Als Revolutionsführer Ayatollah Khomeini am 1. Februar 1979 in Teheran nach 15-jährigem Exil aus dem Flugzeug stieg, waren nicht nur die Tage des Schahs Reza Pahlavi als Monarch gezählt. Auch für Abbas Khodamoradi hatte die beginnende iranische Revolution dramatische Folgen.

Ayatollah Khomeini radikalisierte seine Anhänger gegen alle, die seinen Vorstellungen vom Gottesstaat nicht folgen wollten. Abbas Khodamoradi hatte zu der Zeit Kontakte zu Schapur Bachtiar. Der war im Januar und Februar Ministerpräsident des Iran. Dies reichte den Mullahs, um Khodamoradi zum Tode zu verurteilen. Er erinnert sich genau an seine Zelle: drei Meter lang, anderthalb Meter breit und drei Meter hoch. Dort saß er 22 Monate. Ständig musste er damit rechnen, dass sie ihn holen, um das Urteil zu vollstrecken. »In dieser Zeit habe ich zu mir gefunden. Ich habe ungeahnte Kräfte entwickelt«, erinnert sich Khodamoradi. Durch Meditation und Kraftübungen hat er sich fit gehalten. »Und ich habe meine Beziehung zu Gott aufgefrischt. Der Glaube ist das A und O«, erzählt der Mann, der seit 18 Jahren in Hall lebt und dort eine zweite Heimat gefunden hat. Seit damals weiß er: »Unterdrückung hat keine Zukunft.«

Durchgestanden habe er diese Zeit nur, weil er hohe Ziele hatte: Die Hoffnung, dass seine Heimat eines Tages von den Mullahs befreit wird. An den willkürlichen Urteilen und der Ungewissheit während der Haft seien viele der Mitgefangenen zerbrochen. Unter ihnen Minister und hohe Militärs.

Schon den jungen Abbas Khodamoradi hat Deutschland fasziniert. Nicht zuletzt deshalb, weil die Deutschen im Iran die Eisenbahnen gebaut hatten. Khodamoradi glaubt sich zu erinnern, wie er am 19. Juni 1936 den Kampf um die Weltmeisterschaft im Boxen zwischen Joe Louis und Max Schmeling im Radio verfolgt hat. Damals war er zwei Jahre alt. Er verstand den deutschen Reporter so gut wie nicht und war dennoch gefesselt. Khodamoradi entschloss sich später zum Studium der Volkswirtschaft in Tübingen. Das war 1957. Dort lernte er 1965 seine spätere Frau Gisela kennen. 1966 kehrte er in seine Heimat zurück. Im Oktober 1968 heiratete er in Teheran. Er und seine Frau betrieben ein Reisebüro in der Landeshauptstadt. Organisiert wurden hauptsächlich Reisen von Europäern, Amerikanern und Japanern im Iran. Als

Ende 1978 der Gottesstaat wahrscheinlich wurde, drängte Abbas Khodamoradi, dass seine Frau und der gemeinsame Sohn Arian nach Deutschland ausreisen. »Es war klar: Politisch anders Denkende werden Probleme bekommen«, sagt er. Mit dieser Einschätzung sollte er recht behalten. Wegen seines Kontakts zum Premierminister wurde er verhaftet, zum Tode verurteilt, in Einzelhaft gesteckt …

Die Haft wurde nach 22 Monaten erträglicher – Khodamoradi vermutet, dass die Proteste, hauptsächlich in Paris, Wirkung zeigten. Später wurde Khodamoradi auf Zeit freigelassen, das Todesurteil in »lebenslänglich ohne Gnade« umgewandelt. Dafür musste Khodamoradis Vater seine Häuser als Kaution einsetzen. Immer wieder wurde er verhört. »Ich habe denen nie gesagt, was ich im Herzen habe, sondern das, was sie hören wollten«, erzählt er. In dieser Zeit konnte ihn seine Frau dreimal besuchen. Deutschlands damaliger Außenminister Hans-Dietrich Genscher setzte sich für ihn ein und auch Baden-Württembergs Ministerpräsident Lothar Späth.

Mit Hilfe von Schleusern konnte Abbas Khodamoradi 1991 aus dem Iran flüchten. Auf einem Pferd überquerte er die Grenze zur Türkei. In Ankara holte ihn sein damals 20-jähriger Sohn Arian ab.

»Es war kein Problem, in Deutschland Fuß zu fassen«, erzählt Abbas Khodamoradi. 1992 gründete er eine Kampfsportschule, in der er als Meister bis heute Hap-Ki-

Do lehrt. Diese Kampfkunst hatte er einst in Teheran von koreanischen Sportlern gelernt, die in Diensten des Schahs standen.

Nach einer Erkenntnis aus seinem bisherigen Leben befragt, antwortet Abbas Khodamoradi ohne zu zögern: »Man muss mutig an seine Probleme herangehen. Dann ist ein Leben ohne Angst möglich.«

»Jeder Aufbruch macht zuerst einmal Angst.
Altes Vertrautes muss abgebrochen werden.
Und während ich abbreche, weiß ich noch nicht,
was auf mich zukommt.
Das Unbekannte erzeugt in mir ein Gefühl von Angst.
Zugleich steckt im Aufbruch eine Verheißung,
die Verheißung von etwas Neuem,
nie Dagewesenem, nie Gesehenem.
Wer nicht immer wieder aufbricht, dessen Leben erstarrt.
Wer sich nicht wandelt, wird alt und stickig.
Neue Lebensmöglichkeiten wollen in uns aufbrechen.«

»Das kleine Buch vom wahren Glück«
von Anselm Grün,
2014 Herder Verlag, Freiburg

Literaturhinweise

Jean Hureau: Iran für Sie, Zusammenstellung von Aldo de Sylva, Jeune Afrique, Paris 1975.

Wolfgang Kuhn: Iran – ein Reiseskizzenbuch, Selbstverlag, Schwäbisch Hall 2000.

Heinz Nußbaumer: Khomeini-Revolutionär in Allahs Namen, Heyne Verlag, München 1979.

Persien. Der Spiegel Geschichte Nr. 2/2010.

Gerad De Villiers: Der Schah – Die einzige seriöse Biographie über den Schah, Heyne Verlag, München 1979.